新潮文庫

スープ・オペラ

阿川佐和子著

新潮社版

8442

目次

スープ・オペラ

第1話 トバちゃん

骨と骨のすき間から、大きな泡がときおりポコンと浮かび上がってくる。その隣に、まるで子分のような小粒の泡がポコポコ、二つ三つとたて続けに浮かんでは消えていく。

どの世界にも親分と子分がいるものだ。親分がいなければなにもできないくせに、親分に人気をさらわれるのが悔しいのか、あるいは親分にいい顔をしたいのか、俺も俺もと子分は必ずしゃしゃり出る。

小学校の遠足で行った多摩動物公園のゴリラがそうだった。先生が8ミリで撮影しようとレンズを向けたら、急に大きなゴリラが恐ろしい形相でこちらに向かって歩いてきて、金網を両手で叩《たた》いて吠《ほ》え立てた。それに気づいたちっこいゴリラが二頭、大きなゴリラの後ろに見え隠れしながら、親分ゴリラよりよほど派手にキイキイ騒ぎまくって私たちを脅《おど》した。そして親分が、いつのまに握ったのか土の固まりを隠し持ち、こちらめがけて投げつけてきた。するとちっこいゴリラの一頭が地面を見回し、土を握るや真似《まね》して投げたのだ。

あのときはびっくりした。その場にいた友達や先生と一緒に慌《あわ》てて檻《おり》から離れたが、振り向くと、ちっこいゴリラの投げた土のボールは金網にすら届かず、内側の溝にボトンと落ちた。それを見て、みんなで大笑いしたのを覚えている。

鍋《なべ》のなかに生まれる泡もゴリラとよく似ている。

しだいに親分泡と子分泡のはじける頻度が高くなる。それにつれ、骨のまわりについているピンク色の肉が少しずつ変色し、白茶色になってきた。張りのあった肉肌は、熱き液体の威力に屈し、これも天命と甘受して、朽ちた野獣の屍《しかばね》と化すか。

「ルイ」とトバちゃんの声がする。まあ、鶏《とり》ガラは野獣じゃないか、ちょっと大げさね。

「ルイ？」と、またトバちゃんが呼ぶ。

なんでトバちゃんは、私が今こそ、やろうと思っているときに催促するのだろう。これほど熱心に見守っているのだから忘れるわけがない。

「わかってるってば」

私はガスのつまみをゆっくり右に回す。慎重に、これ以上弱めたら消えてしまうほど、ガスがボッボッボッボと、か弱く咳込《せきこ》む寸前のギリギリのところまで、回す。沸騰《ふっとう》する直前に火を弱火にする。これ、鶏ガラスープを取るときの鉄則。それにね」

「でもルイはわかっていると言ってわかってないことがよくあるでしょ。

トバちゃんは隣の部屋からしゃべり続ける。

「『わかってるってば』って言いかた、トバちゃん、あんまり好きじゃないね」

そういう言われかた、私もすごく好きじゃないよ、と心のなかで言い返すが、口ではすぐに「ごめんなさい」と謝ってしまう。

トバちゃんには逆らえない。なぜだろう。これが本当の親だったら言い返せるのかもしれない。でも、トバちゃんは本当の母親のようなものだ。他に比較する対象がいないからわからないけれど、トバちゃんがもし本当の母親であったとしても、きっと口答えはできなかったと思う。それは、トバちゃんに恩義があるという理由だけでなく、小さい頃から、「恩になった人には決して逆らってはいけない。いい子にしていることがご恩返しなの」と、しみじみ、じわじわ、ちくちく、しつこく教育されたからである。

教育したのはトバちゃんで、つまりトバちゃんに口答えするなという意味だったのだと今になれば気がつくが、そこらへんのしつけ方がトバちゃんは巧みだった。決してトバちゃんに「私はあなたの恩人です」などと言われたことはないけれど、知らぬ間にそう思い込まされている。

そんなわけでトバちゃんは、私の育ての親ということになる。実際は、本当の母親の妹で、すなわち私の叔母《おば》にあたる。

今年でトバちゃんは五十九歳。来年、還暦を迎えるとはとても思えない。若いというより、年齢に対する自覚がなさすぎる。結婚していないせいかもしれないが、ヘアスタイルは白髪が混ざってもずっとおかっぱで、突然十代の子が着るようなスケスケひらひらの服を着て私を驚かす。私とは二十四歳違いだから、本当の親子と言ってもおかしくない年齢差だけれど、気分はほとんど姉妹か友達だ。でも、私を叱《しか》るときは急に保護者ぶる。そしてたちまち私は逆らえなくなる。いくつになってもその力関係は変わらない。

トバちゃんとは物心ついたときには一緒に暮らしていて、本当の母親と父親はいなかった。母は私を産んでまもなく死んで、父は男一人で育てられないと赤ん坊の私を残し、家を出ていったそうである。だから私は親の顔を知らず、ずっとトバちゃんに育てられた。でもなぜ、五人いる母のきょうだいのなかで末っ子のトバちゃんが私を引き取るはめになったのか。トバちゃんの話によると、「その頃はあたし、暇だったし、それになんとなくルイとは気が合いそうな気がしたのよ」というが、生まれて間もない赤ん坊と気が合うか合わないかなんてことを、どうやって判断したのだろう。もっともトバちゃんのその直感はまんざらはずれていなかった。ムッとすることがないわけではないけれど、子供の頃から一貫してトバちゃんとは気が合ってきたつもりだし、他のどんな人よりトバちゃんに引き取られてよかったと思っている。だからやっぱり恩義があるということになり、従って口答えはできないという三段論法だ。

トバちゃんの本名は藤子という。「ふじこ」と読み間違えられることが圧倒的に多いので、トバちゃんは、「いえ、フジコじゃなくて、トウコ」と、郵便局に行っても銀行の窓口でも病院の受付でもどこでもいつでも訂正している。私はその姿を見るたびに、将来、自分に子供が産まれたら絶対わかりやすい名前にしようと心に誓う。でも当の本人は、私が心配するほどこの名前に愛想をつかしてはいないようだ。訂正するときはけっこううれしそうだし、そうやって訂正するから必ず人には一度で覚えてもらえると、むしろ得意になっている。

私がトバちゃんのことをなぜ「トバちゃん」と呼んでいるかといえば、たぶん幼い頃、トウコおばちゃんと言えなくて、「トーコばちゃん」「トーばちゃん」と言っているうちに詰まって、「トバちゃん」になったのだと思う。だいいち「おばちゃん」と呼んだら、友達に「じゃ、あの人、お母さんじゃないわけ？」と訊《き》かれて煩《わずら》わしかった。トバちゃんなら、お母さんなのかそうでないのか曖昧《あいまい》で、曖昧すぎると人は訊きにくくなるらしく、その手の質問が減った。そういう知恵を幼稚園のときに身につけて、それ以降、「トバちゃん」の名は定着し、そして私は、これから先もずっとトバちゃんのそばにいるのだとなんとなくそんな予感がした。

母はトバちゃんより五つ年上で、生きていたら六十四歳だ。死んだのが二十九歳のときだというから、私はもう六歳も母より長く生きている。まだ結婚も出産も経験していないのに、母より長く生きている。

私が中学に入学した日の夜、トバちゃんが私の部屋に入ってきて、こう言った。

「あんた、お父さんに会いたい？」

そのときのトバちゃんの顔は、いつも以上に大きく四角く見えた。もともとトバちゃんは顔が大きいほうだ。大きくて、おまけにエラが張っている。普段、一緒にいるときはほとんど気にならないけれど、人混みに出るとちょっと目立つ。でも目は丸く、笑うと両端が下がって愛らしいし、鼻筋も通っていて口元だって上品で、最終的には不思議なバランスの取れた美人顔だと言える。でもそんなトバちゃんが真面目《まじめ》な顔をすると、なんだか可笑《おか》しくて、どうしても吹き出しそうになる。

「やだ、トバちゃん、どうしたの」

少し笑って、でも笑ってはいけない空気を感じ、口に手を当てながら聞き返すと、

「ねえルイ。あんた、お父さんに会ってみたい？」

トバちゃんの声はいつもよりかたかった。正座した膝《ひざ》の先までかたそうに見えた。その緊張感に巻き込まれまいとトバちゃんから目をそらし、学校の支度をしながら答えた。

「別に」

「別にって、どういう意味よ」

「別にってつまり、別にって感じ」

「じゃ、会いたくないの？」

「会いたくないわけじゃないけど、まあ、今は別にね」

本当にそういう気持だったのだ。小説やドラマの常套《じょうとう》からすれば、どんな事情があろうと離れ離れになった実の親には一目会いたいと思うのが子供の心情というものらしいが、私にはそういう切迫した気持は湧《わ》いてこなかった。父親を恨んでいるわけではない。幸いにしてトバちゃんや他の親戚《しんせき》にかわいがられているし、格別裕福だったとは言えないが、貧乏だとか不遇だとか思ったことは一度もない。こんな平穏な日々

に、ましてこれから中学で新たな生活に馴染《なじ》んでいかなければならないという大事な時期に、余計な事件を起したくないというのが当時の私の本音だった。

そりゃ、父親がどんな顔をしてどんな性格の人なのか、興味がないと言ったら嘘《うそ》になる。でも、今、会って、「おお、ルイか。我が娘」なんて涙ながらに抱きしめられても、対応のしかたがわからない。そういう劇的シーンというのがそもそも私の性分に合っていない気がする。それよりいずれ大人になり、自分の生きる道がはっきりした頃、たとえば家庭に入って母親になって、もう少し冷静に人を判断できる年頃になったら会ってみてもいいけれど、今はいい。そのとき私はほんの十二歳だったが、迷うことなくそう思った。

思っただけでトバちゃんに説明して聞かせたわけではない。「今は別に」と答えただけだ。それなのにトバちゃんは、私の気持をわかってくれた。前に座って私の顔をじっと覗《のぞ》き込み、軽いウエーブのかかったおかっぱ頭のなかに指を突っ込んで激しくゴリゴリ掻《か》き、それから大きな声で言った。

「わかった。よくわかりました」

まるで選手宣誓をしたスポーツ選手のようだった。そして颯爽《さっそう》と立ち上がり、部屋を出ていった。

それっきり、トバちゃんの口から父の話が出てきたことはない。たぶんトバちゃんは父の居所を知っていたのだと思う。でも私には何も言わなかった。私も訊こうとしなかった。あのあとトバちゃんがどういう決断をして、父に何かを伝えたのか、何をしたのか知らないが、私はあの晩のトバちゃんの真剣な顔と鋭く光った目が忘れられず、思い出すたび、自分はトバちゃんに守られているんだという安心した気持に包まれるのだった。

トバちゃんは小さな洋装店を経営している。最初は花嫁修業のつもりで始めた洋裁だったが、二十代も半ばにさしかかり、その技能をどうやら結婚生活のなかで発揮できそうにないという気配が濃くなって、具体的に言うと縁談がぱったり来なくなったので、それならばと、その頃まだ生きていたおじいちゃんがトバちゃんのために、二十歩歩けば大田区という世田谷のはずれに小さな土地を買い、そこに家を建てて店を開けと言ったそうだ。大事な末娘の嫁入りにきっぱり見切りをつけ、一人で生きていく算段をしてやった父親の心境とはどんなものなのだろう。

一方トバちゃん自身はまだ結婚する意志があったから、客商売なんてしたくないと、だいぶ抵抗したそうだが、おじいちゃんの言いつけに逆らうことはできず、渋々開店した。渋々開店したわりにトバちゃんは才能を見る間に発揮して、まもなく、腕も愛想もいい洋装店との評判が口コミで広がった。お客さんの数もしだいに増え、当時としては珍しいフランスのモード雑誌などを持ち込んで「こういうワンピースを縫ってほしい」といった注文まで舞い込んだ。見たことのないような洒落《しゃれ》たデザインの洋服にトバちゃんは興奮し、挑戦してみようという意欲が湧く。そして、その服がみごとに縫い上がってお客さんに喜ばれ、しかも代金を支払われる。そんなことを繰り返すうち、しだいに仕事がおもしろくなり、いつのまにか結婚願望は薄れていたという。

私がトバちゃんの元に引き取られたのは、ちょうどその頃のことである。

「結婚しようと思った人、ぜんぜんいなかったの」

一度、訊いたことがある。トバちゃんは、スカートの裾《すそ》かがりをする手を止めて、みるみる口を前に突き出した。

「そりゃ、いたよぉ」

「じゃ、実らぬ恋だったわけ」

「そうだねえ」

トバちゃんは持っていた針をごわごわしたおかっぱ頭のなかに埋《うず》め、髪の脂《あぶら》をこすりつける。そんな危なっかしいことをして、よく頭に傷をつけないものだと思うが、縫い針には髪の脂がいちばんいいそうだ。

「誰かに反対されて結婚できなかったの？」

「そうだったかねえ」

「おじいちゃんに？　おばあちゃん？」

「いや、おじいちゃんとおばあちゃんは反対していなかったのよ。ただ、本人がね」

「なに、それって単に振られたってだけのことじゃないの」

「ちがうって。そういうギスギスした言葉、トバちゃん、あんまり好きじゃないんだなあ」

「じゃあ、どういうこと？」

「だってその人、言ってたのよ。『僕はトウコさんのことが大好きだ。でもこのままだと二人とも不幸になってしまう』って。で、二人で手を握り合って何時間も考えて、やっぱりあきらめましょうということになって、お別れしたの」

「だからそれが、騙《だま》されたってことなのよ」

「騙されてなんかいませんよ。相思相愛。でも実らなかった。こういう崇高な大人の恋は、まだルイには理解できないだろうね。かわいそうに」

かわいそうなのはトバちゃんのほうだ。どう贔屓目《ひいきめ》に考えたところで、絶対トバちゃんがその男に丸め込まれたとしか思えない。しかし、それ以上突き詰めると本当にトバちゃんが傷ついてしまいそうだったので、その場はとりあえず納得した顔をしておいた。

トバちゃんの店は、もうずいぶん前からお客さんがほとんど来なくなっている。昔のように街の洋装店で服を作る人はいなくなってしまった。そのかわりにリフォームの注文が来るようになった。多くて日に十人、ひどいときは一日一人なんてこともある。いずれにしろ単価が安いので、たいした収入にはならない。しかしそんなことをトバちゃんはいっこうに苦にしない。苦難が顔に表れにくいタチなのだ。でも私にはすぐわかる。献立が変わるからだ。経済的に苦しくなると、トバちゃんは決まって鶏《とり》のガラを買ってきた。いちばん頻繁だったのは私が高校生の頃で、二週間に一度ぐらいのわりだった。それも、肉屋さんを半ば恐喝し、なるべく身の多くついているガラを手に入れる。

「ルイ、見てごらん。こーんなにお肉のいっぱい残っているガラ買ってきたよ。このお肉をこうやってはがせば、ほーら、こんなに取れる。これで今夜はチキンライスを作るからね。残りはスープにして。大ごちそうだね、ルイ。これ全部で79円だぞぉ」

鶏ガラに関してトバちゃんは天才だった。そのみごとな工夫の数々は、『暮しの手《て》帖《ちょう》』に発表しても話題になるのではないかとさえ思われた。一羽分の鶏ガラの、あちこちにへばりついている身を丁寧にこそげ落とし、細かく叩《たた》いてそぼろ煮を作ったり肉団子にしたり、ネギと一緒に卵でとじて親子どんぶりを作ったり。さらにすっかり骨だけになったガラをたっぷりの水でコトコト煮てスープを取る。このスープでだいたい一週間はもつ。

「覚えておきなさい。鶏ガラスープは栄養満点なの。これさえ作っておけば安心なんだからね。お雑炊《ぞうすい》もお粥《かゆ》もできる。そのままご飯にかけてお塩とこしょうで味付けして、海苔《のり》をパラパラってのせるだけで、おいしいスープご飯もできちゃうんだから」

思えば私は素直な子だった。お粥も雑炊もスープご飯も、みな似たり寄ったりなのに、トバちゃんにまくしたてられると、なるほど鶏ガラは何品もの料理を生み出すことができる魔法の骨だと感心した。

トバちゃんの作るスープご飯はたしかにおいしくて、ちっとも飽きることがなかった。食べる前に採点するのも楽しみの一つである。

スープが完璧《かんぺき》に澄み切っていて、なかのご飯の一粒一粒が透けて見えるときは「二重丸」。ところがたまに濁っている場合がある。そのときは、「三角!」。トバちゃんにも自覚があるらしく、「ミシンに熱中してたら沸騰《ふっとう》させちゃったの。一度沸騰させると濁るのよねえ」と、素直に失敗を認める。

どんなに美しく澄み切ったスープを作ることに成功しても、毎日温め直しているうちに、どうしても白濁していく。スープのなかで行儀良くうずくまっていたガラが、長湯をしすぎた老婆《ろうば》のようにふやけ、骨もバラバラに崩れてしまう。そうなるとトバちゃんは、「白いスープは中華風」と言って、具に春雨や白菜や椎茸《しいたけ》などの野菜を加え、新たなメニューに仕立て上げる。しかも、「ここまで煮込むと骨も食べられるのよ。ガラってホントに無駄がない」と満足げな顔でニンマリ笑う。

そんな堅実トバちゃんのおかげで私は無事に高校を卒業できた。いよいよ働きに出て家計を助けようと思ったら、卒業する半年前になって唐突に、「あんたはなんとしても大学に進みなさい」とトバちゃんがいきり立った。もう学校はいいよ、早く社会に出たいよと、いくら言っても聞いてはもらえず、結局、妥協案として短大へ進むことにした。

結果的には短大での二年間は楽しい思い出になったし、その後、私立大学の事務局に勤めることにしたときも、たまに合コンをするときも、「短大出」という肩書きが案外有効であることを知り、トバちゃんの言うことを聞いておいてよかったと思った。

そういえば合コンでショックなことがあった。あれはたしか二十六歳の夏休み前だった。男女三人ずつで中華料理を食べ、二軒目のバーでなんとなくできあがった三組のペアがそれぞれ並んで座って焼酎《しょうちゅう》のウーロン割りを飲んでいたときだ。私とペアになった大学病院の薬剤師が言った。

「ルイさんって、エラ、張ってますね」

驚いた。生まれてこのかた、エラの張った顔だと指摘されたことはない。

「え、あたし、エラ、張ってます？」

私は反射的に顎《あご》に手を当てた。

「いや、悪い意味で言ってんじゃないんですよ。エラ張ってる女性って貴重だと思うんですよね、今の時代」

男は慌《あわ》ててフォローしたが、まったくフォローになっていない。すると彼の隣にいた、いかにも脳味噌《のうみそ》の軽そうな新米外科医が割り込んできて、甲高い声で言った。

「こいつ、ホント、変わった趣味なんっすよ。丸より四角いほうがいいって。な、いつもそう言ってるよな、お前」

もし私が不治の病になっても、絶対コイツの世話にだけはなるまいと心に決めた。

その夜、私は少し落ち込んで家に帰ると、トバちゃんはテレビの深夜番組に見入っていた。ためしにさりげなく訊《き》いてみた。私はエラが張っているかと。そうしたらトバちゃんは、小さな目を見開いて、言ったのだ。

「あったりまえじゃない。だってあんた、あたしの姪《めい》よ。血つながってるんだもん。今まで気づかなかったほうが不思議なくらい。ま、あたしと一緒にいたから目立たなかったのかもね」

そんなこと言われても納得できない。自慢じゃないが、私は何度も、オードリー・ヘップバーンに似ていると言われたことがあるのだ。そうトバちゃんに食い下がると、

「あら、偶然だ。あたしも昔はよくオードリー・ヘップバーン似だって言われたわよ。特に『昼下りの情事』のときの彼女に似てるんだって。あの人もエラ張り美人だもんね。あたしたちと同じだよ。自信持ちなさい」

そしてトバちゃんは、エラが張っている人間のほうが骨が丈夫で長生きするとか、我慢強いから金持ちになるとか、力持ちが多いとか気だてがいいとか、論拠のあるようなないような話をたくさんして私を慰めてくれた。

以来、私は合コンから足を洗った。急に興味が失《う》せたのだ。すると妙なもので、たちまち恋人ができた。

二十六歳の九月のことだ。彼は同じ大学の事務局に勤める、私より五歳年上の人で、長らく挨拶《あいさつ》を交わす程度の仲だったが、たまたま帰りが一緒になり、話してみたら予想外に意気投合した。スネ夫というのが彼のあだ名で、本名が純男《すみお》であるうえに顔も

似ているからと、小学校の同級生につけられたそうだ。そう言われればたしかに逆三角形の顔のつくりや切れ長で一重の目が似ているような気もするが、性格がひねているような印象はない。話してみると素直で優しくて、上目遣いで人の顔を窺《うかが》う癖があるけれど、あの漫画のキャラクターとは似ても似つかないと思われた。

二人がつき合っていることは、余計な噂《うわさ》になるのが面倒なので仕事場では内緒にしていたが、トバちゃんには報告し、つき合い始めて一ヶ月ぐらい経《た》った金曜日の夜に、家に連れていって紹介した。トバちゃんはとても喜んで、さっそく得意の鶏ガラスープでもてなしてくれた。

その頃はもう、私の収入もあったので、トバちゃんの店がたいして儲《もう》からなくても経済的には苦しくなかったが、トバちゃんは相変わらずいつもの肉屋さんで肉厚の鶏のガラを買ってきてはスープを取っていた。もはや鶏ガラスープを作るのはトバちゃんの趣味だった。私の誕生日や卒業式、初任給をもらった日など、記念的な日になると、いつも私に訊いてくる。

「今晩、何にしようか」

訊かれるので、あれこれ思い巡らせるのだが、私が答える前に、

「よし、やっぱりスープご飯にしよ。最近作ってないし。あんた、大好きだもんね」

そう言われると、いやとは言えない。

「どお、お口に合うかしら」

スネ夫の隣に顔をすり寄せて、トバちゃんは何度も味の感想を求めた。トバちゃんとしては遠慮がちに訊いているつもりらしいが、スネ夫がスープをスプーンですくって一口するたびに同じ質問をし、その都度、緊張気味のスネ夫は何か言おうとして必ず咳込《せきこ》む。咳込むから答えにならず、トバちゃんがまた訊き直す。それでもサービスが足りないと思ったか、「味が薄いかも」と言いながら無理矢理、塩を勧めたり、「辛くしてもおいしいわよ」と七味唐辛子を横から勝手にふりかけたりと、お節介を焼き続けた。

私はその夜、スネ夫が帰ったあと、トバちゃんと喧嘩《けんか》をした。スネ夫は明らかに気分を害していた。そうでなければスープご飯とニース風サラダとチキンカツを食べ終わり、コーヒーを飲んですぐに暇乞《いとまご》いをするわけがない。所要時間はたったの一時間半。六時半に来て、きっかり八時に帰っていった。もう遅いからなんて、八時のどこが遅い。

「連れてくるんじゃなかった」

私は暗い声で呟《つぶや》いた。

「じゃ、外で食事してくればよかったじゃないの。スープご飯じゃ失礼だったたってこと？」

「そうじゃないよ。でも、もっとそっとしておいてくれればよかったのに」

トバちゃんが食卓のお皿を片づけながら、言った。

「あたしはそっとしておきましたよ」

「してなかったよ。質問攻めだったじゃない」

「だってルイの好きな人がどんな人か知る権利はあるでしょうが。保護者なんだから」

「でもあんな根ほり葉ほり。出身はどこ？　お父さんは何する人？　兄弟は何人？好きな食べ物は？　趣味は？　って。初対面の人に訊きすぎだよ」

「訊いて何が悪いの。スネ夫さんだってちゃんと答えてくれてたわよ」

「答えてはいたけど、絶対、不愉快だったと思う。だからさっさと帰っちゃったんだもの」

「じゃ、あたしがスネ夫さんを不愉快にさせたって言いたいの？」

あの晩は、二人とも興奮していた。なにしろ十年ぶりの事件である。中学三年生のとき、クラスメイトで好きだった男の子を家に連れてきて以来の快挙だ。トバちゃんが張り切るのも無理はない。私にしても、短大を卒業して大学に勤めて、久々にやっと見つけた恋人だったのだ。この恋を逃したくない。一週間後、スネ夫は予想通り、気まずそうな顔で私に謝った。

「すみません、ぼくたち、友だちでいるほうが……」

弱火にして、静かに煮込まれていく鶏ガラスープを見ていると、昔のことをいろいろ思い出す。あれから九年経ち、今では大学でスネ夫にばったり会っても、胸がチクチクしなくなった。あんな弱虫で根性なしの男となんか、別れてよかったのだ。ただ、今後自分はどういう人生を送るのかと思うと、少しだけ不安になる。

「なに、浮かない顔してんのよ」

隣の部屋で縫い物をしていたはずのトバちゃんがいつのまにか隣に立っていた。

「びっくりしたー。やだ、脅かさないでよ」

「あ、驚いた？ もっと驚くことがあるんだけど、聞きたい？」

トバちゃんは妙にウキウキしている。

「なにその、うれしそうな顔」

「聞きたい？ 聞きたい？ さあ、何でしょう。聞いたら驚くぞー」

じらして何を言う気なのだろう。私は玉じゃくしを振り上げて、怒るふりをした。

「もう、聞きたいから早く話してよ」

「じゃ、発表します。私、この家を出て行くことに決めました。オトコができちゃったの」

ケロリと言ってのけると、トバちゃんは鼻歌を歌いながらスープの味付けを始めた。

第2話　残された部屋

トバちゃんが出ていった。五月のよく晴れた日の朝、本当に出ていってしまった。物心ついて以来三十数年、トバちゃんと私はずっと二人で生活してきたのである。なのに、こうあっさり別れることになろうとは思ってもいなかった。この家を出るとすれば、当然、私のほうが先だと思い込んでいた。それが世間一般の常識というものだ。親がわりのトバちゃんを残し、私が巣立つ。ところが現実は逆だった。

残されたのは私のほうである。

トバちゃんが出発する日、私は仕事を休んで東京駅まで見送りに行った。トバちゃんの荷物は膨大なことになっていた。大型スーツケース一個にキャリーバッグ一つ。それに段ボール箱一つと、ハンドバッグがわりのボストンバッグを抱え、とても一人で運べるような量ではなかった。

これまで旅行らしい旅行をろくにしたことのないトバちゃんである。海外旅行はおろか、国内とて、十年近く前の暮れに私と二人で箱根の温泉へ一泊旅行をしたのと、三年前、商店街の仲間と誘い合わせて京都お花見ツアーに参加したことがあるきりだ。旅の支度の要領を得ないのは無理もない。

居場所が決まったらあとで宅配便で送ってあげるから、と提案したが、トバちゃんは、それではルイに面倒をかけることになるし、だいいち居場所は当分定まらないだろうと言って断った。

居場所の定まらない旅を、出会ってたった二ヶ月の男と二人きりで始めるということ自体、尋常とは思えない。どうも怪しいと私は疑った。男ができたとトバちゃんは言っているけれど、本当は男なんていないんじゃないか。突発的に、一人になりたくなっただけなんじゃないか。最初はそう思った。しかしどうやら男は存在しているらしい。ときどき電話がかかってくるようになった。受話器を取ると弱々しい声で、息を吸い上げるように笑いながら、「トウコさんを、お願いします」と言う。私は電話交換手じゃない。遠慮深そうでその実、図々《ずうずう》しい態度が気に入らない。こんな男の口車に乗せられて、トバちゃんが長年コツコツ貯《た》めた貯金を食いつぶされるのかと、想像するだけで腹が立つ。

トバちゃんから訊き出したかぎりでは、その男の職業は医者だという。たまたま洋裁業界の会合に、主催者の知り合いとしてやって来ていて、紹介されたらお互いに運命的な出会いを感じたのだそうだ。

「とにかく水谷さんって、とんでもなく心の美しい人なの」

台所の食卓でほうじ茶をすすりながら、トバちゃんが緩《ゆる》みきった声で語り出した。

「こんな純真な人が今どき生きているってこと自体、奇跡かと思うくらい。正義感が強くて優しくて、立派な人なのよお」

電話の声の印象からすると、立派そうにはとても思えなかったが、恋に溺《おぼ》れているトバちゃんに何を反論しても無駄だった。疑おうという気がもとよりない。トバちゃんが水谷さんという人を立派だと思った論拠の一つは、その会合の帰り、水谷さんにお茶に誘われて、並んで道を歩いていると、たまたま交通遺児のための募金集めをしていた高校生の前を通りかかり、水谷さんはお財布から千円札を二枚出して募金箱に入れた。それだけでなく、会合のおみやげにもらったまんじゅうを一箱丸ごと、その高校生に差し出して、「大変だろうけど、みんなで頑張るんだよ」と声をかけてあげたという。

「二千円よ、二千円。まあ、なんて優しい人だろうと、あたしはますます心動かされてしまいましたよ」

私はますます不安になった。二千円寄付したおかげで水谷さんはコーヒー代が払えなくなり、結局、トバちゃんがおごってあげたというのである。

「それって、ダメでしょう。心は優しいかもしれないけど、計画性、ぜんぜんないじゃない、その人」

そんなことないってばと、トバちゃんは激しく首を横に振った。

「彼はステキな夢を持ってるんだから。今、勤めている病院を今月いっぱいくらいで辞めて、残る人生は全国各地をまわって『県境《けんきょう》のない医師』となって人のために役立ちたいって思ってらっしゃるの。そのために着々と準備してらっしゃるのよ。素晴らしい計画じゃないの」

『県境のない医師』なんて聞いたことがない。国境のない医師団の間違いじゃないのかと問い質《ただ》すと、

「そうなのよ。あたしも聞いたことないって言ったのよ。そしたら、『僕がその第一号となって、これから志ある医者を少しずつ集めて組織に成長させていきたい』っておっしゃるの。なにしろ日本にはまだまだお医者様が足りなくて、困っている地域はいっぱいあるんだから。そういうところに率先して移動医師となって人助けをしよう

としていらっしゃるわけよ。偉い方でしょう。あたしもう、感動しちゃった」

喫茶店で彼の荒唐無稽《むけい》な夢を三時間あまり聞かされた末、トバちゃんはすっかり傾倒してしまったらしい。後先も考えず、是非、私にもお手伝いさせてくださいと、その場で約束して帰ってきたというのだ。

「やだもう、トバちゃんったら。その人がどんな人かろくに知りもしないで、そんな約束しちゃいけないよ。トバちゃん自身の仕事はどうするのよ。お店はどうするつもり？ だいたいトバちゃん、医療の知識も資格も何にもないのに、その人にくっついていって、何の手伝いしようっていう気なのよ」

一気に責めすぎたらしい。トバちゃんの表情がみるみるこわばって、こわばった顔のまま、うつむいた。

「あのさ、トバちゃん。トバちゃんがその人のこと好きになったっていうのなら、あたしだってむやみに反対はしないよ。でもさ、知り合ってほんのちょっとしか経ってないのに、そんな大きな決断して、店たたんでくっついていくなんて、ちょっと無謀過ぎない？」

トバちゃんは、明らかにむくれていた。私から目をそらし、黙ったきり返事をしない。

気まずい沈黙が続いた。所在なく、私は後ろで束ねていた髪の毛のゴムをはずし、両手を使って髪全体を梳《す》いた。そろそろ美容院でトリートメントしてもらおうか。だいぶパサパサし始めている。子供の頃から伸ばし続けてきて、たまに美容院で肩の線より少し長いあたりで先を切り揃《そろ》えてもらうが、一度も髪型を変えたことはない。長さはさして変わらないけれど、髪の質はこのところ急激に悪くなっている。もう歳《とし》だろうか。

無造作に一束つかんで顔の前に寄せ、枝毛のチェックをすると、あるある。いっぱいある。見つけた枝毛を丁寧に引きちぎり、食卓の上に一本ずつ並べた。これを始めるとトバちゃんは決まって怒り出す。やめなさい、そんなとこに髪の毛を置くのは。あとでちゃんとまとめて捨てますよと言っても猶予《ゆうよ》を与えられず、やるなら屑籠《くずかご》の上でやるか、あっちに行ってやりなさいと追い払われる。今日は怒る気力もないのだろうかと、しばし枝毛切りに熱中していたら、突然、屑籠がトバちゃんの足に押されて移動してきた。顔はあちらを向いたきりである。

トバちゃんは相変らず黙ったまま、日の暮れかけた窓の外に目を向けて、枇杷《びわ》の木の枝をせわしなく跳びまわる雀《すずめ》を眺めている。

「でも、違うと思うのよ」

ふいにトバちゃんの口が動いた。

「あたし、わかったんだ。水谷さんの目を見れば絶対にいい人だって、すぐにわかったのよ。だからついて行きたいと思ったんだもの。医療の資格なんてなくても、お手伝いすることはいっぱいあると思う。あたし、お手伝いしたいんだよ」

トバちゃんは私の視線を避け、ずっと雀の姿を追っている。その目を覗《のぞ》いて驚いた。泣いている。声を出さず、一重の小さな目に透明な涙を溢《あふ》れさせている。

「やだもう、トバちゃんったら。ほんとに恋しちゃったんだね」

しみじみ言うと、トバちゃんは無言でウンと力強く頷《うなず》いた。そしてその拍子に流れ出た鼻水を、持っていた台拭《ふ》きで拭き取った。

水谷さんはホームの真ん中あたりで待っていた。傍らには茶色いボストンバッグが一つあるだけだ。左右に首を振ったり背伸びをしたりしてキョロキョロしている。やっとこちらに気づいたらしく、右手を挙げるとボストンバッグをその場に置いたまま、駆け寄ってきた。その顔は、想像していたよりずっと若い。小太りで髪の毛はやや薄いが、肌つやからしてとても五十歳代には見えない。

「水谷さんって、いくつなの？」

前方から転がるように走ってくる小さめの丸い塊《かたまり》を凝視しながら、私は隣のトバちゃんに囁《ささや》いた。

「水谷さん？　えーと、今年で四十二だったかな」

「四十二？」

私は右手に持っていたスーツケースと左手で引きずっていたキャリーバッグのハンドルを手放して、立ち止まった。

「なにそれ。ってことは、トバちゃんより幾つ年下なんだ？」

トバちゃんは私を横目で見ると、

「イジワルん。訊《き》かないでよ、そんなこと」

ちょこんと肩をすぼめてはにかむと、ちょうど目の前に現れた水谷さんに向かい、不気味な笑顔を浮かべて挨拶した。

「まあ、お待ちになった？　ごめんなさいね」

今まで私が聞いたこともないような甘い声である。

あ、いえ、ちょっとだけですと、水谷さんは答えたあと、私に向き直った。

「初めまして。水谷公平です」

やにわに握手を求めてくる。風貌《ふうぼう》に似合わぬ爽《さわ》やかさを装《よそお》って、気味の悪い男だ。

「どうも、島田ルイです」

「あー、トウコさんと名字違うんだ。ああ、そうかそうか。お父さんのほうのね、戸籍上は一応。ああ、なるほど、そうですか」

私が何も補足しないのに、水谷さんはすべてを了解したとばかり、憐憫《れんびん》に満ちた微笑《ほほえ》みを私に向けて何度も頷いた。私も一応微笑み返し、「叔母がお世話になりますが、よろしくお願いします」と頭を下げたが、声にトゲを二百本ぐらい入れてやった。

「いやー、ちょっと心配しちゃいました。トウコさん、ホントに来てくれるかなーって」

「来るに決まってるじゃないですか。信じてらっしゃらなかったんですか？」

すかさず水谷さんはヒョッヒョッヒョと高めの笑い声をあげ、「そういうわけじゃないですけれど」とぷくぷくした頰をたるませた。そして取ってつけたように、「トウコさん、ステキなスーツだ。とてもよくお似合いです。ジバンシーかなにか？」と、トバちゃんのコバルトブルーのスーツを誉《ほ》めた。

「やだ、水谷さんったらもう。自分で縫ったんですよ。これでも一応、洋裁のプロなんですから、わたくし」

「ああ、そうでしたね。あんまりステキだからブランド物かと思っちゃって。すごいなあ」

「やあねえ、水谷さんったら。ねえ」

と、トバちゃんは私に同意を求めるが、何と応《こた》えたものか。たしかにそのスーツは上手に縫われている。が、私に言わせれば、ちょっと派手過ぎる。直径二センチほどの金ボタンを前に三つ、袖《そで》のところに二つ。おまけになかに着ているブラウスのヒラヒラがうるさい。

いでたちに加え、その日のトバちゃんの化粧ときたら、もともと濃い眉《まゆ》をさらに太く引き、目の上真っ青、口紅真っ赤。隣を歩く私がほとんどスッピンで、格好もジーンズに白いTシャツだけという対照的な二人だったせいか、トバちゃんの派手さが際《きわ》立《だ》つ。東京駅に到着するまで何度も人に振り返られて恥ずかしい思いをした。しかし恋する二人にはすべてが美しく見えるのか。二人とももはやベタベタのデレデレ状態だ。トバちゃんが身体《からだ》をくねらせて水谷さんのぶよぶよした腹部のあたりを指先でつつくと、水谷さんはわざと驚いたふりをして、過剰な反応をしてみせる。

若いうちに恋愛免疫をあまり作らず、いい歳になってから情熱的な恋をすると男女の関係の幼児化が激しくなるという話を聞いたことがある。こうはなるまい。二人を見ながら私は心のなかで誓った。

「そろそろ席に行ったほうがいいんじゃない。乗り遅れちゃうよ」

わざと淡々とした口調で進言した。あ、そうねと、トバちゃんは急にいつもの声に戻り、水谷さんの手を借りて、スーツケースを持ち上げた。

新幹線の車掌さんはトバちゃんの荷物の多さに驚いて、露骨に困惑の表情を示した。今どきこんな大荷物を新幹線に持ち込む乗客は珍しいのだろう。

「とても網棚には乗らないですし、通路に置かれても他のお客様にご迷惑ですのでねえ。その大きなほうのお荷物は車掌室でお預かりしますので、こちらにお持ち下さい」

続々と乗り込んでくる乗客の波に逆らって、恐縮しながら荷物とともに狭い通路を移動した。そうこうしているうちに出発のベルが鳴り、私は急いでホームに降りた。

「じゃ、気をつけてね。あっち着いたら一応、連絡してよ」

列車の乗降口を挟んで私とトバちゃんが立っている。トバちゃんとこんな別れ方をするのは、考えてみれば生まれて初めてのことだ。

「携帯電話、ちゃんと持ってきた？」

「うん、バッグに入れてある」

今回の家出のため、私はトバちゃんに携帯電話を買い与えておいた。こういう難しい機械は使い方がわからないから嫌だというトバちゃんを無理矢理説得し、家の番号を短縮ダイアルにセットして、せめてかけ方と取り方だけは覚えてほしいと頼んだが、はたしてちゃんと理解してくれたのか。

「なにかありましたら、僕からもご連絡しますし。どうぞご安心ください」

いつのまにか水谷さんが隣にいた。すっかり亭主気取りだ。トバちゃんに寄り添って、しっかり手まで握っている。安心できないのはアンタなんだよと、私は気づかれない程度に水谷さんを睨《にら》みつけた。

「ルイも元気でね。ご飯ちゃんと作って食べるのよ。家のことでわかんないことあったら連絡ちょうだいね。あたしも手紙書くからね」

ベルがホームに鳴り響く。階段を駆け上がってきた乗客が、息を切らして私とトバちゃんの間に飛び込んできた。よろけるトバちゃんを水谷さんが支え、「おー、びっくりしたねえ」と、またヒョッヒョッヒョと笑ったが、トバちゃんはもはや泣きべそ顔だ。しくしくどころか、嗚咽《おえつ》まで始め、「ルイ、ルイ、元気でね」とまるで演歌歌手が別れの歌でも歌っているような素振りで手を差し出す。私も胸がつまって涙腺《るいせん》が緩みかけたが、トバちゃんの乱れ方が激しくて、人目のほうが気になった。そんなに別れがつらいなら、こんな男について行かなきゃいいじゃない。そう言ってやろうかと思ったが、口には出せない。

ベルが鳴り終わり、私とトバちゃんはシュッという音とともに遮断された。けたたましい笛の音がして、「お見送りの方は、白線の内側までお下がりください。下がって！　下がりなさい！」

横を向くと、少し先で高校生ぐらいの男の子数人がじゃれ合っている。叱《しか》られたのはあの子たちだろう。そちらに気を取られている隙《すき》に、白い車体が音もなく動き出した。慌《あわ》てて私はトバちゃんに視線を戻す。ガラス越しのトバちゃんのくしゃくしゃになった顔が少しずつ遠ざかっていく。トバちゃんは小さなガラスのなかでちぎれんばかりに手を振っている。私はトバちゃんを追いかけた。最初は早足で、それからスキップに切り替えて明るさを演出してみたが、それではとても追いつけず、しだいに小走りになった。

トバちゃんトバちゃん、行ってらっしゃい。幸せになるんだよ。いけすかない男だけど、トバちゃんを幸せにしてくれるなら許すから。トバちゃんトバちゃん、でもきっと帰ってきて。私もちゃんと生きていく。今度、会うときまでには私もイーイ男と恋をして、絶対幸せになっているからね。

心のなかの大声でトバちゃんのくしゃくしゃ顔に向かって叫んだ。そしてみるみる小さくなっていくトバちゃんの窓ガラスが、他の窓と区別のつかなくなるまで見送った。

トバちゃんのいなくなった家は、今まで住み慣れていたはずの家とまったく別ものに見えた。妙に広々として、風通しがいい。人が一人抜けただけで、こうも閑散とするものか。おじいちゃんがトバちゃんのためにここに土地を買い、知り合いの工務店に頼んで、住居と店を兼ねた二階建ての小さな家を建ててからかれこれ四十年近く経《た》ったことになる。私にとって生家ではないけれど、この家以外に家というものを知らない。

通りに面した表玄関は黄色いペンキ塗りの合板の扉である。入り口ぐらい派手にしなけりゃお客がこないよとトバちゃんがわざわざ指定した色らしいが、もはやだいぶ剝《は》げかけて、あまり目立たない。その扉の前に今は「しばらく休業。楢崎藤子《ならさきとうこ》洋装店」という貼《は》り紙がされている。トバちゃんは、どれぐらいの「しばらく」を考えてこれを貼ったのだろう。

その表玄関はお客様用に使っていたので私はめったに利用することがなく、もっぱら台所の勝手口から出入りしていた。台所の前には五坪ほどの小さな庭があり、さまざまな花や灌木《かんぼく》が無秩序に植えられている。枇杷もその一つだ。あとは沈丁花《じんちょうげ》と額《がく》紫陽花《あじさい》と小ぶりの樅《もみ》の木。樅の木は私が中学一年生のとき、クリスマスに花屋で買ってきた根付きを、用済みになって捨てるのももったいないと思い、庭に植えたらなんとか生き延びている。その他、トバちゃんは気が向くとなんでも植えてみる。今年の春は花ニラの白い可憐《かれん》な花が一面に咲き誇って、きれいだった。数年前にお隣の森井さんのお宅から分けていただいた球根をトバちゃんが植えたところ次々に増え、一時は庭の一角が白い花畑のようになった。そういえば、あの花ニラの育て方をトバちゃんに訊いておくんだった。

勝手口の扉はずいぶん前からガタがきていて、開け閉めするときに必ずギイッと木の軋《きし》む音がする。一度、直さなきゃねとトバちゃんはこの十年間言い続けていたが、一度も直そうとしたことはない。本心は直したくなかったのだろう。直すと私が帰ってきたことがわからなくなる。私が外から帰ってきて、扉を開ける。同時にギイッと鳴る。たちまち一階奥の洋裁部屋からトバちゃんの、おかえりーという鷹揚《おうよう》な声とカタカタという律義《りちぎ》なミシンの機械音が聞こえ、私はただいまと答えてそのまままっすぐ階段を上がる。すると三段ほど上ったところで必ず、「手を洗いなさーい」とトバちゃんの声がする。私はその声に従い、きびすを返して階段を飛び降り、台所の流しで簡単に手を洗うときもあれば、声を無視して二階へ上がり切ることもある。しかし、私が帰ってきてトバちゃんの声が聞こえなかったことは数えるほどしかない。今まではそうだった。

この部屋をどうしよう。私は台所との境の引き戸を開け放ち、主人《あるじ》のいなくなった十畳ほどの板の間を見渡した。壁際に足踏み式の古びたミシンと大きな裁断机と立体裁断用の人体モデルが並び、もう一方の壁面に幅一メートルほどの等身大の鏡が立てかけてある。階段下の空間を利用して作った戸棚には洋裁道具が詰め込まれ、引き出しの表の一つ一つにトバちゃんの字で中味が記されている。常用の裁縫道具を収めていたモロゾフのクッキー缶の裁縫箱は旅に持っていったのだろう。見当たらない。

ここがトバちゃんの世界だった。一日のほとんどをここで過ごしていたトバちゃんが、初めてこの空間を飛び出した。

「どう思う？　あんた。けっこう薄情だよねえ」

裁断机に残されたヘラを取り上げて、私は語りかけた。すると急に涙がこみ上げてきた。トバちゃんがいなくなって寂しかったからではない。トバちゃんが置いてきぼりにした道具の数々の、ひっそりと寂しそうな様子を見ていたら、かわいそうになったからである。こいつらと一緒に、私は取り残されたのだ。

トバちゃんが出ていって一ヶ月も経つと、一人で暮らすことにだいぶ慣れてきた。

トバちゃんからは、出て行った日の夜に電話があったきりだ。「今、盛岡。とりあえず今夜はここに泊まります。二人とも元気よ」と、あれだけ泣いていたことが嘘《うそ》のように嬉《うれ》しそうな声だった。便りのないのは元気な証拠だ。あまり邪魔しないほうがいいだろうと思い、こちらからもかけていない。

最初のうちはさすがに夜が怖かったが、それも日一日と平気になった。ただ、朝ご飯を食べなくなったのと、夜は外食か、あるいはコンビニ弁当で済ませてしまうので、食生活がすっかり変わった。市販の弁当はどうしても味が濃く作られているし、外食が続くと胃が重くなる。健康を考えれば週に何度かは自分で作って家で食べるほうがいいのだろうと、わかってはいるが、なかなか実行できない。そのうえ、朝はたいていギリギリまで寝ているので、一食抜くか、せいぜいインスタントコーヒーを飲むぐらいだ。ゴミの日ともなれば、水一杯飲む暇もないことがある。

燃えるゴミは火曜日と金曜日。燃えないゴミが水曜日。その他資源ゴミと新聞雑誌の回収日は違う。普段から分けておけばいいのに、それができず、結局まとめるのは当日の朝になってしまう。一人だからさほど大量のゴミが出るわけではないけれど、それでもいつのまにかビニール袋いっぱいになっている。

こういうことを今までは全部トバちゃんに任せきりだったのだ。出勤前にゴミ出しを頼まれることはあったが、私はただ出がけに、靴の横に置いてあるゴミ袋を持って、勝手口から出て木戸を開け、斜め向かいの桂木《かつらぎ》さんの家の角まで運ぶだけでよかった。いや、それすら拒否していたことがある。急いでいるときはほんの数十歩の寄り道もしたくないものだ。

「トバちゃん、ごめん。今日は勘弁！」

そう言うとトバちゃんは、ああ、いいよ、気をつけていってらっしゃい、と怒りもせずに送り出してくれた。三十五になって初めてこういう家事の面倒を思い知るなんて恥ずかしいことと思いつつ、今までは本当に楽でよかった。

ある金曜日の朝、いつものように生ゴミをまとめ、燃えるゴミ専用袋に押し込んで口を結び、汚れた手を台所の流しで洗って、ああ、面倒だと独り言を言いながらバッグと一緒にゴミ袋を持ち上げて勝手口を開けたら、庭に派手なアロハシャツを着た白髪の男がいた。郵便屋さんでも宅配便のおにいさんでも東京ガスの点検係でもない。右手に鉛筆を持ち、前に小ぶりの画架を置き、図々《ずうずう》しくも、おじいちゃんの形見である中国製陶器の丸い腰掛けに座っている。あまりにも驚いて、一瞬声が詰まった。ブルーのチャイナ服を着た少年と赤い蝶《ちょう》とピンクの牡丹《ぼたん》の絵が描かれたその腰掛けは、私が子供の頃から大事にしてきたものだ。どういうつもりだ。

ゴミ袋を持って突っ立っている私に向かい、その男は「おはよう」と笑った。

「何してるんですか、人の庭に勝手に入り込んできて！」

ほとんど悲鳴に近かった。お隣さんに聞こえたら飛んでくるかもしれないほどの大きな声だった。ところがその男は慌てる様子もなく、私の腰掛けに座ったまま、のんびりした口調で言った。

「ごめんなさいね。ここで絵を描かせていただいているんです。いや、猫がね、おたくの木戸から入っていったんで、どこへ行くんだろうと思って覗《のぞ》いたら、奥にちょっといい感じの空間が見えたんで、ついふらふらと入ってきちゃって。かわいいお庭ですねえ」

「冗談じゃないですよ。さっさと出て行ってください。警察呼びますよ！」

警察という言葉を出すには少し勇気が要ったが、トバちゃんがいるときならいざ知らず、今は女の一人暮らしなのである。それにこれがもしアメリカだったら、勝手に人の家に侵入しただけで拳銃《けんじゅう》で撃たれて殺されてもおかしくない話である。ここは毅《き》然《ぜん》と対応しなければと思った。しかし、それでも白髪のその男はニコニコしている。

「いやー、怒られちゃった。困っちゃったな、まだ描きかけなんだけど。残念だなあ」

見たところ、六十代と思《おぼ》しきその男の顔つきは、たしかに凶暴そうではない。白髪まじりの無精ヒゲをはやし、赤いハイビスカス柄のアロハの下にはだぼだぼのチノパンをはいている。シロウト絵描きが興味のおもむくまま、ついフラフラと他人の庭に入り込んでしまっただけかもしれない。たとえそうだとしても歓迎するわけにはいかない。まして私は出かけるところなのだ。ここで油断して、もしホンモノの泥棒だったら大変なことになる。

「描きかけだろうと何だろうと、とにかくすぐにここから出て行ってください。さもないと本当に警察、呼びますよ」

「はいはい、はいはいはいはい」

まるでヒステリックな極悪女に追い払われた善良な老人のような哀れな顔をして、ようやくその男は画材をしまい、帰り支度を始めた。

何と思われようとかまわない。私は男が荷物をまとめて家の脇《わき》の内路地を通り、木戸を出て通りのずっと先へ消えていくまでしっかり睨みつけてやった。そしてもう一度家に戻ると、家じゅうの戸締まりを確認し、それから急いで仕事場へ向かった。またアイツがやってくるんじゃあるまいかと、その後数日間は気が気ではなく、いっそう戸締まりを厳重にして過ごすようにした。

どうやら杞憂《きゆう》にすぎなかったかと思ったのは一週間以上経ってからである。少し惚《ぼ》けかけた老人だったのだろうと、ようやく恐怖を忘れかけた日曜日の昼すぎ、珍しく表玄関のベルが鳴り、扉を開けたら、あのときの男が立っていた。きちんとした茶色のジャケットにネクタイまで締めているので、一瞬誰かわからなかったが、ボサボサの白髪と、対照的に日焼けした顔は、たしかにあのときの男である。

「これ、こないだのお詫《わ》び。お昼ご飯ね」

男は手に持っていた藍色《あいいろ》縮みの風呂敷《ふろしき》包みを私の顔に突きつけて、ニタリと笑った。

第3話　週末の庭

　男は、前に突き出した風呂敷包みをもう一度手元に戻し、中腰の不安定な姿勢で結び目をほどき始めた。左手に包みを抱え、右手を器用に動かし結び目をつまみあげようとしている。意外に指が細い。短く切った爪《つめ》の内側に赤や黄色や青の絵具がうっすらとこびりついている。

　中から大きなタッパウエアが二つ現れた。一つには海苔《のり》に巻かれたおにぎりが隙間《すきま》なく詰められ、もう一つにはおかずが入っているようだ。

「僕が作ったのよ、これ」

　おにぎりのほうの蓋《ふた》を開けながら男が笑う。まわりのヒゲも同時に動いた。

「いや、でも……」

「でも」のうしろに「そんなにたくさん」と言いかけて、私は言葉を止めた。言ってしまうとその弁当を受け入れたことになる。いくらお詫びと言われても、受け取るわけにはいかない。だいいち、いくつあるのだろう。と、つい、目でおにぎりの数を数え始めたところを男に悟られた。

「八つ。八つ作ったの。なかは梅干しと鮭《さけ》とおかかと、あとタラコね。二個ずつ。なんか嫌いなものありました？　僕ね、子供のときからおかかのおにぎり、大好きでね。昔は贅沢品《ぜいたくひん》だったから、なかなか食わせてもらえなかったんですよ」

男はいつのまにか玄関の内側に踏み込んでいた。おにぎりの詰まったタッパウエアをいったん脇の下駄《げた》箱の上に置き、さらに二つ目のタッパの蓋を開けた。たちまち、お弁当特有のモワッとしたおいしそうな匂《にお》いが立ち上った。

「こっちはね、玉子焼きとハムカツとイモサラダ」

「ちょっと、そんなの、本当に困りますから」

「ホントはね、このハムカツとイモサラダはそこのお肉屋さんで買って詰めてもらったんですけどね。あなたんとこ持っていくんだって言ったら、一枚おまけしてくれたのよ。最初、僕が四枚くださいって言っちゃったのね。そしたら、他人様《ひとさま》に差し上げるなら五枚のほうがいいでしょうって。いいご夫婦だね、あのお肉屋さん」

男は喋《しゃべ》り続けた。ハムカツの入っている容器の内側がゆげで曇っている。きっと揚げたてを入れてもらったのだろう。あのお肉屋さんはいつもそうだ。揚げたてを客にサービスしてしまう。だからガラスケースに並んでいる冷えたハムカツは、いつまでたってもなくならない。あのカツはどうなるのだろう。あとで家族と食べるのだろうか。私は子供の頃から気になっていた。

ガラスケースには百円の厚手のハムカツと五十円の薄いハムカツの二種類があり、トバちゃんは「こっちのほうがあたしはだんぜん好きだよ」と言い、いつも薄いほうを買ってきた。でも、一度どうしても厚手のハムカツを試してみたいと思い、自分で買って食べてみたところ、たしかにトバちゃんの言うことが正しいとわかった。衣のサクッとした感触とハムの厚さのバランスは、薄いハムカツのほうがいい。素直に認めたら、

「ほらね。何でも高いほうがおいしいってことはないんだって」

トバちゃんが得意になってそう言ったのが、ついこの間のことのように思われる。男の買ってきたのも薄いほうのハムカツだった。この味を男は前から知っていたのだろうか。

男はひと通り、弁当の説明を終えると、改めて自己紹介をし、この前の朝のことを詫びて頭を下げた。そのとき私は男の名前が、田中十二夫《とにお》であることを知った。

「トニオ？」

思わず聞き返すと、

「はい、トニオ。本名です。疑ってるでしょう」

別に疑ったわけではない。聞き間違えたと思っただけだ。それなのに、興味もない名前の由来を嬉々《きき》として解説し始めた。

「僕の親父《おやじ》がトマス・マンの『トニオ・クレーゲル』って小説が好きでね、つけたらしいんだけど。子供の頃は面倒な名前つけやがってって思ったけど、案外いいのよ。外国行くと、覚えやすいって評判いいし。みんな、トニーって呼んでくれるからね、どこ行っても」

はあ、と私は力なく反応する。

すっかり男のペースに巻き込まれている。なんだか知らないが、いつのまにか警戒感も恐怖心も消えていた。

「ま、余計な話はこれくらいにして、食べようじゃないですか。お茶も、ほら」

田中十二夫は茶色いジャケットの両のポケットから水滴のついたペットボトルを取り出した。

「食べようじゃないですかって、誰と……」

そういうことだったのか。量が多いと思った。どう考えてもこの老人と一緒にお弁当を食べるのはヘンだ。抵抗する気持がないわけではないが、心のどこかで自分がこの男の言いなりになりつつあることに気づいていた。

強引な男というものに弱かった。長らく忘れかけていたが、そうだったのだということを、この老人に会って思い出した。

小学校一年生のとき、担任だった桜井先生に恋をしたのが始まりだと思う。桜井先生は明るくて声が大きくて、いつ見ても元気だった。どの先生より眉毛《まゆげ》が濃く、ちょっと運動をするとすぐに頬が真っ赤になる。体格はがっちりしているが、六年生の群れのなかに紛れると見失ってしまいそうなほど小柄で、だからあだ名は金太郎だった。先生が廊下を歩いているときに、他のクラスの男の子たちが「金太郎だー。金太郎が来たぞー」などとからかうと、桜井先生は本気でその子たちを追いかけてひっつかまえ、「来たとはなんだ、来たとは。金太郎先生がいらしたと言いなさい」と怖い顔で叱《しか》りつけた。そして彼らのお尻《しり》を勢いよく叩《たた》いたあと、気持よさそうに笑って去っていくのである。

私はクラスでさほど成績が悪かったわけではないけれど、思っていることを口に出すのが苦手だった。桜井先生はそんな私の手を引いて、なにかというと教卓の脇のスツールに座らせた。

「どうした、島田、ん？」

他の子供たちが教室を走り回ったり、笑い声をあげて遊んでいる端で、先生は私一人を相手にしてくれている。先生を独占していることのうれしさと照れくささと居心地の悪さが混ざり合い、ますますモノを言えなくなる。目の前で桜井先生が待っている。何か答えなくちゃ。そう思えば思うほど、焦《あせ》って胸が苦しくなり、ついには泣きべそをかいてしまう。すると先生は、わざとかと思うほど豪快に笑い、お腹《なか》の底から響くような声で言うのだ。

「よーし、問題なーい。泣く元気があるってのはいいことだぞ。な、島田」

背中を思い切り叩かれて、スツールから下ろされる。すると不思議に、問題はないような気がしてくる。桜井先生の「よーし、問題なーい」の一言が、おまじないのように私を支えてくれた。

私はずっと桜井先生が好きだった。大人になったら先生と結婚するんだとまで決めていた。二年生になり、担任が替わり、三年生になってまた担任が替わっても、ことあるごとに職員室の桜井先生のところへ遊びに行った。

「どうした、島田」

いつ訪ねていっても桜井先生は嫌な顔をしなかった。その大らかな笑顔と先生独特の汗くさい匂いを嗅《か》げば、それだけで安心できた。

「別に」

そう言って、私は逃げるように職員室を駆け出したものだ。

ああいうタイプの男が今、目の前に現れても、きっと好きにはならないと思う。しかしその反面で、桜井先生の自意識過剰なほどの頼もしさがときどき恋しくなる。

中学三年生のときに好きになった剣道部の岡村君も、桜井先生タイプだった。精悍《せいかん》で爽《さわ》やかで、黒々としたハリネズミのように太い五分刈りの髪の毛一本から長いまつげの先まで健康体そのものの男の子だった。岡村君は剣道部の副主将だった。岡村君のまわりには、常に男の子たちの凜々《りり》しい笑顔が溢《あふ》れていた。岡村君のそばにいれば自分の人生もすがすがしくなりそうな気がした。でも、二ヶ月ほどつき合って、クラスメイトのみんなからも公認の仲になった頃、突然、飽きた。何が嫌だったわけではない。ただ、一緒にいても楽しいと思えなくなった。

「俺が神社で突然、島田の唇を奪ったのが原因か」と、私が「別れましょう」と切り出したとき、岡村君に言われた。「あれ以来、島田は完璧《かんぺき》に変わった。ぜったい、変わった」と岡村君は、熱い目で私を見つめた。

岡村君とのキスは最低だった。その日、もしかしてそんなことになりそうだという予感は、デートをする前からあった。だから、岡村君と原宿で買い物をした帰り、明治神宮のなかを散歩しようとぶっきらぼうに誘われたときにも素直に従った。しばらく無言で歩き回り、人気《ひとけ》の少ない神宮の林を歩いている途中で、岡村君がやにわに私の背中を太いケヤキの木に押しつけて、前に覆《おお》いかぶさってきた。そのときも、抵抗しなかった。いよいよ来たかと思っただけだ。ところが岡村君は、私より先に強く目をつむり、ひょっとこのような唇を前に突き出してきた。その間の抜けた顔を見たとたん、昂揚《こうよう》しかかっていた気持がヒューッと萎《な》えた。そのあと岡村君が健康的な肉厚の舌を押し出して、強引に私の唇を開かせようとしたときには、ほとんど嫌悪感《けんおかん》しかなくなっていたと思う。唇を離した時点で私に残っていた感情は、他人の唾液《だえき》が口のなかにたまったという不快感だけだった。人生初めての口づけを、うっとりとした気持で思い起こせない私は、なんて不幸な女なのかと思う。

素直な岡村君は私と別れた数週間後には、隣のクラスでいちばんのおしゃべり女とつき合い始め、すぐに快活さを取り戻した。

その後、高校時代に一回と、十九歳の夏に一回、外見爽やかタイプの男に恋をした。片思いをしているうちは、相当に心がときめく。空想の世界でドライブに行ったり喧《けん》嘩《か》をしたり仲直りをしたりして、理想的な恋人になっていく。ところが現実にその男が「惚《ほ》れられた強み」を肩になびかせて近寄ってくると、スーッと冷めてしまう。片思いしていたときの彼のほうが断然、カッコよかった。自分でもどうしようもなかった。あれほど会いたいと思っていた気持も、日に焼けた逞《たくま》しい腕に触れたい衝動も、あとかたなく消え去った。

「ルイって壊れてるよ。理性と感情がアンバランスすぎるんだよね。だって私が見てもルイは、体育会系より文科系の男のほうが合うと思うもん」

女友達が私の性格と相性を分析してくれた。なるほどそうかもしれない。私には恋愛の正しい仕方が根本的にわかっていないのかもしれない。今後は桜井先生タイプは避けて、むしろ逆の、少々とらえどころのない男に関心を向けるようにしようと心掛けた。

九年前につき合ったスネ夫はそんなタイプだった。表面的にはおとなしくて優しい性格だが、芯《しん》は頑固で、突き詰めると自己中心的なところがある。食べ物の好き嫌いが多く、スネ夫とつき合っていた間は彼の食べ残しを片づけるのに忙しかった。おかげで体重が二キロも増えた。彼は食べ物の好き嫌いと同様、人の好き嫌いも激しかった。こういうデリケートな男が私と合うのだなと思い、その繊細さを理解してあげられる自分に満足していた時期もあったが、結局、うまくいかなかった。

私がはっきり返事をしないうちに、トニーさんは持ってきたタッパウエアの蓋をして、風呂敷《ふろしき》に包み直すと、それを抱えていったん玄関を出た。

「庭で食べましょう、庭で。女性のお宅に上がり込むのも失礼でしょう。ね」

そりゃ、家に上がり込まれるより庭のほうがましである。そう思考が働いたとたん、はいと返事をしてしまっていた。そして私はサンダルをつっかけて、家の横の木戸を開け、トニーさんを横の内路地から庭へと案内した。

「あー、紫陽花《あじさい》が濃くなりましたねえ。こないだ来たときよりずっと色が濃くなった。いやいや、きれいきれい。おー、枇杷《びわ》もだいぶ黄色くなってきたねえ。はあー、おいしそうだ。おいしそ、おいしそ」

トニーさんは、まるで久しく別れていた家族に再会したときのように、一つ一つの植木をなで、その様子を愛《め》でた。私は勝手口から家に入り、台所の椅子《いす》を二つと、普段はやかんや調味料置きにしているワゴンを運び出すことにした。

「あ、ごめんなさいね。面倒かけちゃって。手伝おうか?」

ワゴンの上のものをどけ、台拭《ふ》きで拭いていると、トニーさんが台所に首を突っ込んできた。

「大丈夫、軽いですから」

自分でも何をやっているのだろうと思う。見ず知らずの老人に、どうしてこんなに親切にしなくてはいけないのかわからない。トニーさんは私が持ち出したワゴンを途中から受け取って庭の真ん中にしつらえると、その上に風呂敷包みを置き、タッパウエアを並べた。

「申し訳ないんだけど、小皿があったほうがいいかなあ」

「あ、そうですね。割り箸《ばし》も要りますね」

二人はワゴンを挟んで向かい合った。真ん中にはお弁当が並んでいる。不思議な空気が流れた。それまで喋り続けていたトニーさんが、割り箸を両手で握ったまま、動かない。

「寒いですか？」

私は訊《き》いた。梅雨の始まりは不順な天気が続く。昨日は夏のように蒸し暑い一日だったのに、今日になって空気が一変し、少し肌寒いほどの風が吹いている。

「あ、いやいや」

トニーさんが顔をあげて、改まった。

「僕ね、ずっと気にしてたのですよ。この間のことね。あなたを脅かしちゃって。どうやって謝ろうかと思ってさ。泥棒みたいに思われたまんまじゃさ、僕だって悲しいじゃない。この歳《とし》になるとね、もう残り少ないんだから、どうでもいいやって思うことと、残り少ないからシャンとしなきゃって思うことと、あるのね」

私はタッパウエアからおにぎりを一つつまみ上げて、かぶりついた。タラコだ。なかが生焼けでムニュリと柔らかい。トバちゃんのおにぎりは小ぶりの俵型だったが、トニーさんのは三角型で、トバちゃんの二倍ぐらいの大きさがある。男の人は手のひらが大きいからだろう。一つだけでじゅうぶんお腹がいっぱいになりそうだ。続いてハムカツを小皿に取り、お箸で切って口に運んだ。だいぶ冷めている。やっぱりこのハムカツは揚げたてのほうが断然おいしい。今度、揚げたてを買ってこよう。トニーさんの存在は、もう私の心のなかで庭の紫陽花や枇杷の間に馴染《なじ》んで見えた。

それ以来、トニーさんは、週末に前ぶれもなくフラリと現れるようになった。来るときは、なにかしら必ずおみやげをぶら下げている。この間は駅前のケーキ屋のシュークリームを二つと洗濯石鹼《せっけん》だった。新聞勧誘員が二つもくれたけど僕はそんなに洗濯しないからと言って、「まったくこんなもんくれたって、新聞取らないいんだけどさ」

といたずらっぽく笑った。

その次の週末には真っ赤なサクランボをワンパック持ってきた。

「もうサクランボの季節なんですね。高かったでしょう」

プラスチックのパックにみっちりと詰まった赤い粒に見とれてお礼を言うと、

「いや、知らないの。だってこれ、お中元に送られてきたからさ」

「お中元なんですか？　じゃ、私がもらっちゃったら、ご家族に悪いじゃないですか」

トニーさんは、いいのいいの、ルイちゃんにあげると手を横に振って笑うだけである。

トニーさんは自分のことも家族の話も一切しなかった。こちらから訊き出せば話したかもしれないが、そうするとこちらの事情も話さなければならなくなる。それが面倒だった。トニーさんには私の名前以外、何も細かいことは話していない。

「知ってる？」とトニーさんが訊く。

「このサクランボの柄を口のなかで結べるヤツがいてさ。悔しいの。僕、どうしてもできなくてね。あれって、どうやって結ぶんだろね」

「あたし、できますよ」

私はサクランボを一つ、口のなかに柄ごと突っ込むと、舌を使って結び目をつくり、口から出してトニーさんに見せた。

「ひょー。女の子でもいるんだ、できる人。驚いたねえ」

「簡単ですよ、ほら、こうやって」と、私がもう一度、サクランボを持ち上げて、結び方の説明をしようとしたら、トニーさんは立ち上がっていた。

「ね、あの枇杷、一ついただいてみていい?」

私は手にしたサクランボを口に入れ、枇杷の木のところまで行って一つもいだ。

「どうぞ。けっこう甘いと思うけど」

「いやー、うれしいねえ、うれしいねえ」

トバちゃんに、トニーさんのことを報告したい。会えばきっと気に入るだろう。でも実際に見ていないと反対するかもしれない。突然、庭に侵入してきた老人と、ときどき週末に会っている。ウチの庭で一緒にお昼を食べたりしていると言えば、心配するに決まっている。

「この腰掛け、懐《なつ》かしいなあ」

「え?」

私は枇杷の木のところから振り向いた。

「この椅子とすごく似たの、僕の大連《だいれん》の家にもあったのよ。僕、生まれが中国なの」

「へえ、そうなんですか。それはおじいちゃんの形見なんです。おじいちゃんも昔、中国で買ったらしいけど」

「こういう腰掛けには子供の霊が宿っているって言うよね」

「え？　知りませんけど」

「中国の古い言い伝えにね」

おじいちゃんの腰掛けに描かれた蝶々《ちょうちょう》の絵を撫《な》でながら、トニーさんは続けた。

「その家の子供が死ぬと、黄泉《よみ》の世界から戻ってくるのを願って、その子の姿と好きだったものの絵を描いた陶製の椅子を庭に置いておくんだって」

「やだ、本当ですか？」

驚いて聞き返すと、トニーさんは涼しい顔で、「ウソ」と言った。

「でも、そういう言い伝えなんかがあると思うと、ちょっと楽しいじゃない。ただの腰掛けが由緒《ゆいしょ》正しく見えてきちゃう」

止《や》めよう、と私は思った。トバちゃんには内緒にしておこう。しばらく秘密にしておくほうが無難かもしれない。そう決めると、なんだか笑いがこみ上げてきた。

「いい匂いだね」

七月の半ばも過ぎた土曜の夕方、トニーさんが勝手口に立っていた。

「わ、びっくりした」

外はもう日が暮れかかっている。そろそろ電気をつけようと思っていた矢先だった。ちょうど私は鶏《とり》ガラのスープを煮込みながら、かたわらでハンバーグを作ろうと、玉ねぎをみじん切りにしていた。涙が出て、しょぼしょぼになった顔を隠すこともできない。

「スープ取ってるの？」

「どうしたんですか、こんな時間に来るなんて、珍しいですね」

私は玉ねぎを切る手を止めて、痛む目にタオルを当てた。

「今日はちょっと昼間、忙しかったからね」

ニヤリと笑うと、そのまま庭に出て行った。いつもより無精ヒゲが濃く見える。思えば日が暮れてからトニーさんに会うのは初めてだ。

「上がって、お茶でも飲みます？」

私は流しの上の小窓から、トニーさんの後ろ姿に声をかけた。

「いや」

この点に関してトニーさんは頑《かたく》なだった。庭には断りなく入ってくるくせに、決して家に上がろうとはしない。案外、紳士的なところがある。トニーさんはゆっくりと庭を巡って勝手口に戻ってきた。

「これ」

白いビニール袋を突き出した。

「そろそろ蚊が出てくる季節でしょ。蚊取り線香、買ってきた。あと、これね」

絵葉書だった。紫色のラベンダーが一面に咲いている写真である。

「ポストに入ってたよ」

トニーさんの手から受け取って裏に返すと、それはトバちゃんからだった。消印は札幌となっている。

「じゃね。今度、僕もスープ作ってこようかな」

「え？」

絵葉書に気を取られている隙《すき》に、トニーさんが片手をあげて、帰ろうとしている。

「スープ？」

「僕のスープもなかなかおいしいのよ。じゃ、また」

トニーさんの姿が夕闇《ゆうやみ》のなかに消えていったあと、私は食卓の前に腰掛けて、トバちゃんからの葉書を読み始めた。

〈鬱陶《うっとう》しい季節でしょうが、その後、お変わりなくお過ごしですか〉

何を改まっているのだろう。しばらく音信不通にしていたので、後ろめたいのかもしれない。

〈でも、こちらは梅雨とは無縁です。北海道は、ちょうどラベンダーの花が真っ盛り。この絵葉書と同じです。それはそれはきれいよ。昨日、水谷さんと帯広の診療所から札幌へ帰る途中で、ラベンダー畑に寄って、売店でこれを買いました。せっかくルイが買ってくれた携帯電話、かけなくてごめんなさい。どうも使いづらくて、スーツケースの奥にしまったまま、つい置き忘れちゃうの。やっぱり私は手紙のほうが性に合っているようです。ルイは一人でちゃんと生活してますか？　朝寝坊したりしてない？　ご飯はどうしてるの？　コンビニ弁当ばかりだと栄養が偏《かたよ》るから気をつけなさいよ。書くとこなくなった。では、さようなら〉

思ったとおりだ。トバちゃんはよほど携帯電話が嫌いらしい。こちらから何度かかけてみたが、いつも電源が切れていてかからない。留守番メッセージを残しても返事がない。きっと触ってもいないにちがいない。

私は二階へ上がって自分の部屋の本棚から、高校時代に使っていた地図帳を取り出した。札幌がここで、帯広はここか。かなりの距離がある。レンタカーで動いているのだろうか。

「やれやれ」

地図帳を閉じ、それを持って台所へ降りた。しばらく地図帳を台所の料理本の棚に並べておくことにしよう。そうすれば、トバちゃんから手紙が来るたびに、どこを回っているのかすぐに確かめられる。

スープが沸騰《ふっとう》し始めた。慌《あわ》てて私は火を弱める。トニーさんは何のスープを作って持ってきてくれるだろう。

第4話　場違いな晩餐《ばんさん》

日曜日に新宿へ出かけた。そんなことをするのは久しぶりである。

もともと人混みがあまり好きではない。混んだ電車に乗ったりデパートの催し物会場などにいると、必ず頭が痛くなる。そんな苦痛に耐えながらせっかくの休日を無駄に使うより、一日じゅう家にいて、だらだら過ごすほうがよほど休息になる気がする。部屋の片づけをしたり本を読んだり昼寝をしたり、たまに庭に出て、働き者のアリの行方を観察したりしているうちに、いつのまにか太陽がオレンジ色に染まり、西の方角に沈んでいく時間となる。ああ、今日も無為に過ごしてしまったなあと悔やむ、そのうら寂しいような、もの悲しいような感じがいい。

東京生まれのくせに珍しいよねえと、昔から友達によく笑われた。買い物より夕焼けが好きだなんてジジくさい趣味だともからかわれた。

ジジくさいとからかった友達の一人である大学時代の友人、奈々子《ななこ》から、久々に電話があり、一緒にご飯を食べないかと誘われたのは金曜日の夜のことである。

「トバちゃんが失踪《しっそう》したんだって？」

電話口で奈々子が興味津々《しんしん》の声を出した。奈々子とは大学一年で同じクラスになり、何度か家へ遊びに来たのでトバちゃんのこともよく知っている。

「別に失踪じゃないけどね」

「じゃ、ルイは今、その家に一人きりなの？」

「まあね」

いいなあ、一人暮らしなんて、一生に一度でいいからしてみたいわあ、と奈々子は声を裏返してうらやましがってみせた。

奈々子は昔からやることなすことが華やかだった。恋にもキャンパスライフにも単位取得にも意欲的で、ドラマに出てくる夢多き女子大生そのものに見えた。大学一年のときは、将来、報道写真家になって世界中の恵まれない子供たちの表情を撮るんだと豪語していたが、二年になると、写真はつまらない、世界の共通言語はなんといっても音楽だと、急にピアノに目覚め、実は子供の頃から習っていたから才能はあると言う。ならばピアニストになるつもりかと思っていたら、就職活動が始まった頃、当時つき合っていたイラストレーターの影響を受けたらしく、一転、編集の仕事をしたいと言い出し、落ち着いた先は建築関係の出版社であった。そして数年後、担当した妻のいる建築家と恋仲になり、そのことが親や会社に知れて一時は大騒ぎとなったが、奈々子の妊娠がきっかけで相手の離婚が成立し、最後は無事に結ばれた。さんざん彼女の移り気に振り回された友達連中は、結婚式当日、「絶対、まだなんかやらかすと思うね」と囁《ささや》き合っていたが、大きなお腹《なか》でウェディングドレスを着た奈々子の顔は本当に幸せそうで、よかったと思った。

「あーあ、あたしもたまには一人になりたいわよ。ウチのダンナなんてさ、仕事が終わるとまっすぐ家に帰ってくるのよ。こんなに家が好きな男だなんて、一緒になるまで知らなかった。おまけに旅行も嫌いだから、地方に出張なんか行ってもできるだけ日帰りしたがるし。まったく少しは外で遊んできてほしいと思うくらいよ。娘のことが気になるからだって。もう溺愛《できあい》してるんだもん。笑っちゃうくらい」

あの劇的な略奪愛の末、妻の座を獲得して何年も経《た》つと、奔放《ほんぽう》な奈々子でさえこんなに現実的な主婦の声色《こわいろ》になってしまうものなのか。それともこれは一種のノロケなのだろうか。奈々子の言葉を真《ま》に受けて、そんなことないよ、一人暮らしは寂しいわよと答えれば、そうよねえ、ルイも早く誰かいい人、見つけなさいよ、結婚する気ないの、と畳みかけてくるにちがいない。

「誰に聞いたの？」

私は話題をそらした。

「誰って、何を？」

「トバちゃんが出てったこと」

「ああ」と奈々子が受話器の向こうでかすかに笑った。小刻みな笑い声の間に「ご本人」という言葉が挟まれた。

「トバちゃんに会ったのよ、偶然。それも札幌で。たまたま主人の実家に帰る用があって、その前にグランドホテルでお茶を飲んでたら、なんか見たことのある女性が奥のテーブルにいるなあって思ったの。でもすぐ思い出したわよ。あのおかっぱ頭は独特だもの。ステキな男性とご一緒で、とても親密なムードに見えたから最初、遠慮してたんだけど、でもそんなとこで会うなんて奇遇じゃない。思い切って声をかけたら、『あー、奈々子さんでしょう』ってすごく懐かしがってくださって。飛び跳ねて喜んでくれたの。トバちゃんって相変わらず、変わってるわよね」

奈々子はトバちゃんから家を出た経緯を聞き、東京にルイを残してきたから気がかりだ、寂しがっていると思うので連絡してやってくれと頼まれたらしい。

奈々子とは新宿のホテルのロビーで待ち合わせた。ウエーブのかかったセミロングの髪型は昔と変わらず女らしいが、少しふっくらした顔が目鼻立ちを穏やかにしている。

奈々子の話によるとその夜の会食はフランス料理で、奈々子の夫である伊礼《いれい》功一と元同僚の編集者が二人、そして伊礼功一に最近、別荘の建築を依頼した小説家夫妻も同席するという。

そんなことは聞いていない。なるほど見れば奈々子は黒いスーツでシックにまとめている。一方私の格好といえば、白い綿のノースリーブシャツにベージュのパンツスタイルだ。気楽な仲間の食事会だと言われて油断した。そうとわかっているならもう少しきちんとした服を着てくるべきだった。早く教えてくれればよかったのにと私がごねて足を止めたら、平気平気、すごく気さくなご夫妻だから心配ないの、と強引に私の腕を取り、エレベーターに乗り込ませた。

「あなたのこと、先生の熱烈なファンだって言ってあるから。井上豪って、一冊ぐらい読んだことあるでしょ。ほら、ベストセラー作家の」

たしかに中高年の間で人気の恋愛小説家だということぐらいは知っているけれど、はたして何を読んだだろう。普段は外国の古い推理小説を読むことが多く、日本の、特に男性作家の小説は数えるほどしか読んだことがないが、井上豪の本は記憶にある。移動する階数表示ライトを見上げながら私は思い出そうとした。

「もしかして『何食わぬ愛』ってその人？」

同乗している客が二人いた。おのずと声が小さくなる。

「そうそう。それ、井上豪の代表作よ」

奈々子も声を潜めたが、隣の紳士の視線がかすかに動いたように感じる。

エレベーターの速度が急に落ち始めた。十七階の客室フロアで紳士と、不釣合いに派手な女が降りたとたん、私は声のボリュームを戻した。

「ひどくない？　あの小説」

あんな軽薄な小説の作者と食事をするなんて、考えただけで気が滅入《めい》る。

「ひどいです、たしかに。最悪な小説」

エレベーターがちょうど目的の四十二階に到着し、ドアが開いたところで反射的に私は「閉」のボタンを押し、続いて一階のボタンも押そうとすると、すかさず奈々子の手が伸びた。

「でも今日は、ファンだから。ね、行こ」

再びドアが開き、ドンと背中を押された。

気乗りのしない会食には出かけないに越したことはない。九十九パーセントの確率で予感は的中するものだ。予想外だったのは、井上豪というその小説家が思ったより年輩だったことと、その妻が、さらに年上とおぼしき外国人だったことぐらいだ。作品の非現実的な筋立てと短絡的な登場人物から推して、作者はせいぜい四十代半ばと思い込んでいた。

新宿の夜景を望む最上階のフレンチレストランの個室に全員が揃《そろ》ったところで、さっそく挨拶《あいさつ》が交わされ始めた。

「まあ、井上先生、ステキなスーツですこと。この間の着物姿もステキでしたけど、スーツ姿だといちだんと若々しいわ。三十代って言っても通用しますね。とても六十四歳には見えませんわ。ね、奥様」

奈々子がたちまち愛想を振りまいた。

「おいおい、奈々子さん。そう勝手に実年齢をばらされては困るねえ。僕はいつだって心は三十代なんだから」

六十四歳が相好《そうごう》を崩して笑った。

「あら、ごめんなさい、先生。でもホントにお若い。あの、実は先生、今日は私の大学時代の大親友も連れてきちゃいましたの。先生の大、大、大ファンだって、どうしても一目お会いしたいって言うものだから」と、私を振り返り、挨拶を促した。

「島田ルイと申します」

小説家はウエーブのかかった前髪をかき上げてチラリと私に目を向け、軽く頭を下げたが、笑顔はすっかり消えている。むしろその隣の白髪をひっつめにした女性が丁寧に腰を曲げ、

「アー、ルイさんですか。わたくし、妻のクリスチーナ申します。よろしく」

流暢《りゅうちょう》な日本語で微笑《ほほえ》んだ。

三つ、と私は心のなかで数えた。さっきの奈々子の発言のなかには三つの嘘《うそ》がある。第一に、私は奈々子の大親友ではない。第二に私はこの小説家の大、大、大ファンでもない。そして第三に、この小説家の着ているストライプ柄の濃紺ダブルスーツに濃いオレンジの花柄ネクタイは、ステキでもなければ似合ってもいない。

今日、奈々子がこの食事会で総計いくつの嘘をつくだろう。その数を数えてやろうと私は秘《ひそ》かに企んだ。

「ルイさん」

後ろから低い声をかけられた。振り向くと、奈々子の夫である。結婚式のときのプレイボーイ風の印象とは異なり、柔和で知的な中年紳士という風情《ふぜい》だ。

「すっかりご無沙汰《ぶさた》しちゃって」

「あ、どうもお久しぶりです。今日はなんだか……」

場違いなところへ紛れ込んだことを少しでも釈明したいと思ったが、言葉を遮られた。

「この二人はウチの家内が以前に勤めていた出版社の人でね。僕が昔から世話になっている編集長と……」

「倉木と申します。どうぞよろしく」

よく日に焼けた年長のほうの男が前に進み出て、私に名刺を差し出した。

「『建築時代』？」

「あ、建築雑誌なんですけど、ずっと伊礼さんにはエッセイの連載をお願いしてまして。僕、伊礼さんの大学時代の一年後輩でしてね」

そのうしろに、若い男が名刺を手に控えている。

「あ、こいつは今、伊礼さんの担当者で……」

「林康介《こうすけ》と申します」

私はどうもと頭を下げて名刺を受け取ったが、交換する名刺を持ち合わせていない。こういうときはどうすればいいのか。そういうことすらわからない。

「えーと、席順、どうしましょうか」

奈々子が積極的に仕切り出す。すると、

「そりゃ君は僕の隣に座ってくれなくちゃ」

小説家がすかさず奈々子の腕をつかんで手元に引き寄せた。

「いいだろ、伊礼君。奥様をお借りするよ。そのかわり家内を君の隣に進呈しよう。食事の席ぐらい構わないだろうが。別に食後もずっとって言ってるわけじゃないんだから。なあ」

下品に笑う小説家に合わせ、「もちろん、光栄です」と伊礼さんも笑ったが、小説家の妻の口元は動いていなかった。

「じゃ、井上先生は真ん中の席にお座りいただいて、奈々子は先生の右がいいかな。奥様はお向かいの、こちらでよろしいですか。ルイさん、先生の左隣でどうでしょう」

伊礼さんがテキパキと采配《さいはい》し、

「あと、僕と林は脇《わき》を固めましょう」

編集長が引き継いで、席順は決定した。おかげで私は奈々子と顔の合わない席に座ることになった。隣は小説家の大先生だ。

「僕はね」と小説家が席に着くなり口火を切り、何かを話し出そうとした。そこへ、

「お飲み物はどういたしましょうか」

胸にぶどうのバッジをつけたソムリエが颯爽《さっそう》と現れ、端に座る編集長にワインリストを手渡した。言葉を遮られた小説家は憮然《ぶぜん》としてソムリエを睨《にら》みつけている。

そうだなあ、どうしましょうねぇと編集長はリストを覗《のぞ》き、「先生、今日は先生の別荘完成祝いもかねての会ですので、まずシャンペンを開けて、そのあとワインでよろしいですか」と小説家に向かって断りつつ、「じゃ、そういうことで、いいのを選んでよ。適当に……」とリストを閉じ、横に立つソムリエに渡そうとしたところ、

「適当じゃ困るよ、君。ちょっとそのリスト」

小説家が不機嫌そうな声を発した。慌《あわ》てたソムリエが小説家のそばに近寄ってリストを手渡す。

「あんまり面白いものは置いてないんだな、ここは」

苦々しく言い捨て、

「じゃね、しょうがないからまずシャンパーニュはドンペリ。あと赤は……。だいたい料理は何が出てくるわけ？」

各人の前の飾り皿の上に、小さな二つ折りの紙があり、そこに『本日の特別メニュ

ー』が書かれていることに、小説家はまだ気づいていないらしい。

「あ、先生、今日はこのレストランのシェフが井上先生のために特別に腕をふるってくれるということで、お任せしてしまったんですが……」

編集長がビビり始めている。

「えー、本日のお食事は、お手元にもございますように、まず桃の冷製スープから始まりまして、フレッシュ・フォアグラのソテー、そして有機野菜を使った小さなサラダをはさみ、メインといたしましては、まずお魚が……」

ソムリエが料理の解説を始めると、

「いちいち説明してくれなくても、読めばわかるよ。それより僕はワインのことを考えているんだから、そっちの相談に乗ってくれたらどうなんだろうね」

苛《いら》ついた様子で小説家が制した。部屋の空気がにわかに張りつめる。静寂のなか、小説家とソムリエがワインについてしばし協議をした結果、かしこまりましたとソムリエは無表情にリストを抱えて部屋を出て行った。

「どうもこの頃、サービスという仕事をなんだかわかっていない輩《やから》が多くて困るね。ワインがブームだからって、ソムリエって奴《やつ》らは自分の知識をひけらかして客をバカにする。いやだねえ」

ドアの閉まったのを見届けて、小説家が呟《つぶや》いた。

「まったくおっしゃる通りですねえ、先生。いやあ、スカッとするなあ、先生を拝見していると。僕なんか、きちんと文句も言えず、だらしないかぎりですよ」と、編集長がむやみに笑ってみせる。

「あんな連中より、奈々子ちゃんのほうがずっとワインについて詳しいよなあ」

小説家はさりげなく奈々子の肩をさすっている。

「やだ、先生ったら。こないだ私がソムリエ試験、落ちたのご存じのくせに。からかわないでくださいよ」

奈々子が甘え声を出した。

「もうコイツのおかげでワインセラーは買わされるし、高いワインはダースで注文するし、今、ウチの玄関は木箱の山で、酒屋みたいなことになっちゃって。亭主はやせ細るばかりなりですよ」

「うわあ、いいですねえ。余ったワイン、安く引き取りますんで、いつでも言ってください」と、若い編集者が口を挟むと、

「安くは譲れませんよ、お客さん。なにせ元手がかかってますからねえ」

伊礼さんが酒屋の主人《あるじ》風な口ぶりで答え、皆がいっせいに笑った。

笑っていないのは私と小説家の妻だけだ。彼女は夫のこういう態度をどう思っているのだろう。私には、さっきのソムリエのどこがいけなかったのかちっともわからない。実直なソムリエに意味もなくからんでいたのは小説家のほうだという気がする。やはり場違いなところへ来てしまった。食事が始まる前から胃のあたりが痛む。

「ところで伊礼君」

食事も中盤に達し、すっかり機嫌を取り戻した小説家が伊礼さんに呼びかけた。

「君は中川信明《のぶあき》とはどこかでつながりがあるの？」

「はい。学生時代、中川先生の教室で一年間だけ授業を受けたことがありますが」

「ああ、やっぱりね。いや、今回建てていただいた別荘がね、なんだか彼の匂《にお》いがしてね」と、そこで小説家がやおら私を振り向いて、

「君、中川信明って知ってるだろ」

突然のことに驚いた。この会食で小説家が私に声をかけたのはそれが最初である。食べながら喋《しゃべ》るので、口のなかの黄色いソースにまみれたスズキの白身がちらちら見えて気持ち悪い。思わず目をそらし、私は膝《ひざ》のナプキンを持ち上げて口を拭《ふ》いた。

「いえ、存じません」

「なんだ、知らないかねえ、あんな有名な建築家を」

小説家の目に、明らかな侮蔑《ぶべつ》の色が感じられた。

「ほらルイ、中川信明って、カナダ万博のときのモニュメントビルの設計で世界的に有名になった人よ。東京でも表参道のブランドコンプレックスビルや、丸の内の商工会議所の新しいビルを建てた……」

奈々子がフォローしてくれたので、「ああ」ととりあえず答えたが、ビルは知っていても建てた人の名前までは知らない。

「僕が昔、ウィーンに住んでいたとき、留学中の中川君と懇意になってね。ずいぶん一緒に遊びまわったものだが、彼、今度、建築協会の会長になるんだろ」

小説家の関心はもはや私から離れたらしく、完全に背を向けて、向かいの伊礼さんに話しかけている。

私は一度休ませたナイフとフォークを握り、メインの鶉《うずら》のコンフィに取りかかった。塩味はほどよいが、骨があって切りにくい。いっそ手でつかんで食べたいくらいだ。目を上げると、正面の小説家夫人も私同様、黙って鶉と格闘している。

「奥様は、お国はどちらなんですか」

ワインを一口飲んでから、さりげなく声をかけてみた。あ、おいしい。

「アー、わたくしはチェコスロバキアで生まれました。主人とはプラハの大学で知り合いましたのですから、そのあと日本にやってきました」

夫人が久しぶりに笑った。笑うと目尻《めじり》に皺《しわ》が寄る。ポパイの恋人のオリーブが歳《とし》を取ったらこんな顔になるだろう。やつれが感じられるのは気のせいか。

「アー、そうだったんですか。日本語がお上手ですが、どこで勉強なさったんですか」

そのとき、

「おい、クリス」と小説家が横柄《おうへい》な態度で老オリーブを呼んだ。

「あれはいつだったっけね。ほら、僕がザグレブで講演をしたのは」

「アー、たしか一九八二年か三年だったと思いますけど」

妻が即座に答えると、小説家は再び建築家と編集長との話に戻った。そして私と小説家の妻との会話はそれっきり途切れた。

デザートに移る前、私は化粧室へ行くために席を立った。そのときふと、小説家のむっちりとした小ぶりの右手が奈々子の膝にしっかりのっているのが目に入った。のっているばかりか、その手は奈々子の膝の上でいやらしく前後に動いている。そのことを、奈々子以外の人間も気づいていないはずはないと思うのだが、誰一人気にしている様子がない。

三時間にわたる食事がようやく終わった。帰り際《ぎわ》、エレベーターが来るのを待つ間、ワインで顔を真っ赤にした小柄な小説家は長身の編集長に向かって胸とお腹《なか》を突き出し、頭だけを軽く下げた。

「いやあ、楽しかった。すっかりごちそうになっちゃったけれど、いいのかしら」

「もちろんですとも。それより色々不行き届きなことで申し訳ありませんでした」

「いや、僕はそういう細かいことはぜんぜん気にしないタチでね」

「ホントに先生、心がお広いですよねえ。まいっちゃうなあ。いやあ、僕ね、昔から先生の小説、大好きだったんですが、ますますファンになっちゃったなあ。今度、先生にも今日お話しいただいたような鋭いご意見を我が雑誌に是非、お書きいただきたいと思っておりまして。改めてそのお願いもかねて、次回は先生の別荘のお近くでゴルフなんぞ、いかがでしょう」

「ああ、それはいいねえ。伊礼君も奥さんと一緒にいらっしゃいよ。なんなら泊まりがけで来るといい。部屋は腐るほどあるんだ」

奈々子は世にもうれしそうに喜んでみせて、「まあ、ステッキー。絶対、伺いたいですわ。ねえ、あなた」

これで嘘《うそ》は総計二十三個になった。ついでに編集長のおべっかの数も数えておくんだった。

ロビー階に降り、別れる間際まで会話は弾み、黙って俯《うつむ》いているのは、相変わらず私と小説家の妻だけだ。

ホテルの玄関前で、小説家夫妻、続いて編集長の順にタクシーで送り出す。奈々子が私のそばにやってきて、「今度また改めて。連絡するわ」と耳打ちし、愛想笑いの口のかたちを残したまま夫と一緒にタクシーに乗り込んだ。

「いやあ、お疲れ様でした」

若い編集者が私を振り返り、頭を下げた。

「私、ぜんぜん関係ないのにすっかりごちそうになっちゃって」

「いいんですよ。どうせ会社が払うんだし。井上先生のための経費なら安いもんですよ。それよりどちらにお帰りですか」

この若者と直接、言葉を交わすのは最初に挨拶《あいさつ》をしたとき以来である。名前は何だったか……思い出せない。突然、若者の携帯電話が鳴った。

「あ、林です。はい……」

そうだ、林だった。林康介だ。

「はい、じゃ、その件はまた明日にでも……、はい。よろしくどうぞぉ」

林康介が携帯を切って、振り向いた。

「失礼しました」

「いえいえ」

「あの、もしよかったら、口直しに一軒、寄って行きませんか」

彼の「口直し」という言葉にチラリと惹《ひ》かれるものを感じた。この男も、愛想笑いを振りまいていたが、内心では不愉快な食事会だと思っていたのだろうか。しかし、いかんせんクタクタだ。一刻も早く家へ帰りたい。

「今日はもう。明日が早いんで」

「じゃあ、家までお送りしますよ。といっても電車ですけど。すみません、僕のタクシー代までは経費、出ないんですよ。酒のかわりに夜風で口直ししましょうよ」

「いえ、大丈夫です。一人で帰れますから」

「ま、とりあえず駅まで歩きますか」

二人は並んで歩き出した。たしかに夜風にでも吹かれて気分を変えないと、このまま寝たら悪い夢を見そうである。

「梅雨明けしたら、一気に暑くなりましたね。でも夜は少し風があるから楽だな」

私に気を遣って、話題を探している。甲州街道の一本裏の道をしばらく歩くと、駅に近づくにつれて人の往来が多くなってきた。日曜日とはいえ、新宿の夜はこんなにも賑《にぎ》わっているものか。

「ルイさん、嫌な思いしたでしょう」

隣を歩く林康介が、こちらを向いた。

「はい？」と私はとっさに聞き返す。

「あ、ルイさんなんて気安く呼んじゃってすみません。奈々子さんがそう呼んでいらしたからつい」

「子供の頃から、みんなにそう呼ばれてるんで、別に気になりませんけど」

嫌な思いはたしかにした。横暴な小説家の言動が不愉快だった。奈々子に対する態度も目に余った。しかしそれ以上に嫌だったのは、自分があの場にいるべきでなかったということである。その気持を、この男はどこまで理解してくれているのだろう。いや、理解され、同情されたところで彼には何の関係もない。これは私自身の問題だ。

「本当に送りますよ。もうだいぶ遅いし。もしご迷惑でなかったら」

この男は私をなぐさめようというつもりなのかもしれない。その好意が素直にうれしかった。送ってもらってもいいかという気になってくる。

「迷惑ではないけど……。じゃ、切符は私が買ってきます」

「いらないですよ。僕、スイカ持ってるから」

新宿から五反田までJRに乗って、そこから池上線に乗り換える。

「いやあ、懐《なつ》かしいなあ。僕、学生時代、この沿線に住んでたことあるんですけど、ずっと乗ってなかったなあ」

康介はつり革につかまりながら、あたりをキョロキョロと見回している。少し長めの髪の毛に鼻筋の通った横顔が、誰かに似ていると思ったら、ミュージシャンの山崎まさよしだ。でも正面を向くと、トッポ・ジージョのようでもある。

「昔より車両、きれいになりましたよね。もっとオンボロだった記憶があるもの」

そうだったろうか。幼いときからこの電車に乗り続けている私には、相変わらずオンボロに見える。新宿も六本木も渋谷も原宿も、東京の中心部が年々、見違える変化を示しているなかで、この沿線だけは時間の動きが止まったかのように、車内も駅も、窓から見える景色もほとんど変わっていない。そのことが、情けなくもあり、ホッとする要因の一つでもある。

「けっこう静かなんですね、ここらへん」

駅から降りて、駅前商店街を抜け、一つ路地を入ったところで康介が肩にかけた黒い鞄《かばん》からハンカチを取り出して額の汗をぬぐった。

「この時間だとね。昼間は賑やかですけど」

ようやく家の前に着き、私は立ち止まって礼を言った。

「どうもありがとうございました。おかげさまでじゅうぶん口直しできました」

「ここなんですか、ルイさんのお家。へえー、お洒落《しゃれ》だなあ。木造なんだあ」

さっきまで暑さにややバテ気味の声を出していたが、にわかに元気を取り戻して、奇声を発している。

「うおー、ニレサキフジコ洋装店だって。洋装店なんですか」

「今は休業中なんです。出ていっちゃったんで」

「誰が?」

「楢崎藤子《ならさきとうこ》。私の叔母」

「出ていったって、家出?」

「まあ、そんなようなもんかなあ」

次の質問は見えている。訊《き》かれる前に答えようかと思ったが、やめた。いくら私のほうが年上だといっても(どう見ても年上だ)、初対面の男に一人暮らしであることを伝える必要はないだろう。

「ってことは」と康介が訊きかけたところで、庭に通じる木戸が開き、なかからトニーさんが現れた。

「あ」

驚いて、言葉が続かない。

「あ」と康介も反応し、「こんばんは」と直立不動の姿勢で頭を下げた。

「お早いお帰りで」

トニーさんは康介にチラリと会釈《えしゃく》をし、そのままボーッと立っている。暗がりによく見ると、腰には蚊取り線香が二つぶら下がっている。そして手にキンカンを持ち、腕にぬっては息を吹きかけた。アンモニアの強烈な匂《にお》いが風に乗って、ここまで届く。

「すみません、お父さん。遅くなりまして」

康介は慌《あわ》てて詫びると、

「じゃ、僕はこれで。おやすみなさい」

去りかけて、「あっ、そうだ」と言いながら振り向くと、「今度、昼間にもう一度、伺っていいですか。僕、こういう木造の古い家のこと、調べてて……。まあ、またご連絡させていただきます。おやすみなさい」

トニーさんの顔色をちらちら見つつ、康介は暗闇《くらやみ》に消えていった。少し遅れて、ありがとうございましたと言った私の声は届かなかったにちがいない。

第5話　父泊る

「どうしたんですか、こんな遅くに」

康介《こうすけ》の姿が角を曲がって見えなくなると、私は振り返った。

トニーさんは私の問いには答えないまま木戸を開け、またとぼとぼと庭へ戻ろうとしている。

「蚊が多いね、ここ。いっぱい刺されちゃったよ」

「いつから来てたんですか？」

「五時ぐらいかな」

「やだもう。ずっと？」

「やだもう、ずっとです」

情けなそうに笑うトニーさんの顔に、いつもの元気がない。赤いハイビスカス柄のアロハも寂しそうに見える。長時間、蚊と戦い続けたせいだろうか。ズボンの上からも刺されたらしく、しきりに膝《ひざ》の裏あたりを指で掻《か》いている。

こんな時間にトニーさんの訪問を受けるのは初めてだ。痒《かゆ》がるトニーさんと一緒に木戸を抜け、足早に勝手口へ向かった。こういう日にかぎって夜間灯をつけ忘れて出かけたらしい。庭が真っ暗だ。暗がりに、おじいちゃんの中国椅子《いす》と、そのまわりに画材道具の広がっているのがぼんやり見える。

「こんな暗いとこで、絵、描いてたんですか？」

「暗いのは慣れるけど、痒いのは慣れないね」

「とにかく家のなかに入ってくださいよ。そのままじゃ、身体《からだ》じゅうの血を吸われちゃいますよ」

鍵穴《かぎあな》を探り、急いで戸を開け、電気をつけた。今までトニーさんを家のなかに上げたことはない。会う回数が増えるにつれ、警戒心は薄れたけれど、なんとなく家に通すほどの仲でもないような気がして、庭でだけ会うようにしていた。でも今夜はそんなことを言っていられない。

「いや、いいよ。ここで」

むしろトニーさんのほうが躊躇《ちゅうちょ》して、戸口のところに立ちすくんでいる。

「お腹は？」

私は冷蔵庫を開けて、麦茶のポットを出す。

「お腹も、刺された」

ポットを片手に持ったまま、左手で流しの水切りに伏せたコップを二つ取り上げる。

「そうじゃなくて。晩ご飯は？」

テーブルにコップを並べて、麦茶をそそぐ。

「んー、缶ビール二本とポテトチップス一袋」

「やだもう」

言ってから、これは自分の口癖だったと気がついた。どうぞと麦茶を差し出すと、トニーさんは茶色いスリッポンをゆっくり脱ぎ、気まずそうに会釈をしてコップを受け取った。そのまま一気に飲んだあと、あー、うまいと、一声唸《うな》って、またキンカンを塗り始め、天井を見上げた。小さな金色の蛾《が》が、いつのまにか家の中に入っている。天井の梁《はり》のいちばん高い隅にぺたりと張りついたまま動く気配がない。

蛾を睨《にら》みつけるトニーさんは、外で見ていたときよりずっと大きく感じられる。私より十センチほど背が高い、百七十二、三センチぐらいの人だと思っていたが、もっと大きかったのだろうか。家のなかに男の人がいる景色を見慣れていないせいかもしれない。この家に男の人の姿は馴染《なじ》まない。

「お茶漬けぐらいならできますけど。あ、スープご飯もできる。おネギあったかな」

麦茶の入ったコップをテーブルに置き、もう一度冷蔵庫の扉を開けた。タッパウエアに入れて保存しておいた鶏《とり》ガラスープと長ネギ二本を確認し、生姜《しょうが》のありかを探す。

「どっちがいいですか？　お茶漬けとスープご飯」

トニーさんは立ったまま、首を横に振った。そんな気遣いは無用ですと言わんばかりに振り続け、振りながら、左右の腰に結わえ付けた蚊取り線香をはずし始めた。はずし終わると目をつむり、「スープご飯」と小声で言った。

「え？」

「大盛りでお願いします」

私はスープを冷蔵庫から取り出した。蓋《ふた》を開け、勢いよく片手鍋《なべ》に移す。スープとともに、少し崩れかけた鶏の骨も一気に鍋に移動した。よく冷やされたスープの表面には白い脂《あぶら》のかたまりが流氷のように浮いている。それを火にかけ、とろ火で温める。脂の流氷が、くるくるダンスをしながらしだいに小さく溶けていく。

スープを温めているあいだ、長ネギと生姜を細かく切る。続いて完全に脂の溶け切ったスープを漉《こ》す。もう一つ小さめの片手鍋を出し、その上にざるをのせ、上から温めたスープをこぼれないよう慎重に注ぐ。新たな鍋には金色に輝く透き通ったスープが満ちた。上出来だ。二重丸。

あとはざるに残った鶏ガラをむしる作業に移る。骨にこびりついた肉を少しずつ手で削《そ》ぎ落とす。熱いので気をつけないとやけどをしそうだ。アチチアチチと独り言を言いながらむしっていると、

「それ、僕、やりますよ」

トニーさんがいつのまにか隣に立っている。右手に持った煙草《たばこ》を口にくわえ直し、大きな両手を差し出した。

「え、ホント？　すみません。でも、その前に手を洗ったほうがいいかも……」

トニーさんが煙草を吸う人だとは知らなかった。今まで吸っているのを見たことがない。

「あ、そうね。キンカン臭《くさ》いしね」

差し出した手をそのまま流しのほうに持っていき、蛇口をひねった。そのとき、私は初めて間近で見たトニーさんの目が、異様に赤くなっているのに気がついた。

「トニーさん、目が真っ赤ですよ。うさぎみたい。目まで蚊に刺された？」

「まさか。蚊取り線香の煙のせいだろう」

私のつまらない冗談に、無理して笑おうとするトニーさんの口元がゆがんだ。

なんだかおかしい。いつもと違う。だいいちこんな時間まで私の帰りを待っているなんて、よほどの用があったのだろうか。今までにも何度か私の留守に訪ねてきたことがあるけれど、そういうときは郵便受けに「お留守のようなので」という簡単なメモと一緒にまんじゅうやキャラメル一箱が入っていたりした。

「なんか……」

私の作ったスープご飯をゆっくりスプーンですくい、息を吹きかけ冷ましながら食べているトニーさんに向かって私は語りかけた。

「なんか」トニーさんが私の顔を見た。

「なんか」のうしろに、「私に用があったんですか」とか「元気ないですね」とか「嫌なことでもあったんですか」とか、どれを切り出したらいちばん当たり障《さわ》りがないかと迷っているうちに、

「なんか、味、足りてます？」

ちがう言葉が出てしまった。

「足りてる足りてる。おいしいよ。あー、ぐんぐん元気が出てくるねえ。やっぱり食べるってのは大事なことなんだなあ。このスープご飯、どこで覚えたの？」

訊かなくてよかった。ご飯の一粒一粒が、トニーさんのエネルギーを呼び戻してい

る。

「子供の頃から、トバちゃんがしょっちゅう作ってくれてたから、自然に」

「トバちゃんって、叔母さんだっけ？」

「そう。トバちゃんの話、したことありましたっけ。ずっとこの家で一緒に暮らしてたんだけど、今は、北海道あたりかな」

「駆け落ちなさったんだっけ？　いいねえ、情熱的で。いいねえ」

駆け落ちという言葉に敬語をつける人を初めて見た。トニーさんのその言い方は心底うらやましそうで、敬意が込められている。しみじみと、いいねえをもう一度、繰り返して、トニーさんの関心はまたスープご飯へ戻った。そうだ、お漬け物があったんだ、と私は立ち上がり、またもや冷蔵庫に向おうとすると、

「もういいよ、これでじゅうぶん。それより麦茶おかわり下さい」

漬け物のかわりに麦茶のポットを出す。トニーさんが携帯電話を取り出して時間を見た。

「おー、もう十二時過ぎてたんだ。まずい」

そう言ったので、てっきり帰り支度をするかと思いきや、トニーさんは悠然と麦茶を飲んでいる。

「今日ね、フランス料理だったんです」と私は話題を切り替えた。

「豪華フルコース。全部おごり。でも変な会だった。おいしかったけど食べ過ぎちゃって」

「さっきの彼と？」

「あの人含めて全部で七人。あの若者には今日初めて会っただけだから。なんか建築雑誌の編集者やってるんだって」

トニーさんが笑っている。なぜ笑う。

「なにもそんな言い訳しなくても」

トニーさんは蚊に刺された腕を掻きながら、でもあいつ、俺のこと、お父さんだって、と思い出したようにまた吹き出した。

「そうそう、お父さんだと思ったみたい」

「そうか、俺はお父さんか」

「可笑《おか》しかったですよね」

無精ヒゲの生えた鼻の下を少し伸ばして、トニーさんが刺された箇所を一つ一つ点検している。その様子を見ているうちに、こちらの右足首のあたりが急に痒くなってきた。私も刺されたらしい。テーブルの下にかがんでパンツの裾《すそ》を少し上げてみた。

「お父さんとしては、お願いがあるんですけど」

テーブルの上から声がした。やっぱり二ヶ所も刺されている。なんですかと、かがんだまま返答すると、

「今晩、ここに泊めてもらえませんでしょうか」

「え！」

反射的に起き上がろうとして、後頭部をテーブルに激しくぶつけた。大丈夫？　と訊《き》かれて頷いてはみたが、痛い。頭の芯《しん》がジンジンする。いや、大丈夫というのは、泊っても大丈夫かという意味だったのだろうか。帰りたがっていないのは薄々《うすうす》察しがついたけれど。

「庭で寝ますから。物置に寝袋、発見しちゃったの」

トニーさんが遠慮がちに言った。

「やだもう、あんな汚れた寝袋、使えないですって。あれ、私が中学のキャンプのときに使ったものだもん」

「でも家のなかじゃ、迷惑すぎるから」

そりゃ、迷惑に決まっている。でも、庭で汚れた寝袋に大の男が寝ているところを近所の人に見られたら、もっと困る。ここはやっぱり帰ってもらおう。断わるのもか

わいそうだけど、断わらなければ女がすたる。

　結局、トニーさんにはトバちゃんの洋裁室に布団《ふとん》を敷いて寝てもらうことにした。何があったか知らないが、きっと家には帰れないややこしい問題が起きたのだろう。女友達ならしつこく訊き出すところだが、トニーさんには、そういう質問をしにくいバリアのようなものがある。

「明日朝、ルイちゃんが出かけるとき、お父さんも一緒に出るから」

　あくまで父親を演じ切ろうとするトニーさんに今晩だけ私もつき合うことにした。

「寝る前に、シャワー浴びてくださいよ。汗とキンカンの匂《にお》いで臭いよ、お父さん」

「そうだね、ごめんごめん。あなたが二階に上がったあとで、入らせていただきます」

　父娘《おやこ》ごっこをしていると、トニーさんが家のなかにいても違和感がない。妙な感覚だ。父親どころか男性と一度も暮らしたことのない私が、ほとんど赤の他人の大人の男を家に上げ、しかも泊めようとしている。そう考えるとてつもない暴挙だが、お父さんということにしてしまえば、平気になっている。じゃ、おやすみなさいと言って階段を上がる途中で、一瞬、トバちゃんと暮らしていたときに似た安心感が蘇《よみがえ》った。

翌朝、二階から降りてくると、トニーさんはまだ寝ていた。何度呼んでも反応がないので諦《あきら》めて、食卓に書き置きをして出かけることにした。

〈何度か起こしましたが、お目覚めの様子がなかったので出かけます。私が帰ってくる前に帰る場合は、勝手口の扉の取っ手のポッチを内側から押して閉めていってください。それで鍵がかかります。ルイ〉

いつものように月曜日の朝の構内は学生の数も多く、活気に満ちている。と思ったら、

「あ、島田さん、おはよう。佐々木さんから伝言、聞いたかな？」

事務室に入るなり、総務課長の矢崎さんの暗くひきつった声に呼び止められた。ろくな話ではなさそうだ。

「いえ、まだ着いたばかりで何も」

「あ、そう。実は法学部の大谷教授から今朝いちばんに電話がありましてね。この間の評議員の開票結果報告書にミスがあるってお怒りなんですよ。たしか島田さんが文書を作ったんですよね。悪いけど、大谷教授の研究室へ行って、どういうことか事情を伺ってきてもらえませんか」

「謝るって、でも私……」

「とにかく事情を伺わないとわからないから。なるべく早くお願いします」

矢崎課長は、明らかにこの件には関わりたくないという態度である。課長という立場にいながら、トラブルが起きるといつだって自分は後ろに引っ込んで、部下に面倒を押しつけようとする。釈然としなかったが、しかたなく、私物をロッカーに入れるとその足で研究棟に急いだ。

私の所属している総務部は、主に大学の運営や行事に関わる事務的な処理を行っているが、その大きな仕事の一つが二年に一回行われる評議員選挙である。大学全体の意思決定を司《つかさど》る最高議決機関の委員を選出する重要な選挙であるため、特別に評議員事務局が設けられる。私も今回の選挙からその事務方として駆り出された。事務方の主な仕事内容は、選挙管理委員である教授のもとで、投票用紙の郵送や、返送されてきた投票の開票整理を手伝うことにある。その直接的なボスが大谷教授というわけだ。

評議員は大学の卒業生と教員、職員の代表によって構成され、そのうち学部別一名ずつの教員代表の選出については、各学部内の選挙で選ばれることになっている。ただし選挙管理委員長には被選挙権がない。すなわち大谷教授はこの委員長を務めているかぎり、評議員に選出されることはない。順当に行けばそろそろ評議員になってもおかしくない年齢の大谷教授が何年も選挙管理委員長という役職を担《にな》うのは気の毒だという声がある一方で、自分が主流出世コースからはずされたのは某教授や某理事のせいだとあちこちでわめき立てる大谷教授を、品格に欠けると揶揄《やゆ》する人々もいた。どちらの言い分が妥当なのかはわからないが、今回も選挙管理委員長を務めた大谷教授の機嫌は決してよかったとは言えない。六月末に行われた選挙の開票結果を、夏休み前までには各学部の教員ポストに配布しなければならなかったのだが、そのあいだ、私ともう一人、総務部から派遣された後輩事務員の加藤君は、教授と顔を合わせるたび、学内外の誰それの悪口をさんざん聞かされて、いい加減辟易《へきえき》していた。開票結果をプリントアウトし、先週の金曜日に各学部教員のメールボックスに配布し終わったときは、やれやれこれであのヒガミ教授から解放されて、ようやく夏休みに突入できると安堵《あんど》したばかりだった。それが、このお呼び出しである。今度は何が不満なのだろう。

「あれだけ言っておいただろうが」

部屋に入るなり怒声が飛んできた。フレームレスの眼鏡をはずしてデスクの前に立つ脂《あぶら》ぎった大谷教授の大きな目がこちらを睨《にら》みつけている。

「なんのことでしょうか」

私はできるだけ心を落ち着かせ、静かに問い返したつもりである。すると教授は呆《あき》れ返ったと言わんばかりに大きく舌打ちをし、わざとらしく口元に微笑《ほほえ》みを浮かべ、デスクの上に置いてあった紙を取り上げた。

「お気づきでないとは驚きました。これを見てください。見てもわからないかね」

差し出された開票結果報告には、最高得票を獲得した教員の氏名と得票数、その下に、次点となった教員の氏名と得票数が印刷されている。

「どうだね、まだわからないかな」

「わかりませんが」

どこも間違っていないはずである。私はただ、大谷教授から手渡された開票結果のメモをそのままコンピュータの書式ファイルに入力し、加藤君にも矢崎課長にもチェックしてもらったうえで印刷したのである。そのときは何も指摘されなかった。

「呆れたもんだね。いいかい、得票数は不要なんだよ。だってたとえば経済学部で次点になった野呂《のろ》教授なんて、得票数がたった二票だ。こんなことをあなた、公表される身になってごらんなさい。大学じゅうの恥でしょう。たった二票で次点なんて。笑い者扱いですよ。得票数なんか発表する必要ないんだ。そんなこと、この大学が創立されて以来の常識なんだよ。僕がここでいちいち説明する問題じゃない。まったく君のおかげで僕は大恥をかかされましたっ」

「でも……」と言って私は言葉を止めた。すかさず大谷教授の表情がこわばった。

「でもとはなんだ、でもとは。この期《ご》に及んでまだ口答えをする気かね、君は」

教授の顔が真っ赤になっている。トマトのようだ。厚ぼったい唇はいつも以上にどす黒くむくんで見える。腐りかけたトマトだ。

「とにかくすぐさま文書を作り直したまえ。その前に、配ったヤツをさっさと回収するんだよ」

私は黙って頭を下げた。しかし、私にも言い分はあった。教授からメモを渡されたとき、質問した記憶がある。得票数が記されているのを疑問に思い、これでよろしいのですかと訊いた。そのとき教授は私にほとんど目もくれず、いかにもわずらわしそうに、「ああ」と返事をしたではないか。あのときにもう一度、この数字のことですがと、しつこく食い下がればよかったのかもしれない。しかしそれ以上、教授の機嫌を悪化させたくなかったのと、もしかして書式規程が今年から変更されたのかと思ったのだ。

部屋を出ようとしたとき、大谷教授は、島田君ねと、あえて優しそうな声で呼び止めた。

「はい？」

「君はまだ結婚していないんだっけ？」

「はい、しておりませんが」

「そうだろうねえ。結婚すればもう少し性格が丸くなるだろうねえ。そう頑固じゃなあ。女性はもう少し丸みがあるほうが男に好かれるものだよ」

私は黙って部屋を辞した。廊下の端までゆっくり歩き、エレベーターを使わずに、階段を使って外へ出た。誰とも顔を合わせたくなかった。心臓の鼓動が激しくなっている。これは怒りなのかショックなのか。こんなにムシャクシャしているというのに、外は快晴だ。本格的な夏空である。突然、大声を出したくなった。

「もしもー　この舟でー　君のしあわーせぇー　見つけたらぁー」

ほとんど怒鳴り声に近い声で歌いながら、図書館の裏を歩いていると、

「あら、島田さん、ボンジュール」

フランス文学の、ちょっと女性っぽい石橋道造先生がふいに現れた。

「ずいぶんご機嫌ねえ。気分はもう夏休みなのかしら」

すれ違いざま、ククククッと笑って私の肩を軽く叩《たた》いた。私は力なく、微笑み返す。

駅前のスーパーで九百八十円のチリ製白ワインを一本と、チーズと冷凍マカロニグラタンを買い、家にたどり着いたのは六時少し前だった。木戸を開けて庭のほうに進むと、家のなかから男の笑い声がする。まさかまだトニーさんがいるのだろうか。学校でのゴタゴタに気を取られ、トニーさんのことをすっかり忘れていた。

「ただいま」

鍵の開いている勝手口を入ると、トニーさんの隣に白いワイシャツ姿の若者が、なんともいえず明るそうな顔で立っている。林康介だ。

「あ、おかえりなさーい。お待ちしてました」

「はあ」

「ごめんなさい。勝手に上がり込んじゃって。お父さんがいらしたので、ついお言葉に甘えて」

トニーさんの顔を見た。トニーさんが目をそらした。どこで見つけてきたのか、ランニングシャツの上にトバちゃんの赤いエプロンをしている。

「ご飯の支度、できてますよ。お父さん、お料理、上手なんですねえ。いいお父さんがいて、うらやましいなあ」

テーブルには、エビとアボガドのサラダや茹《ゆ》で玉子のオードブルが並んでいる。

「昨日の鶏《とり》ガラスープの残りがあったから、それ使ってジャガイモのクリームスープ、作ってみたんだけど。味、どうかな」

赤いエプロンをかけたトニーさんが、白いスープの入った味見皿を突き出して私に勧める。あ、おいしい。

康介が別の味見皿を舐《な》めながら、

「これ、ギンギンに冷やしてもおいしいですよね。ビシソワーズって、言うのね。僕、氷買って来ますよ。冷やしましょうよ」

私が反応する前に、トニーさんがきっぱり言った。

「じゃ、買ってきてよ。ついでに蚊取り線香も二箱ぐらい。帰ってきたら庭にテーブル出して、庭で食べよう。君も食べていくだろ」

「あ、いや、僕、だってほら」

康介は私の顔色を窺《うかが》っている。すかさず「どうぞ」と言うべきだろうが、私にはまだ、この急展開についていけないところがあった。

なぜ康介がここにいるのか。なぜトニーさんと一緒にご飯の支度をしているのか。だいいちなぜトニーさんはまだいるのか。どこから疑問を解消していけばいいのかわからないまま、とりあえず着替えに二階へ上がった。

その夜は満月だった。月の光が皓々《こうこう》と庭を照らす。風があり、昨夜より蚊も少ない。買ってきたチリワインをあっという間に三人で飲み干した。すると、「もう一本あるんですよ。さっき僕、買ってきたの」と、康介が赤ワインをスーパーの袋から取り出した。康介の傍には、ジャガイモスープのボウルが、バケツに張った氷水にプカプカ浮いている。

「まだ冷えないのか？」

お玉杓子《じゃくし》でスープをかき混ぜる康介をトニーさんが急《せ》かした。

「もう少し待ってくださいよ。ギンギンに冷えないと、おいしくないですから」

「なに言ってんだ、お前。それ、俺が作ったスープだぞ。温かくたってぬるくたっておいしいんだよ。もう待ってられないよ。温めて食べるぞ」

「でも、せっかく冷やし始めたんですから、あと五分、ね」

トニーさんは康介のことを気に入っているらしい。からかって遊んでいるように見える。昨日の悩み事は吹っ切れたのだろうか。私は、まだ今朝の大谷教授の言葉が胸にひっかかっている。結婚すれば性格が丸くなるなんて。結婚したってずっと頑固でいてやるぞ。

「ルイさん、ちょっと不機嫌？　僕が勝手に押しかけてきたんで、怒ってるんですか」

康介が神妙な顔で覗《のぞ》き込んだ。いや、そんなことぜんぜんないから、と私は笑ってみせた。ただ、今日は仕事がきつくて疲れちゃったのとも付け加えた。それだけで康介は納得したのか、すぐさまハイテンションに戻った。子供みたいだ。これくらいの回復力が私にもあったらいいだろうに。

「いやあ、でも本当にステキなウチだなあ。僕、こういう家に住むのが夢なんですよ。僕なんてずっとマンション暮らしだから、庭のある木造家屋ってのに、すごく憧《あこが》れがあるんです。住んでみたいなあ、こういう家」

ワインが効いたのだろうか。康介は一人ではしゃいでいる。トニーさんは煙草《たばこ》を口にくわえたまま、ニヤニヤ笑って新しい蚊取り線香の箱を開けた。ビニールから一つ取り出すと、ライターの火で緑色の渦巻きの先に火をつけながら、言った。

「じゃ、住めよ。三人で暮らそうよ。ってのは、どうかな」

「え？」と康介がお玉杓子の手をとめた。

「え？」と私も飲みかけたワインを喉《のど》につまらせた。

「ダメかな、ルイちゃん。楽しいよ、きっと」

トニーさんが私の反応を窺っている。

「いやあ、いいんですか、お父さん。それってすっげえ楽しそう。僕、掃除でも買い物でも何でもやりますよ。もちろん家賃も払いますから。でも、ちょっと安くしてね、なんちゃって。いやあ、ホント、いいんですかあ」

「俺も払いますから」

なーに言ってるんですか、お父さん、と康介がトニーさんの肩を突っついた。改めて見るトニーさんの目には、やっぱり怪しい光が見当たらない。

第6話　男たちの欠点

涼しい風が吹いている。昼間の蒸し暑さが嘘《うそ》のように清々《すがすが》しい。暑さにうだってい た庭木も禿《は》げかけた芝生も、心なしか元気を回復しているようだ。

いい気分になってきた。少し酔っ払ったかもしれない。ボトルの底に三分の一ほど残っていた赤ワインをそれぞれのグラスに注ぎ分け、空になったボトルを何気なく手元に引き寄せた。暗がりでラベルの文字を読んでみる。

「チロ？　ずいぶんかわいい名前ですね。どこのワインなの、これ？」

「イタリアです。これね、僕にとって苦い思い出のワインなんですよ」

康介が、ようやく冷えたビシソワーズをこぼれないよう三つのカップにゆっくり注ぎながら、含み笑いをした。

「ほほー、お前みたいなノーテンキにも苦い思い出なんて洒落《しゃれ》たもんがあったの」

トニーさんが茶々を入れる。そりゃ、ありますよお、お父さん、と康介が口を尖《とが》らせて、またニンマリした。

「本当にもう完璧《かんぺき》な思い出になっちゃったなあ。実は先月、彼女に振られたんですよ。デートするとき、たいていこのチロの赤を飲んでたんですけど。これ、彼女がいちばん好きなワインだって言うから」

うまいねえと、トニーさんがビシソワーズをスプーンですすり、唸《うな》った。康介の話をぜんぜん聞いていない。本当においしい。まるでプロが作ったみたいだ。クリーミーで甘くて。これはジャガイモだけでなく玉ねぎも入っているのだろうか。でんぷん質の重さがない。うわ、おいしいや、お父さん、本当に料理上手ですね、と康介はトニーさんを誉《ほ》め、すぐに話を戻した。

「でも彼女がチロってワインのことを知ったのは、前につき合っていた男に教えてもらったからなんです。つまり僕とチロを飲みながら、ずっとその男のこと考えてたってことなんですよね」

「どうしてわかったの？」

「だって、絶対そうだと思いますよ。結局、その男とヨリが戻ったんで、僕と別れたいって言い出したんだもの」

そうかなあと私は心の中で異論を唱えた。彼女はきっと、単純にチロが好きだったのだと思う。だから康介とも飲んだ。でもたまたま前の男と再会し、ヨリが戻った。それだけのことだろう。康介と飲みながらずっと過去の男のことを想《おも》っていたとは考えにくい。むしろそう思いたがっているのは康介自身なのではないか。そうすれば、いかに以前の恋が深いもので、康介が振られてもいたしかたないことだったかと納得できる。勝手な想像だが、どうも康介のプライドが、そう思わせているような気がする。

女は一度、結論を出してしまえば過去にはさほど執着しないものだ。結論を出すまではぐずぐず迷ったり未練を残したりするけれど、一度、決心してしまえばケロリと過去を斬《き》り捨てる。そして男と別れたのち、その男と過ごした時間に男からプレゼントされたり共有していた物をどう始末するかといえば、これには二通りのタイプがある。一切合切《いっさいがっさい》捨てる派と、残す派。ちなみに私は残す派だ。短大の一時期つき合っていた賢也《けんや》から誕生日プレゼントにもらったネーム入りのシルバーのブレスレットは今でも愛用しているし、スネ夫《お》がくれたブルーのパシュミナストールもまだ使っている。暖かくて肌触りのいいところが好きだ。だからといって、決してスネ夫への未練で使い続けているのではない。もはや私自身の持ち物という意識がある。

一方男は概して過去を過去のままに溺愛《できあい》したがるようだ。新しい恋愛をしても、現在がいかに幸せでも、昔の恋人のことを温存しておこうと思うものらしい。そういう心理を男は「女よりロマンチックだから」と自慢げに言うけれど、はたしてそうなのか。そうではなく、チャンスさえあれば過去を取り戻したいとたくらんでいるのではないか。

そんなふうに考えるようになったのは、短大時代、学園祭の企画シンポジウムを聞きにいったことが発端となっている。シンポジウムのタイトルは「女は光源氏を許せるか」であった。

その日、私は奈々子《ななこ》に誘われて、クラスメイトの理美《さとみ》と三人で階段教室のいちばん後ろに陣取った。教壇には折りたたみ椅子《いす》が並べられ、パネリストとなった学生六人と、進行を務める主催者の教授が横並びに座っている。まず、光源氏が年齢もタイプも異なる数多くの女性と愛し合ったことを、「許容量の広い優男《やさおとこ》」だという解釈がなされているが、その点についてどう思うかという論議から始まった。そのうち話題は男女の恋愛観の違いへと発展していった。男と女はそれぞれに過去の恋愛をどのように整理するかという話題で盛り上がり、物に対する執着論はそのときに出たものだ。

さらにパネリストの一人である心理学科二年生の学生が、こんな発言をしたのである。

「知り合いの男性に、ある喩《たと》え話をされたことがあります。愛する恋人が刑務所に入りました。残された相手が鉄格子《てつごうし》越しに言います。『あなたが出所する日には必ず迎えにくる』と。しかし、残されたほうが女性だった場合、迎えにくることはほとんどない。恋人の出所を待ちきれず、別の男とつき合い始めてしまうからです。一方、残されたのが男性の場合は、迎えにくる確率が高いそうです。『やっぱり男は女より誠実だという証拠だよ』と、その話をしてくれた男性が私に言いました。でも私は違うと思うんです。つまり、男は彼女が出所するまでの間、他の女性と何人もつき合いながら、彼女の出所を待っている。で、彼女が出るときにはきちんと迎えに行ける。でも、女性は一途《いちず》に待ち続けるから、待ちくたびれて、ふと他に好きな人ができてしまうと、刑務所の男のことを忘れるのだと思うんです」

そのシンポジウムでいちばん印象に残ったのはこの話だった。そうか、女性が直列配線型の恋愛を好むのに対し、男性は並列配線型で、同時にいくつもの電球に光を灯してもさほど罪の意識を抱かないのかと解釈し、ショックを受けたのを覚えている。もっとも隣に座っていた、すでに私よりはるかに恋愛経験豊富だった奈々子の言葉も忘れられない。

「でも、女だって同時に二人の男の人を好きになるってこと、あると思うけどなあ。どっちも捨てられないってこと、ない？」

私よりさらに恋愛に潔癖な理美が、とんでもないと言わんばかりに激しく首を横に振った。そして私は、今後、奈々子に恋愛の相談はするまいと決心した。

ためしにトニーさんと康介《こうすけ》の前でその刑務所の喩え話を披露《ひろう》してみた。

「どう思います？」

康介が、目を丸くした。

「なんかわかるような気がする、その話。男って、そういうとこあるかもしれない」

ビシソワーズをすすりながら、ひどく共感している。

「俺は必ずしも同意しないね」と反論するのはトニーさんだった。

「たしかに男はさ、そのー、できるだけ多くの女性とおつき合いしてみたいって願望が基本的にはあるかもしれないのね。でもそれは、より魅力的な人に出会いたいという尽きせぬ願望でもあってさ。究極の女性と出会ってしまえば、もう数打とうとは思わないよ」

「そうかなあ」

康介がすかさず異を唱えた。

「なんだ、お前。ちがうか？」

「だって、この人こそ究極かなって、最初は思いますよ。でもしばらくすると絶対、究極じゃなくなるでしょ。絶対飽きるんだって。それが男の自然な生理なんじゃないですか」

「でも……」と私はスープを飲み込みながら言いかけたが、トニーさんの言葉に遮られた。

「偉そうに、お前、どれほどの恋愛経験があるの？　飽きるなんてのは別に男の特権じゃないの。それは女だって同じだよ」

「いや……」と小声で再び意見を挟もうとしたところ、今度は康介が、

「それはちがいますよ。男と女の飽きる意味は、絶対、ちがうって」

「絶対絶対って、お前、世の中に絶対なんてことは絶対ないんだよ」

「あ、すみません。じゃ、相当に、ちがいますよ。ルイさんはどう思う？」

康介が私を振り向いた。

「どうかしら。私、そんなに……」

やっと順番が回ってきたのに適当な言葉が出てこない。女も飽きっぽいのか。今まで付き合った数少ない男の顔を思い浮かべながら考えた。恋愛感情も変化する。激しい気持は時が経《た》つにつれて薄れるかもしれない。でも、それを飽きたとは言い切れないのではないか。

「私、思うんですけど」

なんとか考えがまとまって、発言しようとしたら、康介はすでにいなかった。まもなくステンレスのザルにのった茹《ゆ》で立てのスパゲッティと、くつくつ煮立つトマトソースを鍋《なべ》ごと持って台所から戻ってきた。

「はーい、ピリ辛トマトスパゲッティですよお。これ、僕の作れる数少ないメニューの一つ。けっこうイケると思うんだけど」と、スプーンでトマトソースの味見をしつつ、

「うーん、うまい。しかし、いいですよねえ」

康介がスパゲッティを銘々《めいめい》の取り皿に取り分けながら、うれしそうな顔で言う。

「なにがいいんだよ」と、煙草《たばこ》をくゆらせながらトニーさんが突っかかった。

「なにって、父と娘でこういう恋愛論っていうんですか、ざっくばらんに男女の話ができるなんて、なんか、いいですよ。まるで親子じゃないみたい」

「だって、親子じゃないもん」

トニーさんがあっさり答え、煙草の灰を灰皿代わりの植木鉢の受け皿に落とした。

「え？　えー、……そんな、ええー？」

康介は、左手にスパゲッティのザル、右手に菜箸《さいばし》を握ったまま、静止している。康

介の頭のなかを分析してみるに、おそらく最初の「え?」は驚愕《きょうがく》の声で、次の「えー」は「ウソでしょう」という不審の声。続く「そんな」が「まさか」と、今までの経緯を頭のなかで整理し始めた段階の呟《つぶや》きで、そして最後の「ええー?」で、はたしてどういう結論に達したのだろう。

「ごめんなさい。別に騙《だま》したつもりはないんですけど、説明するチャンスがなかったから」

私はしどろもどろに言い訳をした。

「だって、昨日からずうっと『お父さん』って僕が呼んだら、返事してたじゃないですか」

康介がむきになって身を乗り出すが、トニーさんは平然と煙草をふかしている。

「俺は一度も返事してないぞ。お前が勝手にお父さん、お父さんって言ってただけだよ」

「ええー? でも、そうすると……」

康介の興奮した顔が今度は私のほうに向けられた。

「あの、この方、お友達なの。ごく最近、だけど」

「えーっ」

康介が、「えー」しか音声を出さなくなった壊れかけのロボットのように見える。疑っているのかもしれない。トニーさんと私が親子でないとなれば、いったいどういう関係か。もしかしてアヤシイ男女関係だと思ったとしても不思議はない。

「なんだ、そうだったんですか。早く言ってくれればいいのに。あーあ、急に気が抜けちゃいましたよ」

明るすぎる。

「ってことは……あ、そうか。だからお父さん……じゃなかった、えーと」

康介の手がバスガイドのようにトニーさんの方角に伸びた。

「トニーさん」

私が代わりに答える。

「その、トニーさんがここに三人で住もうよって言って、俺も家賃払いますって。そういうことだったんだ。ははあ」

なにがどうわかってきたのか。しかし康介の表情を見るかぎり、疑っている気配は感じられない。康介は一人で笑い続け、少し冷《さ》めたトマトスパゲッティを口に運んでまた笑い、その拍子に白いワイシャツに飛び散った赤いトマトソースの染《し》みを、笑いながら拭《ふ》き取った。

「染み抜き、持ってきましょうか」

私が立ち上がりかけると、いいですいいです、僕、自分で持ってくると、康介が台所へ駆け込んで、チューブの染み抜きを取ってきた。フットワークのいい若者だ。戻ってきた康介に向かい、トニーさんが突っ込んだ。

「お前、他人様《ひとさま》の家の、染み抜きの置き場所が、どうしてわかるんだ」

「さっき料理の手伝いしているときに、チラッと目に入ったんですよ。僕ね、こう見えてもね」と康介は椅子に座り、二重顎《あご》にして胸元についた染みを布巾《ふきん》で叩《たた》き始めた。

「家との相性がいいんです。初めてお邪魔した家でもすぐ仲良くなれちゃうんですよ。これ、僕の特技かもしれない。ルイさんの家の様子もだいたい把握しました。あ、台所だけですよ。他の部屋はぜんぜん入ってないですから。トイレはお借りしたけど。台所は直感的にわかっちゃうんですよ。ほら、スプーンがどこに入ってるとか、お鍋はどこだとか」

「前世が泥棒だったんじゃないの？」

トニーさんの康介に対する態度は、あきらかに私に対するときとはちがう。まるでもう何十年も前から知っているかのように親しげだ。

康介のワイシャツについた赤い染みは、いくら布巾で叩いても完全には落ちない。

少し薄まったようではあるが、液体に濡《ぬ》れた跡が広がっていくばかりだ。そのとき、染み抜きに集中する康介の指が、ずいぶん白く華奢《きゃしゃ》であるのに驚いた。

「僕、子供の頃から建築雑誌とか家の写真、見るのが好きで。だからこの業界に入ったようなもんなんですけどね」

「なにしてるんだっけ、仕事」

「編集者です。建築雑誌の」

ああ、と大きく頷くトニーさんの手がテーブルに伸び、また一本、新しい煙草を箱から取り出す。その指は、康介とは対照的に黒く日に焼け、節々がしっかりと際立《きわだ》っている。逞《たくま》しい手だ。しかし労働で鍛えられたようなごつさはなく、指の一本一本が比較的細長く、しなやかな動きをする。皺《しわ》は多いが老人特有の弱々しさは感じられない。

ふと、奈々子の膝《ひざ》の上を這《は》っていた小説家の手を思い出した。顔の大きさに反して小さな、土色をしたあの手を見た瞬間、私は小説家に対する嫌悪《けんお》感《かん》が決定的になったことを覚えている。

「ほら、ルイさんが嫌な顔、してますよ」

やおら康介の声が耳に入ってきた。

「え？」

「あの、僕たちね、この家に住まわせてもらえるかどうか、ルイさんの面接を受けようって話になってるんですよ。もし、ルイさんがオーケーしてくれたらですけどね」

「面接って？」

「まず書類審査でしょうね。今度、きちんとした履歴書を書いてきますから、それ見たうえで、次は口頭試問」

「いやだよ、そんなめんどくさいこと」

トニーさんが横やりを入れた。

「履歴書なんて、どうせ自分に都合のいいことしか書かないんだから。そんなのたいして役に立たないよ、人間判断するときは」

康介が反論すると思ったが、意外にも口を噤《つぐ》み、ザルに残ったスパゲッティを指先でかき集めながら、考えている様子だ。少しの沈黙が流れた。トニーさんは自分の口のまわりのヒゲをさすり、目を細めてゆっくり煙草の煙を吐き出した。

「それより、弱点や欠点を告白したほうが参考になるんじゃないの？　最初にマイナス面を知っておくと、あとで幻滅しなくてすむからね。その欠点がどうしても受け入れられないってことになりゃ、判断も早くてすむ」

「まあ、そりゃ、たしかにそうですけど」

康介が、伸びきったスパゲッティを一本、トマトソースの鍋につけ込んで、そのまま口にすすり上げた。

「そんなこと言うなら、トニーさんから欠点告白、始めてみてくださいよ。それ参考に、僕もやってみますから」

奇妙な展開になってきた。

「その告白、聞いちゃったら、私はどうすればいいんですか」

「いいんですよ、聞くだけで」

「そうそう、聞くだけでいいの」

康介とトニーさんはいつのまにか意見が一致している。聞くだけでいい。決めなくていい。本当かしら。わからない。でも今は、二人に声を揃《そろ》えてそう言われることで安心する。なぜなら私は聞きたがっている。この二人が、自分のことをどんなふうに否定するのか。でも、嫌な話を聞いて、嫌いになるのは怖い。けれど、なぜ私はこの二人といると心地よいと思うのか、知りたかった。

「よし、じゃ、俺から始めるぞ」

トニーさんが二つほど咳払《せきばら》いをした。

「俺はね、ダメな男です。もう六十六年間もこの世に生きているのに……」

「へえー、トニーさんって六十六歳だったんだ。若く見えますね」

康介の反応を黙って聞いたのち、トニーさんが改めて語り出した。

「職業はいちおう画家。めったに売れない。でも、友達のやってる喫茶店に飾ってもらって、ときどき金が入ってくるから、生活に困らない程度の収入はある。貯金はほとんどなし。若い頃は広告代理店に勤めてたから羽振りはよかったけど、上司と喧嘩《けんか》して、その勢いで会社辞めたのが三十一歳のときだ。それから絵を始めた。えーと、あとは過去に三度結婚して二度離婚。で、昨日から、三度目の離婚になりそうな雰囲気」

「昨日!?」

康介の声に私の声が重なった。煙草を植木鉢の受け皿にこすりつけてから、トニーさんが私たちを見て、寂しそうに笑った。

「そうなのよ。俺もね、昨日、奥さんに捨てられちゃったんだ。情けないね」

言葉が出なかった。こんなにさらりと、重大な告白をされるとは思ってもいなかった。

僕……と康介がすっとんきょうな声を出した。

「なんかいっぱい刺されちゃった。こんなに蚊取り線香焚《た》いたのに」

あたりを見渡して、スネを掻《か》いている。

ざまあみろ、とトニーさんがうれしそうだ。

「俺は昨日、さんざん刺されたから、蚊も俺の血に飽きたんだね。蚊も、お前みたいな若い血のほうが好きなんじゃないの？」

「そろそろここ片づけて、台所に移りませんか。もう痒《かゆ》くて。いいでしょ、ルイさん」

「そうね。じゃ」と私は立ち上がる。

「もう俺の話はこれでおしまい」

トニーさんがゆっくり立ち上がり、膝をさすった。

「おしまいじゃないですよ。だってまだぜんぜんダメさ加減がわからないもの。これじゃまだ欠点告白になってないですよ」

康介は散らかした皿を重ねてさっさと台所に運び始めた。その後ろをトニーさんがザルとトマトソースの鍋を持って続く。

お皿洗いをしながら失恋談を聞くとは、妙な気分である。皆、身体《からだ》はきびきび動かしながら、心にはどっしりと重い気分がのしかかってくる。

「奥さんに悪いことしたんでしょ。ちゃんと謝らなかったんですか」

康介はスポンジに洗剤をつけて皿を片っ端から洗い出した。洗い慣れている。

「謝るって、俺は悪くないからね」

「じゃ、なんで捨てられたんですか」

康介が洗い上げた皿を、トニーさんが布巾で拭き、テーブルに置く。それを私が食器棚にしまう。初めてにしては、チームワークが万全だ。

「好きな人ができちゃったみたい」

えっ？と私は思わず聞き返した。聞こえたことは聞こえたが、耳を疑った。

「好きな人って、奥さんに？　奥様って、いくつなんですか」

「三十二」

「三十二!?」

康介と私の声がまた重なった。

「それって、半分以下じゃん、歳《とし》。すっげえ」

すっげえ、すっげえと繰り返す康介の声が台所に響き渡った。たしかにすっげえことだ。トニーさんに私より若い奥様がいたとは。

「まあだから、捨てられても無理ないんだけどね。ちょっと悲しいよね。六年間一緒に暮らしてたからね。でももう家には戻れないよ。もともとその家、彼女のモンだったし。新しい男が来ると、俺、邪魔でしょ。だから昨日はルイちゃんにご迷惑かけちゃってね。すみませんでしたね」

いえいえと私は首を横に振るが、ならばしばらくここに住んでくださいとは言い出せない。

「これくらいで俺の話はおしまい」

「だめですよぉ。ぜんぜん欠点告白になってないよ、まだ」と康介が食ってかかるが、トニーさんは涼しい顔で、

「告白してみると、俺はそんなに欠点がないことがわかったね。じゃ、次は恋愛経験豊富な若者の告白を聞こうじゃないですか」

「ずるいなあ」と康介が不満そうに話し出す。

「僕はですね。さっきも言ったように仕事は専門誌の編集者です。今年で三十歳。トニーさんの奥さんと二つ違いですね。えーと、生まれは岡山。あ、こういう履歴書的な話はしなくていいんでしたっけ。そうか欠点か、欠点ね」

最後の鍋《なべ》を洗い終わると、康介はていねいに水を切り、布巾を持つトニーさんに手渡した。そしてすぐ周囲に飛び散った水を台布巾で拭き取り、生ゴミをまとめた。

「もういいですから。あとは私、やります」

私は康介から台布巾を取り上げた。あ、はいと答え、康介は流しの上の戸棚から箱に入ったウィスキーを取り出した。

「これ、飲んでもいいですか。お酒ないとうまく喋《しゃべ》れそうにないもんで」

飲んでもいいが、どうしてそんなところにウィスキーがあったのか、私のほうが教えてもらいたい。

「あ、さっき鍋探したとき、見つけたんです。まだ開いてないみたいだけど。女の人の家って、たいていこういう棚の奥に飲んでいない進物のお酒なんかしまい込んでるでしょ。生涯開けそうもないようなお酒」

「飲んでもいいから、早く白状しろよ」

トニーさんが洗ったばかりのグラスを三つ、テーブルに並べて、ウィスキーの栓を抜き、それぞれに注いだ。そのうえに私は氷を三つずつ落とす。

「なんかビビるなあ。えーと、性格的には小心者で社交下手かな」

「そうは見えないけど」と私が合いの手を入れる。琥《こ》珀《はく》色《いろ》のトロリとした液体が氷にからみついて美しい。

「そうなんですよ。そう見えないところが問題なんです。社交嫌いなんだけど小心者だからつい、調子に乗りすぎて、あとで自己嫌悪に陥るんですよ。余計なこと言っちゃったとか。でも本当は、新しい人に会うのはすっごい苦手で。だから俺、あ、いや僕、合コンとかお見合いとか、やったことないですもん」

「じゃ、どうやって女の子と知り合うの？」

「それは、友達が連れてきたり。なんかけっこう、今の女の子って積極的じゃないですか。だからなんか、知らない間につき合ってるって感じで」

「お前、もしかして女に興味ないんじゃないだろうな」

「そんなことないですよ。興味あります。でも……そうね。いつも言われますね」

「なんて？」

トニーさんと私が交互に質問を続けた。

「なんて言われるの？」

「つき合った女の子に。あなたって女に興味があるのかないのかわかんないって。僕は僕なりに興味を示しているつもりなんだけど、女の気持、ちっともわかってないって言われちゃう、いつも」

「そりゃ、なかなか問題多いな」

「そうですか？　僕ってヘンですか？」

「でも、私とトニーさんとは、ほとんど初対面なのに、一緒に住もうなんて気に、どうしてなったの？」

「それは、なんとなく。珍しいことかも。最初にこの家と仲良しになれたから、リラックスできたのかなあ。よくわかりません」

「じゃお前、今まで何人ぐらいの女とつき合って、そのうち何人とセックスした？」

「え、ええーっ？　そんなことまで言わなきゃいけないんですか？　ここで」と康介は、かすかに私の顔を覗《のぞ》いた。私も困る。困ってグラスのウィスキーを多めに飲んでみた。

「正確に言わなくてもいいけどさ。思うに、少ないだろ」

「つき合った子の数はけっこう多いんですけどね、うーん」

私はグラスを傾けた。グラスのなかの氷がぶつかり合って、軽やかな音を立てている。

「俺って病気かな」

康介が低い声で呟《つぶや》いた。

「病気じゃない。しかし、その歳でセックスに興味がないってのは、なんか原因があるな」

「俺、別にセックスレスじゃないですよ……たぶん」

「いや、確実にそうだな」

「確実にって、そんなあ」

情けなそうに顔を上げる康介をよそに、トニーさんはクィッとウィスキーを飲み干した。

「さて、ひととおり本日の欠点告白は終了ということで、今夜はもう帰ろうか、な」

背中を丸めてグラスに見入っている康介の肩を肘《ひじ》で乱暴に突くと、トニーさんが立ち上がった。

「でもトニーさん、帰るとこないんでしょ。どうするんですか、今夜は」

泊めるという覚悟が明確にあったわけではない。が、そう訊かないわけにはいかなかった。

「大丈夫。するとトニーさんはケロリとした顔で、この酔っ払いを家まで送って、そのあと、コイツんちに泊めてもらうから」

「ええー？」と康介がうつろな目を上げて叫んだ。今日、康介が驚いた回数は、いったいいくつあっただろう。

第7話 トバちゃん日記

トニーさんと康介《こうすけ》の引っ越しは結局十一月に入ってからとなった。本当はもう少し早く越してくる心積もりだったらしいが、康介のアパートの解約がすぐにはできないことがわかり、当初の予定より三ヶ月延びたのである。そのことを康介が報告しにきたとき、じゃあ、俺だけ先に引っ越すよ、とトニーさんが言い出した。

「ダメですよ、そんなの。抜け駆け反対。だいたいルイさんが迷惑でしょ。ねえ」

康介は即座に反発した。私としては別に迷惑というほどでもないが、二人一緒に越してきてもらったほうが、それはたしかに気が楽だ。ただその三ヶ月の間、トニーさんはどこで暮らすことになるのだろう。それを考えると気の毒な気もする。

「僕のアパートにいて、いいですよ。どうせ僕、昼間ほとんどいないんだから」

康介が提案したが、

「やだよ。お前んちのソファ、柔らかすぎて腰が痛くなるんだもん。枕《まくら》も俺の首に合わない」

「わがままだなあ。でもダメですからね、先に引っ越しちゃ。トニーさん、危なそうだからな」

「何が危なそうなんだよ。そりゃまあ、お前よりはずっと危険率は高いだろうけどさ」

「どういう意味ですか、それ。言っときますけどね、俺、絶対セックスレスなんかじゃないんだからね」

「じゃあ、お前、いちばん最近の女とはどれぐらいの期間、つき合ったんだ？」

「いちばん最近って、こないだ話したチロってワインの好きな子ですよ。三ヶ月半で別れましたけど」

「で、そのチロの女と何回セックスした？」

「そんなこと……、ええと、二回……」

「そりゃ、完全にセックスレスだ」

「どうしてですか。普通でしょ、それくらいが」

「バカ言うんじゃないよ。俺がお前の歳には、まあ、週八回は確実にやってたな」

「そりゃ、トニーさんが異常なんですよ」

「その間にオナニーやってさ」

「やめてくださいよ、二人とも。こんなとこで」

私は慌《あわ》てて二人を制した。駅前のドーナッツ屋のカウンター席である。日曜日の午前中のせいか、幼い子供を連れた家族連れや若いカップルで混雑している。朝っぱらからそんな下品な話をして、まわりに聞こえたらどうするつもりだろう。睨《にら》みつけると康介は「ごめんなさい」と、首をすくめてまわりを窺《うかが》った。トニーさんはニヤニヤしながら煙草《たばこ》をふかし、平然とコーヒーをすすっている。どうやらトニーさんは康介をいじめるのが趣味らしい。

「たしかに俺だけ一人でルイちゃんの家に転がり込むのは仁義にもとるな。いいよ、俺、しばらくドロンしてくる」

「ドロン？」と私が反復した。その拍子に囓《かじ》りかけていたフレンチクルーラーの粉砂糖が口から吹き出した。

「どこへ？」と訊《き》く康介の口からも、シナモンドーナッツのかけらが飛び散った。

若い妻に捨てられたばかりの老齢の男が一人旅に出るという、その姿を想像しただけでいやな予感がする。

「ダメ。ダメですよ、トニーさん。それはやめといたほうがいいと思う」

康介の手が、真ん中に座る私の前を横切って、トニーさんの腕をつかんだ。

「何、想像してるんだ、お前ら。口に砂糖いっぱいつけて」

トニーさんは笑いながら、テーブルに置いてあった紙ナプキンを取り上げて、私の口にあてがった。慌てて私はトニーさんの手からナプキンを引き取り、自分で口のまわりを拭《ふ》く。そんなことを男の人にされたことはない。

「とにかく、こういう時期に一人旅って、なんかあんまり……」

私は膝《ひざ》に落ちた粉砂糖を手で振り払いながら、口を拭いた紙ナプキンを丸める。

「俺が旅先で自殺でもすると思ってるの？　残念でした。俺ね、痛いの、嫌いなの。そんな無理して死ななくても、どうせもうすぐ死ぬんだから。そういう怖《おそ》ろしいことは率先してしない主義なんです」

「ならいいけど。でもどこ行くんですか？　当てでもあるんですか？」

康介は安堵《あんど》した顔で、早くも二つ目のチョコレートドーナッツにかぶりついている。

「松本に友達が住んでてね。脱サラして蕎麦《そば》屋やってんの。すぐコケるだろうと思ってたら案外長続きして、もう十一年目になるのかな。けっこう評判いいらしいんだ。あいつの電話、どこに書いたかな」

トニーさんは、トニーさんにしては珍しく地味な薄いグレーの半袖《はんそで》シャツの胸ポケットから手帳を取り出し、老眼鏡をかけた。

「ああ、これだ。康介、お前、控えといてよ。で、引っ越しの日取りが決まったら連絡してちょうだい」

「でも……」と康介はスツールの背にかけてあった黒いショルダーバッグを膝に置き、なかから手帳とペンを取り出して番号を書き写す。

「そのお友達にはまだ連絡してないんでしょ。泊めてくれるんですか、十一月までなんて」

「あ、問題ない。いつ行っても大丈夫なの。人の頼みは断らない男なのよ、そいつ」

「なんか強引だなあ。本人がオーケーでも、ご家族が迷惑かもしれないじゃないですか」

「じゃ俺、先にルイちゃんとこ引っ越しちゃうよ」

「ダメですよ、それは」

「じゃ、しょうがないだろう」と、手帳をテーブルの上で軽く叩《たた》いてからポケットにしまうと、視線を康介の黒い鞄《かばん》に落とした。

「しかし、お前、なんでいつもこんな大荷物なの？」

たしかに康介は、パンパンに膨らんだ黒いショルダーバッグを抱えていない日がない。そのうえ日曜日だというのに、ネクタイこそしめていないが、白いポロシャツに黒色ジャケットをきっちり着込んでいる。

「だって、今日もこれから仕事ですもん。伊礼さんのとこに原稿、取りに行かなきゃならないんですよ」

そう言ってから、あっと小声を発した。私も同時に気がついた。康介は、伊礼さんの担当者だったのだ。奈々子《ななこ》と伊礼さんに、康介の引っ越しのことを報告していない。私から奈々子にまず伝えるのが筋かもしれないが、決心がつかない。

「僕、伊礼さんにまだ、話してないんです」

「私も奈々子にはまだ……。でも奈々子に言ったら、話が大げさになっちゃいそうで」

「そうですよね。でも、ずっと内緒ってのも変かなって。どうせ年賀状出すとき、バレるって気もするし……。あ、会社から出せばバレないんじゃないの？」

「そんなこと、いちいち他人に報告する必要ないんじゃないか」

トニーさんが、悠然と口を挟んだ。

「どこに住もうが誰と住もうが。関係ないだろう」

「ううう」と低く唸《うな》りながら康介は、カフェオレの表面に張ったミルクの皮をスプーンでそっとすくって口に入れ、「あー、失敗した」と舌打ちした。

「知ってます？　ミルクの皮を破らずに広げたまま舌にのせられたら、その日必ずいいことがあるっていう迷信。僕、子供の頃から信じてるんです」

「じゃあ、今日は悪いことがありそうだな」

「やなこと言わないでくださいよお、トニーさん、意地悪だなあ」

「だって今、破れたんだろ」

「トニーさんって、俺のこと、嫌いなんですか？　どうしてそんなにいじめるわけ？」

トニーさんはニヤニヤ顔のまま、煙草を一本口にくわえ、康介の耳元に顔を近づけて、「大好きだから」と囁《ささや》いた。

「やめてくださいよ、気持悪い」

「それにお前、バカだから」

康介は子供のように口を尖《とが》らせ、むくれた顔をしてみせた。が、やおら時計を見て、「やべえ。もう行かなきゃ」とスツールから滑り降りた。じゃ、電話くれよなとトニーさん。私もスツールから降り、バッグを肩に掛けて振り返る。

「いつからドロンするんですか」

「今日の午後。思い立ったら吉日」

「じゃ、もう十一月まで会えないの？」

「そうだね」

あっさり答え、ズボンのポケットから無造作に小銭を出して掌《てのひら》で数えている。

ドーナッツ屋を出て、三人はそれぞれの方角に別れた。冷房で冷え切った肌の表面に、たちまちじっとりとした熱気が覆《おお》いかぶさってきた。街路の大きなケヤキの木から蟬《せみ》の合唱がうるさいほどに響き渡っている。


トバちゃん、お元気ですか。まだ北海道にいるの？　涼しくていいだろうなあ。東京はこの五日間、連続熱帯夜でうだっています。

トバちゃんに報告しなければならないことがあります。前にも少し書いたけど、例のトニーさんって絵描きさんと、康介さんっていう編集者が、この家に越してくることになりました。十一月だからまだ少し先だけど。で、トニーさんにはトバちゃんの洋裁室に寝泊まりしてもらって、康介さんには二階のトバちゃんの寝室を使ってもらおうと思ってるのですが、いいでしょうか。

トバちゃんの私物は絶対いじらないようにお願いしてあるし、彼らが越して来る前に私がちゃんと片づけて整理しておきますから。もちろん家賃を払ってもらいます。目下、値段は検討中。光熱費なんかを込みにして、一人五万円くらいでどうかしら。安すぎる？　じゃ、六万円かな。

トニーさんも康介さんも、とてもいい人です。二人とも最近、大事にしていた女性に振られて落ち込んでいるのです。特にトニーさんは、奥様に追い出されちゃったらしい。悪いのは奥様のほうでトニーさんじゃないのよ。でも、家は奥様のモノらしくて、新しい男性も来るからって、トニーさんが出ちゃったの。かわいそうでしょ。

だから、ってこともないけど、大丈夫。その手の心配はいりませんから。康介さんは私より若いし、危険率も低いらしいから、隣の部屋でもぜんぜん不安はないと思うの。まあ、これは冗談なんだけどね。その件についてはまた後日に詳しく話します。二人のやりとり聞いていると、あまりにもあけすけで呆《あき》れることもあるけど、可笑《おか》しいんだ。だって私、ああいう男同士の会話を身近で聞いたことがないから、面白くって。

でも、もしトバちゃんが帰ってくることになったら、もちろんただちに出てもらうから心配しないで。トバちゃんには迷惑かけないようにしますので、どうかご了承ください。じゃ、水谷さんによろしく。身体《からだ》に気をつけてね。バイバイ。

そこまで書いてペンを置き、最初から読み返してみた。ついでに今まで書いたページの厚みを見る。もうだいぶたまった。

このノートを書き出したのは、トバちゃんが出ていって一週間目の夜からである。最初は本当に手紙の下書きのつもりで書き始めたのだが、考えてみると宛先《あてさき》がわからない。いずれトバちゃんの居場所が決まったとき、清書して出そうと思っていたが、そのうち面倒くさくなり、気がつくと、トバちゃん宛のかたちを借りた日記のようなものになっていた。

毎日書くわけではない。しかしこうやってトバちゃんに語りかけていると、なんとなく気持が落ち着く。今やこのノートがトバちゃんのかわりをつとめてくれているようなものだ。

私はノートを閉じて、後ろに垂らしていた髪を手早くねじって上にあげ、髪留めで止めた。首の後ろにべっとり汗をかいている。手のひらで汗をぬぐう。こんなに続けるとわかっていたら、もう少し洒落《しゃれ》たノートを使えばよかった。下書きのつもりだったので、学生時代に使い残した、ごく普通の大学ノートである。表には表題と名前を書くための横線が引かれている。私は抽斗《ひきだし》を開けて十二色入りのサインペンを取り出した。なかから赤を一本引き抜き、キャップをはずす。

「トバちゃん日記」

やや大きめの字で書いてみる。トバちゃんといえば赤だろうと思ったが、書いてみるとグレーの台紙に色がにじんで、予想したより黒ずんだ。ピンクのほうがよかったかな。その下に、今度はグリーンのマジックで、「RUI」とローマ字で自分の名を記す。グリーンは私のいちばん好きな色である。そしてもう一度、ノートから身を離し、全体を眺めてみる。よし。これはもう、投函《とうかん》しない手紙としよう。いつか私が死んだのち、トバちゃんが私の部屋でこれを発見するまでは誰にも見せないことにしよう。そう決めた。トバちゃんが先に死ぬことも考えられないわけではないが、私の直感では、トバちゃんはきっと百歳を過ぎるまで元気だという気がしてならない。

私は机の一番下の抽斗にノートをしまい、立ち上がってクーラーのスイッチを入れた。音が大きいだけでほとんど効かない旧式のクーラーは、うるさいのでなるべくつけないようにしているが、音より暑さに負けた。そしてお風呂《ふろ》の支度をして、階下へ降りた。熱帯夜は今夜で六日連続になるだろう。

大学の夏の一斉休暇が終わり、新しい学期の準備に追われているうち、気がついたら九月になっていた。学生の姿は、まだまばらである。

あの事件以来、大谷教授はすっかり機嫌を直している。むしろ以前より私に対して愛想がよくなったように感じられる。廊下ですれ違っても、「あ、島田さーん」なんて手を振ったりする。あれだけ私に怒声を浴びせ、あんな失礼な台詞《せりふ》を吐いたくせに、いい気なもんだ。私は忘れない。ずっと忘れてやるものかと心のなかで思いつつ、教授の前ではあえて冷静に、慇懃《いんぎん》に接するようにした。

教授ならフランス文学の石橋道造先生のほうがずっと好きだ。石橋教授は私の顔を見ると、両手を広げて大げさに驚いてみせ、小股《こまた》斜め早歩きでちょこちょこっと近づいてくると早口で、あら、かわいいセーターね。トレ・シックよ、などとフランス語を混ぜて必ず何かを誉《ほ》めてくれる。それがぜんぜんいやらしくない。以前にぴっちりしたパンツをはいていたとき石橋先生にお尻《しり》の格好を誉められたことがあったが、嫌な気分にはならなかった。あれが大谷教授だったらひっぱたいたかもしれない。セクハラなんて、人によって本当に受け止め方が違うだろうなあとつくづく思う。

日曜日はトニーさんが現れなくなったかわりに、ときどき康介が顔を見せるようになった。康介はトニーさんと違い、律義《りちぎ》なところがある。編集者という職業柄かもしれない。前もって必ず電話で、「これから伺ってもいいですか」と訊《き》いてくる。都合が悪いと言えば、「あ、じゃ、またにしまーす」と、まったく声のトーンを変えることなく、あっさり引き下がる。

康介は引っ越しをことのほか楽しみにしている様子だった。来るたびに、受け入れ側も大変ですよね、と嬉々《きき》として部屋の掃除を手伝ってくれようとする。そんな康介に押されて私も少しずつ家の片づけを始めた。洋裁部屋と二階のトバちゃんの寝室は基本的にトバちゃんがきちんと片づけて出ていったので、家具類を少し端に寄せるのと、トバちゃんの私物の上に布をかぶせて隠すぐらいで済みそうだが、問題はお手洗いと風呂場である。あまりにも古くて汚く思われないか。お手洗いは、もちろん水洗だが、便器は昔ながらの小さいタイプだし、お風呂もガスで沸かす方式のものである。こんなので平気と訊いたら康介はやや垂れ気味の目を丸く見開いて、

「なに言ってるんですか。こういうのだからこそいいんですよ、味があって。ぜんぜん気にしないですよお」

康介のこういう言葉が本心からのものなのか、それとも気遣いから出てくるのか、判断がつかないが、とりあえずホッとする。トニーさん抜きで会うときの康介は、それなりに頼もしく見える。ちょっと荷物を運ぼうとするだけですぐに飛んできて、あ

あ、ルイさん、それ僕が運ぶからと手を差し伸べてくれるし、どんな駄菓子や飲み物を出しても、嘘《うそ》かと思うほどおいしそうな顔をする。これほど気の利《き》く青年が、どうしてつき合っている女性から「女に興味がない」などと言われてしまうのか。親しくなると普段の反動で、よほど無愛想になるのか。まだ本質がつかめない謎《なぞ》の青年だが、私には、決して女心のわからない男には見えない。

「引っ越し荷物、どれぐらいになりそう？」

二階のトバちゃんの部屋で窓ガラスを磨いている康介に声をかけた。

「たいしたことないですよ。ベッドとオーディオセットと本棚でしょ。捨てられない本とか雑誌があるからなあ。あと、洋服と……ああ、けっこうな分量になっちゃうかな」

「ソファは？　トニーさんが泊ったときに使ったっていう」

「ああ、そうだった。あれはこの部屋に入らないですよね。トニーさんの部屋に入れましょうか」

「いいけど。トニーさんが嫌がらなければ」

とすると、トバちゃんの荷物を少し私の部屋に移動させたほうがいいかもしれない。

私は廊下の隅に立ち、頭のなかで家具の配置転換を考えた。

「あのー、ルイさん？」

「え？」と私がトバちゃんの部屋に戻ると、康介は窓枠に腰掛けてこちらをじっと見ている。

「どうしたの？」

「ちょっとルイさんに言っておきたいことがあって」

「え？」

「こないだの件なんですけど。僕、伊礼さんに、話したんですよ」

「ここに住むこと、話したの？」

「いえ、違うんです。住むことじゃなくて、そのー、僕の問題」

「僕の問題？」

「だから、僕がその、トニーさん曰《いわ》く」

「ああ、危険率のこと？」と言って、思わず吹き出したら、康介の眉《まゆ》がピクリと動いた。

「ごめんなさい。悩んでたの？」

「悩んでもいないけど」

康介の弱々しい表情を見るのは初めてだった。笑っているか驚いているか、ほとんど明るい顔しか知らない。真剣な表情をすると、なおさらトッポ・ジージョっぽい。悲しそうなのにどこか間が抜けていて愛嬌《あいきょう》がある。

「伊礼さんはなんて？」

「僕の……僕の友達ってことにして話してみたんだけど」

「そしたら？」

「間髪いれず、そりゃ、病気だって」

そのまま康介は黙った。何と答えてあげればいいのだろう。私は言葉を探した。

「でも」と、康介が少しの間をおいて口を開いた。

「でも、僕はそう思ってないんですよ。あの人たちと僕とでは、恋愛に対する考え方が違うんだと思うし。あの世代の男って、なんか直接的っていうか動物的っていうか。基本的に狩猟民族系ですよね。セックスを最大の愛情表現だと信じ切ってる。それはそれで雄の生き方としては正しいんだろうけど、でも僕はそれと精神性とを比べると、やっぱり精神性のほうを大事に育てたいタチだから、どうしてもセックスには慎重になるんですよ。めったやたらに押し倒したいとは思わないもの」

「それは、たしかに……」

「でしょ。だから僕はセックスの回数で勝負するなんて気はさらさらないんですよ。

でもだからって、セックスが嫌いなわけじゃないですからね。僕だって、相手次第ですごくムラムラくるときもあるし。実際、ものすごくセックスに狂ったときもあったし」

「あ、そう……なの？」

「こんなことルイさんに言うの、ヘンかもしれないけど。だって僕、一晩で三回ってこともあったんですよ。自分でも燃えてるなって驚いちゃって。そういうことだってあるんですよ、僕も」

康介が……壊れ始めているみたい。

「ただ、たいていの場合、僕がその気になる前に、彼女のほうが待ちきれないらしくて、すぐ『抱いて』って迫ってくるんですよ。ラブホテルなんて、どんどん入って、自分で部屋選んだりするんだからね。ぜんぜん躊躇《ちゅうちょ》ないですからね、今の娘《こ》って。そういうの僕、あんまり得意じゃなくて」

「あ、そうなんだ」

康介の後ろの、表通りから、ご近所の桂木《かつらぎ》さんの奥さんがこちらを見上げている。手箒《てぼうき》を持ったまま、不審な顔をしているように見える。康介の声が聞こえたのか。目が合った。会釈《えしゃく》をしたら、軽く箒をかかげて姿を消した。

「僕、姉が二人いるんですよ」と康介の話は続いている。「だから女の子と話したりあんみつ屋さんに入ったりするのもぜんぜん苦手じゃないんだけど、ラブホテルとか二人でそういうのって、なんか違和感があって。それより一緒にビデオ観《み》たりご飯食べたりするほうが心地いいっていうか」

「あ、そうなんだ」

「あ、そうなんだ、そうなんだ……って。だから僕、ルイさんにちゃんと言っておきたかったんです。なんか僕のこと、男としてダメなんじゃないかって、見下されてるような気がして……」

「見下すなんて、そんなことぜんぜん」

「でもなんか、恋愛不適格者みたいな先入観もたれると、ちょっとやばいかなと思って。そういうことはないんです。性欲はしっかりあるんです。そのこと、引っ越しする前に、ルイさんにはきちんと理解してもらっとこうと思って」

一緒に暮らす前に、そういうことは標榜《ひょうぼう》してくれないほうがいいような気もするが。

「ルイさんに対してだって、俺、いつムラムラッとくるかわかんないですよ。もしかするとトニーさんより危険かもしれない。事実、機能的には圧倒的に有利ですからね、俺のほうが」

どう反応していいかわからず黙っていたら、康介の興奮度が少し収まった。

「ごめんなさい。僕だけ一方的に喋《しゃべ》っちゃって。なんかルイさんに、勘違いされてるのがつらかったんでつい」

「大丈夫。勘違いも見下してもいないから。私、男の人の身体《からだ》のこと、よくわからないけど、言ってることはわかる。でも、あんまりムラムラこられても困るけど」

ははは、と康介がやっと笑った。吐き出してすっきりしたのだろう。吐き出された私のほうは、複雑な気持になった。

康介はその日、トバちゃんの部屋だけでなく私の部屋のガラス戸もぴかぴかに磨いて、夕方、日が暮れる前に帰っていった。帰り際《ぎわ》、そうだと思い出したように勝手口で振り向いた。

「引っ越しの日取りなんですが、十一月の第一日曜日と第二日曜日だったら、どっちがいいですか。その二日なら僕、一日あいてるんでちょうどいいんです」

「第一と第二？」

と私は電話機の上に貼《は》ってあるカレンダーを二枚めくって覗《のぞ》き込む。

「どっちでも私は、大丈夫ですけど」

「じゃ、早いほうがいいかな。二日の日曜日にしましょうか。翌日は文化の日だから休めるし。じゃ、僕、トニーさんに電話でそう伝えておきますね」
「うん、お願いします」
いよいよ共同生活が始まるのかと思うと、少なからずそわそわする。これでトニーさんも帰ってくる。
その夜、私は魚屋さんに強硬に勧められて買った秋刀魚《さんま》を塩焼きにして、冷や奴《やっこ》とほうれん草のバター炒《いた》めと、トバちゃんから送られてきたいくらの醤油《しょうゆ》漬けで一人晩ご飯を食べ終えると、二階の自分の部屋に戻り、引き出しから「トバちゃん日記」を取り出した。新しい真っ白なページを開き、まずはいつもの挨拶《あいさつ》を書く。

トバちゃん、お元気ですか。

たまには違う書き出しをしてみようと思うが、思い当たらない。

今はどこらへん？　先週の金曜日に函館《はこだて》からいくらが届きました。一応、携帯電話にお礼のメッセージ入れておいたけど、どうせ聞いてないでしょうね。さすが北海道のいくらだね。プチプチしていてまるで赤い宝石のように光っているの。

さっそくお醬油とお酒につけて、いくら丼《どん》を作りました。すごくおいしかった。ありがとうございました。

トニーさんと康介さんの引っ越しの日取りがとうとう決まりました。十一月二日。あとちょうど五週間後です。なんかちょっと楽しみ。二人が引っ越してくることになって、だいぶ部屋のなかを片づけたり荷物を整理したので、前よりすっきりしたよ。でもまた二人の荷物が入るから、狭くなるかもしれません。トバちゃんのものはぜんぜん捨ててないから安心して。捨ててもいいかと思うものもあったけど、勝手に処分したら、きっとトバちゃんが怒ると思ったので手をつけていません。

今日、康介さんが二階のガラスを磨いてくれました。ガラスって磨くとこんなに透き通るものなのね。康介さんは働き者で素直でいい人です。

まだ東京は残暑が厳しいけど、夜はだいぶ楽になってきました。そうそう、康介さんと一緒にガラス磨いているとき、キンモクセイの香りがしましたよ。もう秋ですね。そちらの生活はどうですか。水谷さんは相変わらず優しい? 北海道はもう寒いんでしょうね。風邪を引かないように気をつけてね。じゃ、今日はこらへんでバイバイ。

ここまで書くと、私は一枚ずつページを前に戻した。たしか六、七回ほど前の分だったと思う。……あった。引き出しからホワイト修正液を出す。よく振ってキャップをはずし、見つけた文面のうえに筆を当てる。

康介さんは私より若いし、危険率も低いらしいから、隣の部屋でもぜんぜん不安はないと思うの。まあ、これは冗談なんだけどね。その件についてはまた後日に詳しく書きます。

この一文の、「危険率も低いらしい」と、「まあ、これは冗談なんだけどね」以下を塗りつぶす。しばらく乾かし、「危険率……」のところを、「礼儀正しいから」に書き換えておいた。

第8話　見合い話

引っ越しの当日、十一月二日はあいにくの雨となった。康介《こうすけ》がレンタカーの軽トラックの助手席に友達を乗せて到着したのは、午後一時過ぎである。ごめんなさーい、遅くなっちゃってと運転席を降り、雨のなかで目をしばたたかせながら私に挨拶し、こいつ、大学時代の友達の東高辻通嗣《ひがしたかつじみちつぐ》、助っ人《すけと》に来てもらったんですと、助手席から降りて頭を下げるおとなしそうな色白の痩《や》せた男を紹介した。

サンダルをつっかけて玄関を出る。持っていたワンタッチ傘二つをほぼ同時に広げ、ちょっと歌舞伎《かぶき》役者が見得を切るような格好だなと思いながら、二人の頭のうえにのせようとしたら、

「あ、大丈夫。とにかく荷物、運んじゃいますから。ルイさんは家に入ってて」

軽くいなされた。所在なくまた家に上がり、台所との部屋境に引っ込む。康介とその友人は、まるで時間制限のあるスポーツ競技でもやっているかのように小走りで、

トラックと玄関を行き来し、交互に荷物を運び込んでくる。若い男たちの機敏な動きにみとれるうち、トバちゃんの洋裁室にはあっという間に段ボール箱が積み上げられていった。一つ運ぶたびに康介は、フウーと大きく息を吐き、僕、雨男なんですよ、すみませーんとか、ほんとにルイさんは何もしなくていいですからねとか、いちいち私に気を遣い、ついでに一息入れる。一方の東高辻という名の男は、ただ黙々と段ボール箱を置いていくだけだ。ひ弱に見えてこの助っ人友人は、案外力持ちなのかもしれない。康介より息が上がっていない。

康介の引っ越し荷物は思った以上に多かった。これだけの荷物がはたして二階の部屋に入り切るだろうか。手伝うなと言われても、ただ黙って見物しているわけにもいかず、軽そうな荷物を選んで少しずつ二階へ移動させる。編集者だけあって書物が多いのだろう。私一人では持ち上げることすらできない重い段ボール箱がいくつもあった。

衣類と表書きされた箱を二階のトバちゃんの部屋に置いたとたんに、階下《した》から康介の呼ぶ声がした。

「ルイさーん。宅配便ですよお」

「はーい、今、行きまーす」

階段を降りると玄関で、交互に出入りする若者の間にグリーンのつなぎを着た長身の男が、雨でよれよれになった伝票を手に突っ立っていた。傍らには大きな段ボール箱が三つも積まれている。何が届いたのだろう。

「引っ越しっすか？」

宅配便屋青年が、水滴のついた冷たそうな手で三枚の伝票を差し出した。

「ええ」

どこに判子を押すのだろう。あ、ここか。

「大変っすね。ありがとうございましたあ」

大変なのは、毎日こういう大荷物を運んでいるあなたのほうでしょう、と愛想を返すまもなく青年は走り去った。置いていった段ボール箱三つのうち、いちばん上の一つを見ると、荷札に「田中」となぐり書きされている。田中の下の名前は雨に滲《にじ》んでよく読めない。

「ああ、そうか。トニーさんだ」

「へえ、トニーさん、要領いいなあ。宅配便で引っ越しすませちゃうつもりかなあ。じゃ、これも家のなかに上げちゃったほうがいいですよね」

康介が手際よく箱を持ち上げ、まもなく、あれっと呟《つぶや》いた。

「これ、一つは、ちがうみたいですよ」

見るとなるほど、最後の箱の品名の欄に「食料品」と明記されている。届け主の欄は「田中」ではなく、「蕎麦処《そばどころ》・竹林庵《あん》」、住所は「長野県松本市」だ。

「ひょっとしてこれ、お蕎麦じゃないですか。トニーさんの居候先《いそうろうさき》の……。開けてみます？」

うんうんと私は頷《うなず》き、台所からはさみを取ってくる。案の定、なかからビニールパックに小分けされた大量の生蕎麦と、ビニール風呂敷《ふろしき》にきっちり包まれたペットボトル入り蕎麦つゆ三本に立派な生わさびが二本、出てきた。そのうえに白い和紙の封筒が置かれている。

「お引っ越し、おめでとうございます。トニーから頼まれた引っ越し蕎麦です。ご笑味いただければ幸いです。蕎麦処・竹林庵店主　竹本健二拝」

ほほーと、康介が感心したように唸《うな》った。

「トニーさん、粋《いき》なことやるよなあ。うまそー。今夜は、蕎麦でお祝いですね」

はしゃぐ康介とは対照的に、東高辻青年は相変わらず黙々と荷物を運び込んでいる。

「少し休憩したら？　今、お茶入れますから。上がってくださいよ」

私は東高辻君に聞こえるよう声をかけた。

「じゃ、ヒガシ、少し休もうか。荷物、それが最後だろ。俺、車を端に停め直してくる」

「最後じゃないよ」

ヒガシの声は意外に高かった。

「あ、そうか。ソファがあったんだっけ。いけねえ」

康介は慌《あわ》ててズックを突っかけると、ヒガシと一緒に外へ駆け出した。

ソファは洋裁室に落ち着いた。いったんは二階へ運ぼうと三人で奮闘してみたが、階段が狭いのと、運んだ先の康介の部屋には収まりそうにないとの判断で、細長いソファを三人で抱えてうろうろおろおろしたあげく、最後は洋裁室の階段側の壁に添わせて降ろした。

「いやがるかなあ、トニーさん」

首にまいたタオルで汗を拭《ふ》きながら康介が首を傾《かし》げていると、

「いやがったら、そのとき考えればいいんじゃないの」

ヒガシが、いかにも他人事《ひとごと》といった風情《ふぜい》でボソッと呟いた。その冷たい言い方が可《お》笑《か》しくて、私はちょっと吹き出した。

「さ、休憩にしよ！　ほうじ茶と、お煎餅《せんべい》。これ、駅前にある古いお煎餅屋さんのなんだけど、ここのゴマ煎餅とピーナッツ煎餅、けっこうおいしいの」

「あ、すみません」

汗くさい二人が台所へ移動してきた。

「すみません。いただきます」

ヒガシは康介よりずっと若く見える。赤紺チェックのウールシャツにジーンズという格好のせいもあるのか、同級と言われなければ、大学生と思ったかもしれない。座るなり、お煎餅にかぶりつく、その勢いのよさがまた子供っぽく感じられる。

「東高辻さんって、珍しいお名前ですね」

持ちかけると、

「コイツ、京都のお公家《くげ》さんの出なんですよ。今はお父さん、サラリーマンだけどな」と康介が代弁し、「うん」とヒガシが頷きながら煎餅をかじる。

「でもコイツ、先祖の血が騒いだらしくて、就職しないでいまだに大学院で日本美術の研究なんかやってて。骨董《こっとう》とか仏像にやったら詳しいんですよ、な」

康介の解説にさして異論を唱えるふうでもなく、ヒガシは無愛想な顔でヒヒヒと声なく笑う。

「家にガラクタがいっぱいあったから、子供のときから見慣れてるしね」

「コイツの言うガラクタってね、相当なもんなんですよ。基本的に、時代感覚も価値観も平民とずれてますから。コイツの家に泊めてもらったとき、おじいちゃんに『人数が足りないんだが、君もやらないか』って誘われて、てっきり麻雀《マージャン》の話かと思ったら、源氏《げんじ》香《こう》遊びだったからね」

「すごーい。そんな高貴な方に引っ越しなんて手伝ってもらっちゃっていいの？」

「いいんですよ。今は落ちぶれ貴族なんだから、な」

高貴なお方は、自ら口を開こうとはなさらないが、お煎餅は珍しいのか、早くも四枚目に取りかかっていらっしゃる。

「もしかして、お昼ご飯、まだだった？」

「あ、そういえば。でも大丈夫です」

ニッコリ笑う康介の顔は、ちっとも大丈夫そうではない。

「ごめん、気がつかなくて。私、ちょっとなんか買ってくる」

「あ、いいですよ、ルイさん。あとで僕たち、どっかに食べに行きますから」

「でも、少しは食べておかないとエネルギーなくなっちゃうよ」

私は財布と傘を握ると、急いで外へ飛び出した。簡単に食べられるものがいいだろう。サンドイッチとかおにぎりとか。お寿司《すし》チェーン店でおいなりさんというのもいいかしら。おかずもいるかな。走りながら考えて、お寿司屋さんなら左だと、方向転換したところでトニーさんに出くわした。

「あ、びっくりした」

三ヶ月ぶりに見るトニーさんは、相変わらず飄々《ひょうひょう》と、ちっとも驚いた様子がない。どこ行くの、とトニーさんが持っていたボストンバッグを肩にかけ直した。

「ちょっとお昼、買いに。康介さんとお友達の……」

「あるよ」

「え？」

「買ってきた。ほら」と、トニーさんは、手にぶら下げたビニール袋を上に掲げた。

「海苔《のり》巻きとおいなりさんとおにぎり。これだけありゃ、とりあえず足りるだろ。あと、ハムカツ」

ホレと、突き出された大きめのビニール袋を受け取って、私は思わずへへっと笑った。トニーさん、気がきくなあ。しかも私と同じこと考えてる。

その晩は、トニーさんと康介と東高辻君のみごとな連係プレーにより、絶妙な茹《ゆ》で具合の蕎麦を堪能《たんのう》した。左手にタイマーを握り、右手に長い菜箸《さいばし》を持つトニーさんの号令に従って、康介が流しで待機する。その隣には氷水の入ったボウルを抱えたヒガシが待っている。

「ルイちゃんはわさび、すってて。あとは蕎麦猪口《ちょこ》につゆを分けておいてね」

でも、と抵抗する私にトニーさんが、

「いいからいいから。引っ越し蕎麦ってのはね。引っ越してくる人間が、引っ越し先の人に対して『おそばにまいりました』って挨拶《あいさつ》するためにあるんだから。ルイちゃんがふるまっちゃ意味ないいんだよ」

あ、そっか、なるほどね、と素直な康介がすぐさま反応する。

「ほら、康介。ボッとしてないで、行くぞ。あと十秒。八、七、六……」

「いいっすよ。どうぞっ。アチ、熱いよ、トニーさん、乱暴に入れないでくださいよ」

「熱くない。手早くやれよ。すぐ伸びるぞ」

流水ですすいだ蕎麦を、続いてヒガシの氷水に移して急速に冷やす。すばやく水を切り、竹ざるにあげ、「はい、ルイさん。早く。食べて食べて」「はいはい。でも私だけ先に?」「いいから早く。次の玉、すぐ茹で上がるからね」

連係蕎麦茹での合間をぬって康介が割り箸を握り、冷した蕎麦を蕎麦猪口に浸してすすり上げ、「あ、うまーい。ヒガシ、お前も食べろよ」と、そのまま蕎麦猪口と席を譲る。続いてトニーさんに向かい、「ほら、交代しますよ。早くしないと伸びちゃうよ」と、ざるを突き出す。脇《わき》でヒガシが一口すすり、「あ、これ、よろしぃな」と静かに呟いた。

お蕎麦屋さん以外でお蕎麦を食べたことはほとんどなかったが、シロウトが家庭で茹でたざる蕎麦が、こんなにおいしいとは思ってもいなかった。蕎麦自体が新鮮で上質なのだろうけれど、トニーさんの茹で方が上手なせいもある。シコシコと腰があり、しかもこの冷え具合がみごとに味を際立《きわだ》たせている。

「ねね、年末の年越し蕎麦もここでやりましょうよ。松本から送ってもらって。蕎麦パーティ、いいですねえ。うまいですよ、これ」

喋《しゃべ》り続ける康介の声をBGMにして、トニーさんもヒガシも黙々と蕎麦に向かって頷いている。ヒガシは音をさせずに蕎麦をすすり上げ、ときおり薬指を使って薄い唇を丁寧に拭く。

考えてみれば、このなかの誰一人、自分の家族でも親戚《しんせき》でも、恋人でも配偶者でもない。ほんの数ヶ月前に知り合った、ヒガシに至っては初対面の、赤の他人同士が一緒に蕎麦をすすり上げている。こういうことって、可能なんだ。長い間トバちゃんと二人だけの台所だったこの場所で、こんなにぎやかな食卓を囲むことになろうとは。

ざる蕎麦の晩餐《ばんさん》が落着し、十一時近くに東高辻君は帰っていった。

トニーさんはお風呂から上がると、康介のソファにシーツを広げ、その上に寝た。そのソファ、寝心地悪いから嫌いだったんじゃないのと康介が遠慮がちに訊《き》き、新しいお布団《ふとん》、用意してありますから板の間に敷きましょうかと私が提言しても、トニーさんは毛布にくるまったまま、

「寝心地悪いとこで寝るのに挑戦してるの。どれくらい我慢できるか」

これ以上、何を言っても無駄だと思い、私と康介は二階へ上がった。

「じゃ、おやすみなさい」

「あ、今日からお世話になりますが、よろしくお願いします。おやすみなさい」

廊下で、パジャマの上にジャージのジャケットを羽織った康介がペコペコと何度も私に頭を下げて、部屋へ入っていった。襖《ふすま》の隙間《すきま》から見えた康介の部屋のなかは、まだ段ボール箱が山積みされたままの状態だった。

翌日の文化の日、康介はほとんど一日中、部屋にこもって荷物整理をしている様子だった。トニーさんはトニーさんで、ソファで煙草《たばこ》を吸っているかと思うと、いつのまにか姿を消し、またフラフラと戻ってくる。ときどき二階から康介が、開いた段ボ

ール箱を降ろしてくるので、それを自動的に私が受け取って、紐《ひも》でくくって物置にしまう。そんなやりとりを、朝からもう五、六回は繰り返しただろうか。

　前日の雨はすっかりやんで、雲一つないさわやかな青空が広がっている。静かな休日だ。一人で暮らしていたときと比べ、家のなかでなんとなく、どこにいればいいのかと迷うこともあるけれど、そのうちに慣れるだろう。お互いあまり干渉しないようにすることが秘訣《ひけつ》なのだと、自分に言い聞かせる。

「ルイちゃん、いらっしゃる？」

　木戸のほうから声がした。はーいと返事をして出て行くと、桂木《かつらぎ》さんの奥さんである。

「ごめんなさいね、お休みのとこ。今、いいかしら？」

　最近、ゴルフを始めたという桂木夫人は、日に焼けた指でしきりに茶色いショートヘアを掻《か》き上げながら、家のなかを窺《うかが》うように腰を動かした。

「あ、大丈夫ですけど」

「昨日はごちそうさまでした。おいしかったわあ」

「は？」

「叔父さまがお蕎麦を届けてくださって」

「叔父さま?」

「お引っ越ししてらしたんですって? お従弟《いとこ》さんもご一緒なんですってね。まあ、ご安心でよかったじゃないの。正直、私、心配してたのよ。トバちゃんがお出になっちゃってあなた一人じゃ危ないじゃないの、こんな大きな家で。最近、ここらへんも物騒だっていうし、ねえ。でもまあ、ステキな叔父さまがいらして。律義《りちぎ》な方よねえ。今どき、引っ越し蕎麦《そば》ふるまってくださる人、めったにいませんよ。あんなねえ。絵描きさんなんですって? やっぱりお宅は芸術肌のご家系なのね。ルイちゃんも小さい頃から絵がお上手だったもの。ウチなんてマンガすら描けないんだから、麻子も郁《いく》夫《お》も。まったく情けないわ。奥様亡《な》くされて、お気の毒なんですってね。悲しそうなお顔してらしたわ、叔父さま。でもちょうどよかったじゃないの。男の方が二人いらしたら、まあ、ちょっと手はかかるでしょうけど、そりゃなんたって安心ですよ」

なんだかわからないが、どうもトニーさんの仕業《しわざ》らしいということだけは察しがついた。

でね、ルイちゃん、と、桂木夫人の日焼けした顔のあらゆるところにたちまち大量の横皺《よこじわ》が発生した。この笑みには、警戒する必要がありそうだ。

「ちょっとご相談があるんだけど、いいかしら」

「はあ」

「実はね、これ」と桂木夫人が差し出したのは、週刊誌ぐらいの大きさの白い封筒である。

「ルイちゃんがぜんぜん興味ないってことなら、まったく無視してくださってかまわないんだけど。でもとってもいいお話なのよ。本当はウチの麻子にっていただいたんだけど、ほら、麻子ったらなんだかお見合いはもうこりごりらしくて。一度やってね、ダメだったのよ。友達とアパート暮らし始めちゃって、もうのうのうとしちゃって。まあ、親の干渉から逃れて自由にしたい年頃ってのもあるでしょうから、しばらく勝手にさせておこうかとは思ってるんですけどね。いえ、麻子のお余りじゃないの。麻子にはぜんぜん見せてないですから、これ。麻子よりルイちゃんに合うんじゃないかって。私、ピンときたの。でも気になさらないで。気楽な気持で、とにかくお考えになって、ね。叔父さまともよくご相談なさって、ね。じゃあね、また」

ほとんど無理矢理、その白い封筒を私の胸に押しつけて、諭《さと》すような目つきで手を振って、桂木夫人はそそくさと帰っていった。お考えになってとは、つまり見合い話ということか。

初めてだ。この歳《とし》になるまでお見合いというものを経験したことがない。どうせロクな男は現れやしないんだから、生涯の伴侶《はんりょ》なんて、自分で見つけ出すのがいちばん、人生は自分の力で切り開いていくもんなんだよ、とさんざんお見合いで失敗してきたトバちゃんの説得力ある言葉を聞き続けてきた私は子供の頃からずっとそう信じてきた。だからお見合いをしたいと思ったことはないし、年頃になって話が一つも来ないことに不安になったこともない。

突然、ひらめいた。もしかして話は来ていたが、トバちゃんの段階で拒否していたのかもしれない。桂木夫人が世話好きだという噂《うわさ》は前から有名だ。見合い嫌いのトバちゃんがいなくなったので、私に直接、言ってきたのかもしれない。

木戸を閉じて家に入ろうとしたとき、チリンチリンと自転車のベルが鳴り、おう、ルイちゃん、お蕎麦おいしかったよお、ありがとう、叔父さん、いい人だねえと、肉屋の親父《おやじ》さんがムチムチしたおいしそうな片手をあげて前を通り過ぎていった。

トニーさんったら、いったいどこまでお蕎麦をふるまって回ったのだろう。ちっとも知らなかった。もっと知らなかったのは、トニーさんがいつのまにか私の叔父さんになっているということだ。

勝手口から家に上がると、トニーさんが奥の板の間に座り込んで画材道具の整理をしていた。

「ああ、ルイちゃん、いたの？」

「いたのって、トニーさんこそ、どこ行ってたの？」

「ちょっと……」

私はトニーさんの背中を見ながらソファに座った。

「ねえ、伺いたいことがあるんですけど」

なに、とトニーさんが絵筆を束ねながら上《うわ》の空で返事をする。

「トニーさんって、私の母方の叔父さん？　それとも父方？」

トニーさんの手が止まった。

「えーと、そりゃまあ」と言いかけて振り向いた。

「どっちがいい？」

「どっちって、そういうことじゃなくて。だいたい私、父方の親戚なんて、父の顔すら知らないんだから、いるかどうかも」

「ああ、じゃ、そっちがいいよね。わかんないほうが曖昧《あいまい》で」

「桂木さんの奥さん、お蕎麦おいしかったって。お肉屋の親父さんも」

「あそ。よかった」

「よくそんな嘘《うそ》、思いつきますね」

「だって、親戚にしといたほうが何かと皆さんも安心なさるだろうと思ってさ。どうかしら。じゃないと、いろいろ詮索《せんさく》されるよ」

「たしかにそうだけど」

「そういうことは早めに手を打っておいたほうがいいんですよ」

「ふうん。初めて知った」と、私は手のなかの白い封筒を掲げて中味を透かしてみた。

「なにそれ」とトニーさん。「履歴書らしい」と私。

「誰の？」

「私のお見合い相手の。桂木さんがね……」

次の瞬間、トニーさんが私の左隣に座っていた。と思ったら、右に康介のお尻《しり》がストンとはまり込んだ。いつのまに二階から降りてきたのだろう。

「ええっ？　お見合い？　ルイさんの？」

「いくつなんだ？　職業は？」とトニーさんも乗り出してくる。

そんなに矢継ぎ早に訊かれても、まだ中を見ていないのでわからない。

「おい、康介、はさみ」

「はいはい、はさみね、はさみ」

康介からはさみを受け取って、二人が注視するなか、私が丁寧に封を切る。はさみの音だけが部屋に響く。二つ折りにされた履歴書の間から写真が一枚、滑り落ちた。

「ふんん」と拾った康介が唸《うな》った。

「なんだ、その『ふんん』ってのは。いいのか悪いのか」

「いや、だってこれ、ルイさんのお相手なんだから、僕がどうのこうのなんて」

「悪いんだな」

「そんなこと一言も言ってないでしょ。ルイさんがまず見て、判断しなきゃ、ねえ」

と康介が写真を私に手渡した。履歴書を読んでいた私は受け取った写真を黙って見つめた。まるでパスポート用写真のようだ。まっすぐ前を向き、目を見開いて、一文字に口を閉じている。笑みはない。そして、四角い。これがいいのか悪いのか。写真だけではわからない。見たとたんに惚《ほ》れたくなるほどの造形ではないが、悪い人には見えない。

「なんだ、悪くないじゃない。いくつなの」

履歴書を読み直し、四十三と私が答えると、あああー、後厄《あとやく》だ、ちょうどいいね、結婚するには、とトニーさんが訳のわからない反応をした。

「どうして」とストレートな康介がストレートに質問すると、「だって今年までに悪いこと全部すませてもらっておけば、あとはいいことずくめでしょう。大丈夫よ」と、ますます非論理的な説明だ。

「どうね」

どうねの「ね」のところでトニーさんが私に顔を近づけて、首を傾《かし》げた。その企《たくら》みに満ちた笑い顔を私は上目遣いで睨《にら》みつけた。

「なんか二人とも、私のお見合いで遊ぼうとしていません？」

そんなことないそんなことありませんよ、とすかさず康介が両手を横に振り、

「少なくとも僕は真面目《まじめ》に考えてます。本当のとこ、どっちかっていったら反対。だって、やっと三人の生活が始まったばかりなのに。結婚なんて、ルイさん、まだ先でいいですよお。安売りしちゃダメ。こんな将棋の駒《こま》みたいな奴《やつ》で、人生を妥協することないですよお」

「何が真面目なんだよ、お前。自分の都合でルイちゃんの人生のチャンスを奪うほうが不真面目じゃないか、そうだろ」

「そりゃまあ、そうですけどね。でも、そもそもルイさんが、結婚したい気持があるのかないのかも訊いてないのに、会えとか大丈夫とか、それも無責任すぎますよ」

どうなの？　と、トニーさんの顔がふたたび近づいた。煙草の臭《にお》いがする。同時にほのかに甘い香りもする。なんだろう、この匂いは。

「どうなんですか、ルイさん。結婚したいの？」

私は持っていた履歴書と写真をとりあえず封筒に収めた。どうなのだろう。私は結婚したいのだろうか。一生、独身でいる自信はない。でも、康介の言うとおり、せっかく三人の生活が始まったばかりだというのに、また新たな転機について考えるのは、ちょっとしんどい気がする。

「結婚する気がないわけじゃないけど……」

「けど？」と二人の声が重なった。

「けど、今、お見合いする気分では……」

「ほらね」と康介。

「よし、わかった。こういうことはね、本人は言いにくいって場合があるから、俺が桂木さんの奥さんに話してきてあげよう。叔父としての義務だな、これは」

「叔父？　誰が？」

「俺だよ。お前は俺の息子で、ルイちゃんの従弟だ。覚えとけ」

「従弟？　息子？　いつからそんなことになっちゃったの？」

「昨日から」

トニーさんはその翌日、私と康介が仕事に出かけている間に桂木家へ行って、私の気持を伝えてくれることになった。その結果、二週間後の日曜日に、桂木夫人と保護者のトニーさん同伴のもとで、私はお見合いをすることが決まった。

第9話　三人の契約

お見合いはあっけなく終わった。

家を出るまでは、もしかしてこれで私にも人生の新しい道が開けるのかと、かすかに夢想したけれど、現実はそんなに単純ではないらしい。ホテルのロビーで相手と待ち合わせ、挨拶《あいさつ》をしてから中庭に面したコーヒーハウスへ移動する。先方は本人だけだった。席に着くと、会話はもっぱら桂木《かつらぎ》夫人とトニーさんのあいだで交わされて、当事者の我々はコーヒーをすすって二人の話に耳を傾けたり、所在なく庭を眺めたりしてみる。五年ぐらい前にトバちゃんが縫ってくれたウールのワンピースを久しぶりに着てきたら、腕のあたりがちょっと窮屈で落ち着かない。太ったのかもしれない。

お代わりはいかがですか、とウェイターがポットを片手に近づいてきたとき、

「どう？　みなさん、ケーキでも」とトニーさんがアイスクリームつきアップルパイを勝手に四つ頼んだのがいけなかったのか。厚さ一センチほどの薄っぺらいアップルパ

イには不釣り合いなほどの大皿が四枚到着し、たちまちテーブルが狭くなる。お皿のスペースを作るために三人の手が交錯したが、残る一人、つまり私の見合い相手の両手は膝《ひざ》に置かれたままだった。四角い顔で、微動だにせず丸い皿を睨みつけている。こういう顔の人が友達にいたら、私なら「カクさん」というあだ名をつけるだろう。きっと子供の頃からそう呼ばれて育ったにちがいないと想像する。しかし顔に似合わず性格は案外、繊細らしい。目の端がピリピリと痙攣《けいれん》している。緊張しているのだろうか。平べったい額に汗がうっすら光っている。上着を脱げばいいのにと思ったが、私からは言い出せない。

どうなさったの、笹島《ささじま》さん、と桂木夫人が尋ねてくれたおかげで思い出した。カクさんというイメージが頭に定着して、本名を忘れていた。そうだ、笹島克利《かつとし》とかいう覚えにくい名前だった。履歴書に記されていた他の項目も頭に蘇《よみがえ》る。職業は弁理士。弁理士って、なんだ。弁護士とどうちがうのだろう。思い切って、そこらへんから質問してみようかと思ったとき、

「すみません、僕、アイスクリーム、嫌いなんです」

やけにはっきりと、怒ったような口調でカクさんが言い放った。そしてそれがその見合い中、ほとんど唯一《ゆいいつ》と言っていいカクさんの強い意思表示であった。

その発言から、場の空気はガラリと変わり、なんとなく、気まずさが漂い始める。誰も会話の口火を切ることができず、四人はひたすらアップルパイに専念した。あれだけ喋《しゃべ》り続けていた桂木夫人も首を三十度ほど傾けて、パイの端っこの堅い部分とアイスクリームをからませることに熱中していたが、急にしゃっくりが出始めた。「あら、やだわ」と慌《あわ》てる桂木夫人の声としゃっくりの音、しかし三人は無言のまま。コーヒーカップがソーサーに触れる金属的な高い音が交互に響く。

カクさんの食べ残したアイスクリームが溶け切ってお皿のうえに平たく広がった頃、突然、カクさんがコートを手に立ち上がったので、もしかしてこの人、私と二人でどこかへ出かけましょうなんて言い出すのかしらと思ったら……、お見合いというものは、そういう段取りで進むのだと、つまり最初は付き添いの人と皆で会い、しばらくしたら二人だけの時間を作るものだと友達から聞かされていたので、そう思ったらあに図らんや、カクさんが「すみません」と桂木夫人に向かって頭を下げた。

「あら、どうなさったの？」

しゃっくりが止まった。

「いや……、仕事がありますんで……そろそろ」

カクさんは苦い薬を飲んだ直後のような、見るからに辛《つら》そうな表情で細かく顔を上下させながら、最後にチラリと私のほうに目を向けて、慌《あわただ》しく立ち去った。

桂木夫人もさすがに虚をつかれた様子だった。去っていく後ろ姿を見送りながら、

「まあ、日曜日だっていうのに、弁理士さんってお忙しいのねえ」

笑いかけたので、私とトニーさんも顔を見合わせて、「ほんとにねえ」と軽く微笑《ほほえ》んでみせた。

買い物をしてから帰るという桂木夫人とはホテルの前で別れ、私とトニーさんは地下鉄の駅へ向かってゆっくりと歩き出した。

いつのまにか風が強くなっている。昼間はポカポカ陽気だったのに、夕方になってだいぶ冷えてきた。歩道の隅にたまった枯葉がカラカラと音を立て、重なり合いながら道の端へ端へと流されていく。見上げると、街路樹の銀杏《いちょう》の大木が西日に反射して金色に輝いている。なんという神々《こうごう》しさ。この堂々たるつかの間の輝きを誇るために、銀杏という木は営々として幹を肥やし、葉に命を吹き込み、動かず騒がずじっと時の熟すのを待っていたのではなかろうか。銀杏が一年でもっとも輝かしいときは、たしかに今だと思うと感動せずにはいられない。思わず足を止め、見とれた。数歩先を歩いていたトニーさんがしばらくして振り返り、歩を止めた。

「ごめんんね」

五メートルほど先でトニーさんが真面目な顔でそう言った……ような気がした。

「え、なんで？」

私は笑いながら訊いた。

「なんで笑ってるの？」

トニーさんは、私の問いには答えず、聞き返してきた。

「だって、銀杏がほら、すごくきれい」

私の指し示す先をまぶしそうに見上げ、トニーさんは黒い革ジャケットのポケットから煙草《たばこ》を取り出してライターで火をつけようとする。風が強くてなかなか火がつかない。ようやく点《とも》すと、口から煙を吐いて、ほんとだね、としみじみとした口調で言った。そしてゆっくり私の立っている場所まで戻ってきて、手を取った。

「帰ろう」

ぴくりと私の身体《からだ》のなかの何かが反応した。道で駄々をこねる幼子を迎えに来た父親のような態度である。私は幼い娘になって歩き出す。手を引いているのは父親ではない。でも、とりあえず、叔父さんではある。

「お、点滅してるぞ。渡っちゃおう」

トニーさんの左手が私の右手を強く引っ張った。あ、ほんとだと答え、小走りで横断歩道を渡る。

叔父さんだもんね。すれ違う人混みの目を気にしつつ、心の中で言ってみる。叔父さんだもの、手ぐらいつなぐよね。トニー叔父さんの手は、触ってみれば想像以上に堅く、がっしりしていた。


トバちゃん、今日、私は生まれて初めてお見合いをしました。桂木さんの奥さんが持ってきてくれた話なの。笑っちゃうでしょ。桂木さんったら、麻子ちゃんに来た縁談を、「ルイちゃんのほうがお似合いだと思って」って持ってきてくださったんだよ。どこを見てそう思ったんだろう。歳《とし》かなあ。それとも顔かしら。将棋の駒みたいに四角いの、お相手の顔。でも四角い顔と四角い顔が結婚したら、子供がかわいそうだよね。もっと四角くなっちゃうもん。

職業は弁理士といって、辞書で調べたら、特許とか商標なんかの登録の代理をする人らしい。やや太め。アイスクリームが嫌いで、汗かきで、ちょっと神経質そうだった。でも実際のところ、人柄についてはわかりませんでした。だってほとんど会話してないんだもの。一時間ぐらいコーヒー飲んで、帰っちゃった。たぶん私のことが気に入らなかったんだと思う。あちらもこんなエラの張った女じゃ生まれる子供がかわいそうって思ったのかも。話してないんだから、顔で判断されたとしか考えられない。

でも私、ぜんぜん落ち込んでいませんから安心してください。一度、お見合いってものを経験してみたかったし、すごく気楽な気分で行けたから。トニーさんがついてきてくれたおかげもあります。トニーさん、今のところご近所に対しては私の叔父さんってことになっているんだけど、なんだか本当の叔父さんのような気がしてきました。ついでに言えば、康介《こうすけ》さんは私の従弟《いとこ》、つまりトニーさんの息子なんだよ。この嘘《うそ》、どこまでつき通せるかなあ。

今、桂木夫人から電話があって、やっぱり先方が、今回はご縁がなかったことにしてくれって言ってきたんですって。桂木夫人、すごく恐縮しちゃって、かわいそう。別に桂木さんが悪いわけじゃないのに。電話口で何度もトニーさんに謝ったらしい。失礼な人を紹介してしまってって。トニーさんったら、いやいや、奥さん、どうぞ気になさらないでけっこうですから、姪《めい》も別に気にしちゃいませんし、またいいお話があったら、どうぞよろしくお願いしますなんて社交辞令まで言ってんの。トニーさんって、どっか常識とか世間なんかとは無縁の人って気がしてたけど、こういうときはまっとうな応対もできるんだなって、発見しました。

でももう、お見合いはしない。もうわかったから、いいです。トバちゃんが言っていた意味が、今日、なんとなく理解できた気がします。

階下で康介さんが呼んでいるから、今日はこのへんでバイバイね。たまにはトバちゃんの生の声が聞きたいです。


その夜の食事当番は康介だった。お見合いの流れのまま外で食べてくるのだろうと予測していた康介は、私とトニーさんがあまりにも早く帰ってきたので戸惑ったようだ。どうしてどうして、どうしたのを繰り返しながら食卓のまわりを小犬のようにぐるぐる回り、冷蔵庫を覗《のぞ》き、俺一人だと思ってたから適当に済ませるつもりだったのに、と何度も言い騒いだので、「そんなに文句言うなら俺が作る」とトニーさんが言ったとたん、

「ダメ、ダメですよ。今日は僕が作る番なんですから。怒らないで。落ち着いて、ね、お願い。急いで買い物行ってきますから大丈夫。何食べたい？　何がいいかな」

落ち着くべきは康介のほうに見える。

「そうねえ。何がいいかしらね」

「そうだ、これどう？」

康介がトニーさんの部屋から一冊の本を持ち出してきた。

「さっき、見つけてパラパラ読んでたら、面白いですね、この本。トニーさんのでしょ」

「ああ、それか」

「一時期、けっこう話題になったんですよね。知ってる、ルイさん？　アリス・B・トクラスって女性が書いた料理エッセイ本なんですよ。アメリカ人なんだけどずっと恋人のガートルード・スタインっていう女性作家とフランスに住んで、つまりレズなんだけどさ、ピカソやヘミングウェイなんかとも交流があって、その時代に作ったり覚えたりした料理のレシピがたくさん載ってるの、ほら」

康介は私に本を開いて見せ、なんでこの本、トニーさんが持ってたのと訊《き》くと、

「二人目の奥さんが誕生日プレゼントにくれた」

「あ、こないだ別れた三十二歳の？」

「ちがう。あれは三人目。二人目はフランス人でね、この本の原書を愛読してたんだ。俺もときどき覗いていくつか作ったことがあるけど、英語だからね、面倒でさ。そしたら翻訳が出たっていうんで、くれたのよ」

「へえ、トニーさん、フランス人の奥様もいらしたの？」

「まあね。結局、別れたけど」

「じゃ、最初の奥さんは？」

私が身を乗り出して訊いたらトニーさんは、「日本人だよ」とぶっきらぼうに答えた。興味本位に訊いたのがいけなかったのだろうか。少し機嫌を損ねたように見える。

でね、と康介の説明が続く。

「可笑《おか》しいのはね。蛙《かえる》の足の揚げものってレシピに、蛙の足を百本用意しろなんて書いてあるの。こんなの作れないよね、日本じゃ。でも、簡単に作れそうなものもあるんですよ。これ、ほら。フランシス・ピカビア風オムレツ。すごくおいしそうでしょ。今夜、これ、どうかと思って」

「なんだよ、晩ご飯がオムレツか？」

「作ったことある？　トニーさん」

「昔のことで忘れた」

「これがただのオムレツじゃないんだって。ほら、書いてあるでしょ、ここに」と康介はページの端を指でさす。そこにはたしかに「これをただのオムレツと言うなかれ。だって発明者はあのピカビアなのだから」とある。そそられる一文だ。ピカビアはどうやら画家らしい。つまり相当に芸術的で突飛なオムレツということだろうか。と想像しながらさらに読み進め、仰天した。

「半ポンド？　バター半ポンドも使うの？　卵八個に半ポンドって、えー、二百三十グラムだって。いつも買うバター一本で、たしか二百グラムよ。それより多いわけ？」

「そこがおいしそうでしょ。バターを少しずつ加えながら三十分もかけて作るんですよ」

康介がうれしそうに解説してくれる。

「絵描きの考える料理なんてロクなもんじゃないぞ。まあ、いいけど。で、メインをオムレツにするとして、スープはどうするんだ？」

絵描きのトニーさんが康介に迫った。

「うーん、そうですねえ。どうしよう。オムレツに合うスープですよねえ」

約束してあったのだ。三人の生活を始めるにあたり、いくつかの契約を取り交していた。

・家賃は前月末日、家主《やぬし》である島田ルイに直接、現金で支払う。

・電話は基本的に各自の携帯を使う。家の電話を使用する際は、その都度、適正な料金を家主に支払う。
●食費は別途、一人月一万円を積み立てることとし、そのなかでやりくりするよう心掛ける。足りない場合は、足りないことを発見したその日の食事当番が補塡《ほてん》する。
●食事当番は原則として交代制。一人一ヶ月十日前後を目安とし、都合のいい日を台所のカレンダーに記入しておく。体調、仕事などの都合により義務を遂行できない場合は前もって報告し、他の二者に代わってもらう。ただし、二者の判断により、納得しかねる理由によって当番を怠る場合が三回以上続いたときは、ペナルティとして共有部分（お手洗い、風呂場《ふろば》、台所、庭など）の徹底掃除を義務づける。

そして最後に私が提案した項目は、
●食事当番は、かならず一日に一品、スープを加えること。

なぜかと二人に訊かれ、「スープは身体にいいから」と答えた。でも本当のところ、それが第一の理由ではないような気がする。

トニーさんが家にやってくるようになって何回目かに、ちょうど私が鶏《とり》ガラスープを作っていたら、トニーさんにさりげなく言われた。「僕も今度、スープを作ってこようかな」と。

康介とは、あの下品な小説家との食事会で会ったのが最初だった。康介と私の席は離れていたが、コース最初の「桃の冷製スープ」のあまりのおいしさに感激して声をあげたい気分になったとき、共感してくれる相手がいなかった。なにしろ隣の横暴小説家に邪魔されて、奈々子《ななこ》に声をかけることはできないし、正面は暗い顔をした痩《や》せぎすのオリーブである。何気なく斜め向かいに目をやると、康介と目が合った。きっと康介も同じことを思っていたのだろう。スプーンを掲げて声を出さずに目と口で、「おいしいですね」と愛嬌《あいきよう》いっぱいに笑いかけてくれた。あの笑顔のおかげでなんとか帰りたい気持を抑えることができた。

トニーさんと康介と三人で初めて食事をしたときもビシソワーズスープだった。スープが好きだという一点で結ばれてさえいれば、とりあえず安心な気がする。おそらくトニーさんと康介は、そんなことを何も感じていないだろう。でも二人はそれ以上の理由は追究せず私の提案にすんなり同意してくれた。

「じゃ、スープは俺が作ってやる」とトニーさんが言った。「わ、助かるぅ」と康介がその場で跳びはね、「そのかわり、お前、あとでトイレ掃除ね」というトニーさんの言葉に、康介がしゃがみ込む。

「えー、またですかあ？　先週も僕だったのにぃ」

雑誌の編集者である康介が夕飯の時間に帰宅することは週に二回あるかないかである。だから現実的には康介が約束通りに食事を作るのは不可能に近かった。それはしかたのないことだ。そのぶん康介は彼なりに気を遣い、週末の掃除当番をできるだけ受け持ってくれていた。それなのにトニーさんは追い打ちをかけるかのようにからかっては康介を困らせた。

こうしてその日の晩餐《ばんさん》は、康介のバターたっぷり濃厚オムレツ（料理本には卵を八個使うとあったが、卵を六個に減らし、そのぶんバターも四分の三の量に計算し直した）と、トニー製キュウリと長ネギとトマトのコンソメスープ（コンソメはインスタントだったが、加工が上手なのか、上等な味に仕上がっていた）と、私が作った茹《ゆ》でアスパラのサラダとフランスパンで、無事、幕を閉じた。

「しかし、こんなバターだらけのオムレツ毎日食ってたら、早晩、身体《からだ》を壊すね」

「なに言ってるんですか。身体に悪いことばっかりしてるくせに、トニーさん」

「うーん、でもおいしかったあ。こんなオムレツ食べたの、あたし初めて」

私はうっとりした気持になっていた。昼間のお見合いの気まずさが、遠い昔のことのように思える。私はもう一度、『アリス・B・トクラスの料理読本』と題された本を手に取った。

「トニーさんは、このなかでどれ作ったことあるの？」

ページをめくりながら尋ねる。

「どれだったかなあ。たしか牛肉料理とね……」

「これ？　ブルゴーニュ風ビーフシチュー」

「あ、それ、おいしそう。僕、食べたい」と康介。

「ちがう、シチューじゃない」

「じゃ、薄切り牛肉のクリーム煮？」

「それってアンチョビー使うヤツ？」

「そうみたい」

「それだ。案外簡単だけど、うまかった覚えがある」

「わー、じゃ、それ今度、トニーさんの番のとき、作って」と康介。

「お前ね、自分がお作りしますって、なんで言わないの？」

「だってトニーさんのほうが料理上手でしょ」

「それはたしかだな。お前はトイレ掃除が上手だから、まかせるよ」

「それ、ないでしょう」

「ガラス拭《ふ》きもみごとだよ。人には隠れた才能があるもんだと感心した」

「やー、初めてかも、トニーさんにそんなに誉《ほ》められたの。お世辞だとわかっててもうれしいですよ」

「お世辞じゃないよ。もともとが几帳面《きちょうめん》な性格だろ。そういうヤツは庭の草むしりもきっと上手だぞ。夏が楽しみだな」

「僕がやるの、それ」

ときどき私は、観客になったような気分に襲われる。トニーさんと康介の二人の掛け合いを聞いているだけで、言葉を差し挟まなくてもじゅうぶんに幸せな気持になれた。こんな暮らしがずっと続くのなら、結婚なんてしなくてもいい。トバちゃんの建てた傾きそうなこの古い家から一生出られなくてもかまわない。でもきっと、そういう子供じみた願いは叶《かな》わないのだろうということも、頭の片隅ではわかっているつもりだった。

たわいもない会話と長閑《のどか》な時間を繰り返し、平凡ながら奇妙な三人の生活は穏やかに過ぎていった。庭の木々がしだいに葉を落とし、寒々とした茶灰色の木肌を露《あら》わにし始める。康介が会社のクリスマスパーティのビンゴゲームで当たったといって持ち帰ったミニシクラメンの小鉢のピンクだけが、台所の窓辺の景色に色を添えていた。

例年より暖冬気味だという。物置から石油ストーブを出してきたのは十二月に入ってからである。トバちゃんと長年使ってきたストーブなのに、今年はなぜか小さく見えた。男の住人がいるせいかもしれない。毎年繰り返している同じことや同じはずの情景が、どれも新鮮に感じられるのは不思議なものだ。

正月休みも間近に迫ったある晩、康介がいつになく早く帰宅した。

「あら、早かったのね」と声をかけると、

「はい」

そのひと声で、何かあったとわかった。康介は、感情がそのまま顔や声に表れる性格だということも、最近わかってきた。

「どうしたの？」

「いえ、ちょっと。僕、着替えてきます」

そのまま階段を上がって部屋へ消えた。

「ねえ、康介がヘンよ。なんか元気ないみたい」

アトリエ――トバちゃんの洋裁室はいつのまにかアトリエと呼ばれるようになっていた――で油絵の色づけをしているトニーさんのそばに立つ。前の週にスケッチして

いた果物籠《かご》の絵にさまざまな色が重ねられている。私は絵に目を向けたまま、

「会社で嫌なことでもあったのかなあ。かなり暗い顔だったけど」

トニーさんはパレットに並ぶ絵の具をいくつか混ぜて、青みがかった黄色を作りながら上の空で答える。

「あ、そう」

これはバナナだったのか。キャンバスに木炭で下描きされたいくつかの曲線を、首を斜めにして眺めてみる。いや、レモンかもしれない。トニーさんの絵は大胆で、迫力がある。でもこれが上手《うま》いのか下手なのか、私には判断がつきかねた。

「大丈夫かなあ」

康介のことをもう一度、訊《き》いてみる。

「大丈夫だろ」

そこへ二階からベージュのチノパンと茶色いタートルネックセーターに着替えた康介が降りてきた。

「どうした。珍しく暗いらしいじゃないの」

トニーさんは色合わせの絵筆に視線を落としたまま声をかけた。すると康介が、世にも低い小さな声で言った。

「かなり暗いかも」

「それって仕事のこと？　それともプライベート？」と私が恐る恐る訊くと、

「両方」

「両方？」

さすがのトニーさんも顔を康介のほうに向けた。

「両方って、なんだよ」

「災難って、一気に降ってくるもんですね」

康介は少しずつ語り出す。

「今朝、会社に行ったら倉木編集長に呼ばれて。この時期って毎年、契約更新の話をするんですよ。俺、契約社員だから」

「へえ、契約社員だったんだ。知らなかった」

「そうなんです。で、この機に給料交渉なんかをやるんですけどね。そのつもりで倉木さんのデスクに行ったらいきなりですよ」

「いきなり、なに言われたの？」

「クビだって」

「クビィ？」

「もう会社自体、けっこう危なくなってたのは薄々感じてたんですけどね。この不景気に建築雑誌なんて売れないですからね。でもまさか、いきなりくるとはね。今年いっぱいってことでだって。倉木さん、俺とぜんぜん目を合わせようとしないんだ。ああいう人だったとはね。ちょっとがっかりだな」

「じゃ、来年から失業者か」とトニーさんが平然と言う。

「そういうことですかね。で、そのことを、今つき合ってる彼女に電話して、聞いてもらおうと思って話したら」

「なんだお前、もう新しい彼女ができてたのか。で、今度は何回？」

トニーさんは、まるで医者が患者に脈拍でも確認するような口調で淡々と訊いた。何の回数か、私にだってわかる。

「今回は僕、けっこう頑張ったんですよ。なにしろ一ヶ月半つき合って三回ですからね」

康介がやや得意そうに言ってのけた。

「ダメだろ、それ」

「そうですかねえ、僕としてはかなりいい線いったと思ったけどなあ」

「で、その彼女に会社クビになったことを話したんでしょ。そしたら？」

　私は素早く話を戻した。

「根は優しい子なんで、ずっと俺の話を聞いて『かわいそー』とかいろいろなぐさめてくれたんだけど、最後にね、そういう大変なときに申し訳ないんだけど、別れたいって言われちゃって」

「ぜんぜん優しくないじゃない」

「まあ……、また言われちゃいましたよ。あなたって、私を好きなのかどうか、わからないって。そういうふうに追及されると、僕もよくわからないんですよね」

「バカか、お前」とトニーさんが笑った。

「バカって言われても……」

　康介がさすがにムッとした。それでもトニーさんはニヤニヤ笑い続けたままだ。

「ちょうどいいや。じゃ、お前、来年から暇だろ。三十なんて歳《とし》で暇な時間ができる恵まれたヤツはそうそういないぞ。だいたいそのぐらいの歳に働き過ぎて消耗して、人生建て直そうなんて気づいた頃には、なかなか取り返しつかないことになってるもんなんだよ。いいチャンスだぞ。本も読めるし旅にも行けるし、掃除も料理もいっぱいできる」

「なんかそれって、俺のためっていうより、トニーさんに都合がいい方向で考えてません？　だって収入なくなるんですよ」

「そんなことは問題ない。仕事は俺が見つけてきてやるよ。任せとけ。男一人生きていくぐらい、なんとでもなるさ」

これがトニーさん流の慰め方なのか。康介の不安な気持は、私にも理解できた。

第10話　現物支給

　約束通り、トニーさんは康介《こうすけ》の仕事を見つけてきた。喫茶店のウェイターである。トニーさんの描いた絵を置いてもらっている千葉の店だった。相談を持ちかけると、ならば夜のシフトに来てくれないかという話でまとまった。夜になるとその店は、お酒とカラオケのあるスナックに変貌《へんぼう》する。だから実質的にはバーテンダーのようなものだったらしい。時給千五百円。夕方五時から夜中十二時までで週四日。カクテルなんて作ったことないっすよと尻込《しりご》みする康介を無理矢理承知させて働かせた責任を感じたか、トニーさんは頻繁にその店を訪れては康介より二時間ほど早く、酔っ払って帰ってきた。どんな感じと私が訊くと、ああ、ちゃんとやってるよ、というトニーさんの言葉を素直に信じて安心していたら、勤め始めて二週目の金曜日の夜中、家の前にタクシーが止まり、顔面血だらけのトニーさんを抱えた康介が降りてきた。

「やだ、どうしたの！」

とりあえずトニーさんをアトリエのソファに座らせて、濡《ぬ》れたタオルで顔を拭く。半分乾きかけた血をそっと拭き取ると、唇の端に一センチほどの切り傷が浮いた。ジワジワと血がにじみ出す。顎《あご》にも数ヶ所、打撲のあとがある。大丈夫だってと手を振り払うトニーさんは、酔いのせいか傷のせいか、呂律《ろれつ》がはっきりしない。

「酔っ払い同士の喧嘩《けんか》が始まったんで、俺が止めに入ったら逆になぐられて壁に思いきり叩《たた》きつけられちゃったんですよ。そしたらカウンターに座ってたトニーさんが、このやろう、なにするんだって……」

見ると康介の目の下も赤く腫《は》れ上がっていた。

その日を機に康介は店を辞め、蟄居《ちっきょ》した。おかげで私はしばらく、試合で叩きのめされたボクサー二人と暮らしているような気分になる。おまけに数日後、大量の絵が着払いの宅配便で届いた。喧嘩の後処理について店のオーナーと電話で協議するうちに、今度はトニーさんとオーナーの言い争いになったらしい。オーナーは喧嘩した常連客には頭が上がらず、店の修理代の全額をトニーさんに請求してきた。そんな理不尽があるかとトニーさんは憤慨し、だったらもういいと啖呵《たんか》を切って康介を辞めさせたうえ、それまで預けていた絵も全部引き取ることにしてしまったのだ。俺のせいでこんなことにまでなっちゃってと恐縮する康介に、

「別にお前のせいじゃないよ。だいたいあいつ、最初から虫が好かなかったんだ」

オールドボクサーの絆創膏《ばんそうこう》が上下にガサガサと動いた。笑っているつもりらしい。

哀れを誘う絆創膏顔での就職活動が功を奏したか、康介の次のアルバイトはすぐに見つかった。それも同時に二つである。一つはパン屋の店員で、もう一つが小学生の家庭教師。パン屋の息子が私立中学を目指し、二月の入試まであと一ヶ月足らずのラストスパートに入っているのに、ちっとも勉強しようという気がない。厳しく監督してほしいという依頼だった。幸いパン屋は家から歩いて二十分ほどの隣町の商店街にあったので、日中パン屋で働いて、一度、夕食を取りに帰宅してから改めて家庭教師に出かけられる。

「仕事場は近いのがいちばんだよ。千葉は遠すぎたよな」

トニーさんは前回の失敗を自分に納得させるかのように「近いのがいちばん」と繰り返した。

もちろん喜んだのはトニーさんだけではない。子供相手の家庭教師なら学生時代にやっていたので自信があると康介も今度はやる気を出し、私は私で、別の楽しみが生まれた。康介が、店の売れ残りのパンを持ち帰ってくるからだ。その日のうちに売り切れなかったパンは衛生上の理由で捨てなければならない。捨てるぐらいならいただいて帰っていいですかと康介が訊いたら、カミさんには内緒にしてね、と人のいい主人がこっそり持たせてくれた。以来、我が家は毎日大量のパンに恵まれるようになった。

しかしそれもまもなく負担となる。毎日毎食、パンだ。食パン、フランスパン、ジャムパン、メロンパン、チーズパンにカレーパン。食卓の籠に積まれたそれらは、いくら食べても減らないどころか、日ごとに増えていく。冷凍しようにも冷凍庫に入りきらないし、このことは極秘だとの店の主人のお達しで近所に配るわけにもいかない。

今夜、カレーにするかとトニーさんが提案すれば、残る二人が籠を指さし、

「カレーパン、ある」

お味噌汁《みそしる》作ろうかと私が口走ると、

「パンに合わない」

男二人の声が返ってくる。

そしていつのまにか二月になり、パン屋の息子が、志望していた中学に落ちた。パン屋の奥さんは合格発表の翌日、薄紫色のスーツ姿で突然、我が家へ挨拶《あいさつ》にやってきた。白い上っ張りを着たときの店の印象とあまりにもちがい、一瞬、誰だかわからなかった。中学出のパン職人と結婚し、自分の息子は高学歴のエリートに育てたい

と夢見ていたのだろう。その悔しさは、厚化粧笑顔の、痙攣した口の端にたっぷり表れていた。

「別に康介さんのせいではありませんのよ。ウチの息子があんまりバカだから」

上流かぶれのキンキン声でしきりに謙遜《けんそん》しつつ、「以前はね、春以降もお願いしていたと思うんですけど、息子がね、康介さんの顔を見ると悲しくなるっていうものですから。これでもう……。お世話になりました。ありがとうございました」

強く嚙《か》みしめた唇に、断固たる決意が窺《うかが》われる。「でも……」と言いかけた康介が、言葉の行く手を失った。静まり返った玄関先で、風呂敷《ふろしき》包みから文明堂のカステラと一万円の入った熨斗《のし》袋を出し、下駄《げた》箱の上に置くと、パン屋の奥さんは慇懃《いんぎん》に頭を下げて帰っていった。

再びトニーさんのアルバイト探しが始まった。もう大人なんだから、仕事ぐらい自分で見つけますよ、と康介がいくら言っても聞こうとせず、トニーさんは嬉々《きき》として仕事探しに奔走した。もともとこういうことが好きだったのではないかと思う。昔の知り合いに電話をしたり、商店街でそれとなく話題を持ちかけてみたり、親切に聞いてくれる人に惜しみなく頭を下げている。トニーさんの意外な社交性には、ときどき驚かされる。

康介の噂《うわさ》を聞いたと肉屋の親父《おやじ》さんが自転車に乗ってやってきたのは、パン屋をクビになって一週間後のことである。地方に嫁いだ娘のところに赤ん坊が生まれ、奥さんがそちらの世話に行ったきりなので人手が足りなくて困っている。たいしてややこしい仕事じゃないからしばらくの間、店を手伝ってくれないかという話だった。肉屋の親父さんは以前からトニーさんに好意的だ。誘い合わせてパチンコに行ったことも何度かある。タイプが違うように見えるけれど、案外気が合うらしい。寒風に晒《さら》されて跳ね上がる薄い頭髪を何度も押さえながら、親父さんは照れ笑いをしている。大変なんだってね。息子さんがリストラされたんじゃあ、そりゃ気の毒だわ。父親としちゃ心配だろうねと、かすかな山形弁の混ざるのんびりした口調で遠慮がちにバイトの話を持ち出した。時給は八百円でちょっと相場より安いかもしれんけど、足りない分は現物支給で補うから考えといて、と言い残し、丸っこい片手をあげて、またよろよろと自転車をこいで帰っていった。

お肉がもらえる。ハムカツが食べられる。パン屋よりさらに近い。やろうよやろうよと私とトニーさんがそそのかし、康介はまもなくパンに替わって、牛の切り落としやすじ肉、冷えたハムカツ、鶏《とり》のガラや皮、たまに賞味期限の過ぎたステーキ肉などを、毎回サイコロ状の脂《あぶら》つきで持ち帰るようになった。

隣家の庭から張り出した白梅の枝にメジロがきている。庭の眺めは、私の部屋の窓からがいちばんいい。メジロは蜜《みつ》を吸っているのか、細いくちばしでせわしなく花の芯《しん》を二、三度突いては、またすぐ次の花に飛び移る。そのたび梅の枝が、バネのように細かく振動し、その拍子にひらりと白い花びらが散る。

今朝、康介はバイト先の肉屋からもらってきた牛の脂のかたまりに針金を通して、庭の木にくまなくぶらさげた。二人並んで出窓の縁に腰掛けて、康介は双眼鏡を両目に当てている。

「これできっと鳥が集まってきますよ」

私は急に可笑《おか》しくなった。康介の横顔に、プラスチック製のピンク色をしたちゃちな双眼鏡が似合っていない。

「それ、どこから見つけてきたの？」

笑いながら訊《き》いた。

「え、これ？　アトリエにある裁断机の横の引き出しに入ってたんですけど」

康介がメジロに焦点を当てたまま答えた。

「だってそれ、たしか私が小学六年生のとき教材用に学校で買ったものだから、そうとう古いよ」

康介が双眼鏡からようやく目を離し、改めてしげしげと眺め回している。

「そうですね。倍率も低いしね」

「何倍？」と私が双眼鏡に手を伸ばしたとき、康介の手に軽く触れた。その直後、康介の白くて細い五本の指が、双眼鏡ごと私の指先をつかもうとした。さりげなく、しかし確実に力がこもっている。反射的に私は手を引いた。が、引くより早く康介の右手が手首をつかみ、そのままずらして、私の左手全体を覆《おお》った。

「冷たくなってる」と康介が言った。

「冷え性なの、あたし」と、笑いごまかして康介の手を振りほどき、双眼鏡に目を当てた。

メジロの姿がない。小さな双眼鏡を覗《のぞ》くより肉眼で見るほうが、視野が広がって見つけやすい。わかっていたが双眼鏡から目を離せない。どこにいる。たしかにいたはずだ。

「俺、何やっても、ダメなんだ。自分じゃ何もできないし」

康介が弱々しく呟《つぶや》いた。満開の白梅のはるか斜め後ろ、ケヤキの雑木林の方角に双眼鏡をゆっくり移動させてみる。鳥の影が動いた。裸の枝の間に大きな鳥がとまっている。焦点を合わせると、なんだ、カラスか。認めたとたん、答えるようにカアカアと黒光りしたかたまりが空に向かって飛び立った。

「カラスにまでバカにされてやんの」

語尾はほとんど吐き捨てた息になっている。

康介の鬱屈《うっくつ》を理解できないわけではない。仕事を追われ彼女に振られ、慣れぬアルバイトを転々と渡り歩く日々が、もう三ヶ月近く続いているのだ。気を遣うタチだからまわりを心配させまいと努めて明るくふるまっているが、心のなかでは反対に、不安が増幅しているのかもしれない。

「そんなことないって」

私は双眼鏡を覗いたまま、

「あ、食べてる」

今度はウチの庭の枇杷《びわ》の枝に大きめの鳥を発見。

「え、どこ？　メジロ？」

康介の声に力が戻った。枇杷の木にぶらさげた脂を、メジロの倍はありそうな、くちばしの鋭い灰色をした鳥が突いている。あれはヒヨドリだろう。

「ああ、あー。なんか獰猛《どうもう》だねえ、あいつ。食い方が汚い。食い散らかしてるよ」

「でも喜んで食べてるから、良かったじゃん」

双眼鏡から目を離して笑いかけたら、康介の顔が思いの外、間近にあって驚いた。

ビイビビーピイピイというヒヨドリの鳴き声が、康介の背中越しに甲高く響いて消えた。

ある晩、康介は、現物支給として豚肉のしゃぶしゃぶ用薄切りを一キロ持って帰ってきた。

「ほら、今日は豪勢ですよ」

おおーと、トニーさんが台所へやってきて、歓声を上げた。鍋《なべ》を囲むのは、三人が一緒に住み始めて以来、初めてのことである。康介は豚肉とともに、春菊、豆腐、春雨、椎茸《しいたけ》、長ネギ、白菜などの野菜類もちゃんとスーパーで買ってきた。用意周到だ。

「よし、じゃあ、俺が特製のごまだれを作ってやろう。ルイちゃん、白ごまペースト、あったっけ」

「ああ、たしかあったはず。あと何がいります？」

「醤油《しょうゆ》、ゴマ油、砂糖、酢、ニンニク、ラー油。あと長ネギは、康介、買ってきたよな。香菜《シャンツァイ》は？」

「買った買った」

「じゃ、それ、細かく切って。たれに入れるから」

久しぶりに三人共同の夕飯制作だ。私がお米をとぎ、康介が野菜を切り分け、トニーさんがごまだれを作る。康介が卓上ガスコンロをセットして、私が箸《はし》と小鉢を並べ、冷蔵庫からビールを出し、トニーさんがたれの味見をして、よしっと唸《うな》る。それぞれの分担を見つけて台所を行き来するスピード感溢《あふ》れるひととき。こういう時間が、私は好きだ。

「今日ね、伊礼さんから携帯に電話があってね」と、康介が薄く切られた豚を一枚一枚手ではがして鍋に入れながら話し出した。食卓の真ん中に据えたガスコンロの火を最強にする。火力が弱いのか、なかなか煮え立たない。

「お前、お湯が沸騰《ふっとう》してから豚を入れたほうがいいんじゃないの？」

トニーさんが注意する。康介は豚を持つ手を鍋の上でストップモーションに切り替えた。

「伊礼さんに心配されちゃった。倉木編集長から辞めたこと聞いたらしくて。肉屋でバイトしていますって言ったら、ぶったまげてた。困ったことあったら何でも言ってこいよだって。いい人ですよね、あの人」

お湯が沸騰し始めた。康介の手が再び動き出す。私は冷蔵庫からもう一本、缶ビールを出し、プルトップを引いてトニーさんに渡す。同居していることをあの夫婦にはまだ伝えていない。いずれきちんと報告しなければいけないだろう。

「おい、豚がちゃんと煮えてからにしろよ」

豚に続いて春菊を入れようとしている康介の手を、トニーさんが菜箸で押さえた。

「あ、そうなの。豆腐もだめ？」

「豆腐は入れていい。とりあえず三つだけな」と答えてビールを勢いよく飲むと、トニーさんが、「俺のとこにも電話があった」

「伊礼さんから？」と康介。ちがうに決まってんだろう、と康介をひとつ睨《にら》んでトニーさんが言葉を続ける。

「昔、同じ広告代理店で働いていた後輩で、今は自分の会社持って、細々とまだ仕事してるんだな、あいつ。そいつがね、単発だけど、通販雑誌のライターを捜してるって」

「え、原稿書く仕事？」

「取材と原稿書きと撮影立ち会い含めて十万。悪くない話だろう。出来次第では定期的に仕事まわせるかもしれないって」

「それ、やる、俺。絶対やりたい！」

康介の目が輝いた。康介にとって本来の仕事に近いバイトの話は初めてだ。

「しかし、肉屋のバイトはどうする」

トニーさんが問いながら、縮こまった豚肉を鍋から取り上げて、ごまだれの入った各々《おのおの》の小鉢へ一切れずつ配った。

「続けますよ。だって原稿書きはウチでできるわけだし。うまい！　うまいなあ、このごまだれ。トニーさん、天才だねえ」

「じゃあ、この話、進めていいんだな」

「是非、お願いします」

私は野菜の入ったザルから椎茸を取り上げて、トニー鍋奉行の顔色を窺う。トニーさんが無言で頷《うなず》き、入れろと促す。椎茸三つ、そして白菜もひとつかみ、入れてみよう。

「じゃ、今後は肉屋店員兼フリーライターってことになるの？」と私が訊くと、

「わかんないけど、うまく行けばね」

鍋の熱気とビールで赤くなった康介の顔は、そうなることをもう確信しているように見える。

「絶対うまく行くよ。だってフリーライターなんでしょ」

我ながら論拠のない台詞《せりふ》が口をつく。


康介の両親は、康介が小学三年生のときに離婚したという。そうと知ったのは、康介と二階でバードウオッチングをした日のことである。

岡山市内のサラリーマンの家に生まれた康介は、ある日突然、苗字《みょうじ》が変わり、住む家が小さくなり、母親と二人きりになったことを、理屈ではわかっても身体《からだ》で理解するのに時間がかかった。康介はひとりっ子だった。友達に同情されるのが嫌で、だからかえってひょうきんを装《よそお》った。その後、中学生になって母親は再婚した。新しい父親はおとなしい人だったそうだ。急に姉も二人できた。父も姉も康介のことをそれなりにかわいがってくれたという。が、康介はどうしても心を開く気になれなかった。表面的には明るくいい子を演じたが、心のなかで父親を嫌っていた。子供の前で平然と新たな夫に甘えてみせる母親のことも、嫌悪《けんお》するようになった。

「だから俺、二重人格的なところがあるかもしれない。自分でもよく性格がわからないんですよ」

木造の家に執着するのは、両親が離婚する前に住んでいた岡山の家を思い出すからだと康介は言う。その家だけが康介の思い出のなかで平穏だった。その後住んだ家はすべてコンクリート建てのアパートばかり。木の家のなかにいると心が休まると、康介は無条件に思い込んでいる。

脂を発見したヒヨドリがまた一羽、ビイビビーとけたたましく鳴きながら枝に飛来した。

「でも俺、別に不幸だなんて思ってはいないですよ。そんなこと言ったら、親の顔ぜんぜん知らないルイさんのほうが、ずっとつらいですもんね」

気配り康介の顔がほころんだ。何に対しても、いい方向にしか解釈しない男という印象だった康介に、こんな複雑な生い立ちがあったとは思いもよらなかった。失職し、自信を失った今、子供時代に経験した不安定な心情が、ふと蘇《よみがえ》ったのかもしれない。

通販雑誌の仕事を始めてから、康介は二階の部屋に籠《こ》もる時間が多くなった。夜中までパソコンのキーボードを打つ音が絶えないこともある。どんな原稿を書いているのか知らないが、乗っていることだけはたしかだ。階段を降りてくるとき、口笛を吹いていたりする。

「機嫌いいなあ、お前。また新しい女でもできたのか」

台所ですれちがいざまトニーさんがカマをかけると、いやいやいや、と否定しながら顔がニヤけっぱなしの康介を見れば、それは肯定している意味だと誰だって思うだろう。ついこの間、私の手を握って悲しそうに見つめたりしてたくせに、あれは何だったんだ。別にいいけど。現金なヤツ。女心を理解していないと言われて女に振られる康介の実体が、だんだん見えてきたような気がする。

康介の肉屋のバイトは相変わらず続いていた。おみやげの肉類も以前に変わらず持ち帰ってきた。次は八百屋だな、ちょっとこのところ肉っ気過多と、トニーさんは冷蔵庫を覗きながらときどき呟く。私は豆腐屋もいいなと心の中で思う。

春が近づくと、なぜか私はおからの匂《にお》いを思い出す。子供の頃、トバちゃんと買い物に行って豆腐屋の前を通ると、年に一度か二度だけ、「おから、作ろうか」と突発的にトバちゃんが言い出すことがあった。答える前にトバちゃんは、たいてい豆腐屋に入っている。おから、くださいな。トバちゃんは、こういうときにも、まるで高価な宝石を買うときのような気取ったよそいきの声を出した。まもなく店の奥から白い服を着た、豆腐のように色の白い清潔そうなおじさんが現れて、大きなカップを右手に握る。巨大なステンレスの容器からそのカップを使って素早くおからをすくう。もうもうと湯気の立つおから。甘いような苦いような、口のなかがもほもほとあたたかくなる匂い。「はい、これ、持って」とトバちゃんはおからの袋を私に持たせ、「おいくら」と言って財布を開ける。それらの長閑《のどか》な光景をすべて見届けて豆腐屋を出るときは、いつも花の香りの混ざったほこりっぽい春の匂いがしたのを覚えている。

「おから、作ろうか」

「あ、いいねえ」

トニーさんの返事がすかさず戻ってくる。ついでにスープは豆腐のお味噌汁《みそしる》にしようかな。パン食続きの反動で、このところ和風総菜に胃袋が向く。今夜は私が食事当番の日だ。肉は康介が前の日に持ち帰った牛肉の切り落としをニンニクと生姜《しょうが》と油でジャッと炒《いた》めて、あとは春菊のおひたしでもあればいい。おからは安価なわりに手間がかかる。だから他の献立はできるだけ簡単にしよう。メモ用紙に必要なものを書き込み、じゃ、ちょっと買い物に行ってきますと、勝手口を出ようとしたところで、康介に出くわした。

「あ、お帰り」

康介の少しうしろに、スラリと背の高い女性が控え目に立っている。私に向かってちょこんと会釈《えしゃく》した顔の、なんと優雅で美しいことか。茶色がかったストレートヘアを後ろで無造作に束ね、ベージュのトレンチコートと細身の黒パンツとヒールのない黒いミュール。アクセサリーは首にぶら下がった繊細なホワイトゴールドのネックレス一つ。飾り気のないその格好が、こんなにお洒落《しゃれ》に見える人に会ったのは初めてかもしれない。

「あ、ルイさん、出かけるとこ？」

康介はいつにもまして落ち着きがない。

「ちょっと、晩ご飯の買い物……」

「この人ね、今、通販雑誌の仕事で一緒に仕事してるミシェルさん。モデルさんなの」

ああ、道理できれいだと思った。が、ただ美しいのではない。立っているだけで独特のオーラが漂っている。でも、

「外国……の方……？」

康介の顔を覗《のぞ》き込むと、ミシェルさんが慌《あわ》てて、白魚のような長い指を横に振りながら笑った。

「本名じゃないんだよね。モデル用の名前だから」と、康介が代わりに答えた。

ああ、と私は笑い返す。いつまでも立ち話をしているのは失礼かと思い、しかし、招き入れる準備はできていないと、勝手口のほうを振り返ったら、

「いえいえ、もうここで失礼いたしますので」

ミシェルさんという長身美人が初めて口をきいた。落ち着いた低めの声である。でも、よろしかったらと、言いかけたとき、家のなかで何かが倒れたらしき大きな音がした。閉じかけた勝手口を開けてなかを覗く。

「どうしたの？」

アトリエに向かって声をかけたが返事はなく、かわりに玄関の戸のバタンと閉まる音がした。トニーさんは出かけたのだろうか。

「本当にどうぞ。汚くしてますけど」

改めて私はミシェルさんを勝手口に誘導する。

「じゃ、ちょっとだけ」

一歩踏み出す足の動作すら、エレガントである。買い物中断、ひとまず私も家に上がる。こっそり真似《まね》して片足をエレガント風に踏み出してみたが、出た足のかたちが、あまりにもちがいすぎた。がっくん。

「コーヒー、インスタントなんですけど、いいですか」

やかんを火にかけながら尋ねると、「どうぞお気遣いなく」というミシェルさんの声と、「あ、僕、やりますから」という昂揚《こうよう》した康介の声がつづけざまに返ってきた。

二人が緊張している分、私は落ち着いていられる。

康介は、何の用事でこの人を家に連れてきたのだろう。仕事の打ち合わせでもあるのだろうか。それともこの女性が、新しいガールフレンドか。

「あ、僕、部屋からノートパソコン持ってきますんで」と康介はミシェルさんに言いおいて、私に向かい、

「ほら、昨日、書いてた原稿の内容で、ちょっとミシェルさんにチェックしてもらわなきゃいけないことが何ヶ所かあって。それで来ていただいたんです。僕、プリンター持ってないでしょ。だから、印刷できなくて。今日、パソコンごと持って出ればよかったんだけど」

そんなに一気に言い訳を言わなくても、別に詮索《せんさく》するつもりはない。どうぞどうぞと康介を階段のほうに促して、冷蔵庫からミルクを出す。

「絵を、描いてらっしゃるんですか？」

康介が二階に消えたあと、食卓の椅子《いす》に座ったミシェルさんが床に倒れた画架をじっと見つめている。

「ああ、あの……叔父が、絵描きなもんで……。ごめんなさい、なんか散らかってて」と私はアトリエに散乱している絵の具やパレットをひとところに集め、倒れた画

架を起こした。

「ああ、オジサマが……」

ミシェルさんが胸に手を当てて、深呼吸をした。

「息苦しいですか、この部屋。この石油ストーブ、古くて不完全燃焼してるかも……」

急いで台所側の窓を開け放つ。

「いえ、大丈夫です」

しばし沈黙が流れる。トニーさんはどこへ出かけたのだろう。煙草《たばこ》を切らしたのかもしれない。

「島田さーん」

今度は誰だ。はーいと返事をし、玄関を開けると、郵便屋さんだった。

「電報です。サイン、お願いします」

いまどき電報が届くとは珍しい。サインをし、封を切る。見ると、

「三月二十二日、東京に到着。ひと晩だけ、泊めてね」

なんてこった。トバちゃんが帰ってくる。

第11話　トバちゃんの帰還

「じゃ、トバちゃん、帰ってくるの？」

肉屋の親父《おやじ》さんが巨大な包丁を持つ手を止めて顔を上げた。骨付き肉のかたまりがゴロリとまな板の上に転がっている。これは牛か、いや、色の明るさから見て豚だろう。重そうな包丁を支える太い腕は日々の肉切り作業によって鍛え上げられた筋肉の作品だ。逞《たくま》しい手元の光景とはうらはらに、親父さんの語尾を伸ばした語り口は、どんなに驚いてみても、冷気の漂う清潔な店内に安穏とした響きを醸《かも》し出す。

「一晩だけ泊るって。またどっか行くみたい」

トバちゃん、帰ってくるの、いつ？　と奥から肉屋の奥さんが現れた。肉屋の奥さんは、小柄な親父さんよりさらに小さく、陽気なウサギのように夫のまわりをきびきび飛び跳ねて、快活な空気をあたりにまき散らしている。一晩だけルイちゃんとこ泊って、またどっか行くんだってよ、と親父さんが説明し、あ、そうなの、帰ってくるわけじゃないのねと奥さんが高音でころころと答える。頭の毛のめっきり薄くなった親父さん。白くなった髪とピンクの頬が妙にアンバランスな奥さん。月日とともに見た目は変わっても、トーンの対照的な二人のやりとりは、昔からちっとも変わらない。

「あら、おばちゃん。帰ってたの。お孫さんとこ、もういいの？」

「ああ、いいんだよ。いつまでも甘やかすと癖になるからね。あたしらの若い頃は、赤ん坊背負いながら商売やってたんだから。それにしてもトバちゃんも、なんだかどうしちゃったんだろうねえ」

眉《まゆ》をひそめる奥さんの顔に非難の色はない。山形出身のこの夫婦を見ていると、山形という土地には善良な人間しかいないのではないかと思いたくなる。

「康ちゃんね、配達に行ってもらってるんだよ。じき戻ってくると思うけど」

「いいのいいの。通りかかっただけだから」と私は肉の並ぶガラスケースに視線を移して、久しぶりにハムカツ、いただいていこうかなと言ってみる。

「じゃ、今、揚げるから。ちょっと待てる？　揚げたてのほうがいいでしょ。何枚？」

親父さんが包丁を置き、両手についた肉の血を腰のエプロンにこすりつけながらガス台に向き直った。

「うーんと。じゃ、薄いほう、六枚」

子供の頃から通い慣れた肉屋である。カウンターの端に置かれた黒光りする大きな牛の置物も昔のまま。牛の足元に金文字で「近江牛《おうみ》」と書かれた看板が立てかけられている。これを見るたび思い出す。小学一年生のとき、何と読むのかトバちゃんに訊《き》いたとき、「ちかえうし」と教えられた。おまけにトバちゃんは肉屋の名前の「吾妻《あずま》屋《や》」を「わがつまや」と読んでいたので、私は長い間、「ワガツマヤさんのチカエウシ」と思い込んでいた。トバちゃんに漢字の読み方を訊いてはいけないと学習したのは、「ワガツマヤさんのチカエウシ」のおかげである。ついでにこれはトバちゃんのせいではないけれど、「チカエウシ」は山形の牛だと、中学生になるまで信じ切っていた。

「康ちゃんのおかげでさ、ホント助かってんの。いい子だねえ。よく働いてくれるし明るいし。お客さんの評判もいいんだよぉ」

奥さんはステンレスボウルにマヨネーズを絞り込みながら木べらでマカロニサラダを混ぜている。

「いえいえ、こちらこそ、いつもおいしいお肉、無料《ただ》でいただいちゃって。そのマカロニサラダも二百グラムください」

「ありゃ、バイト代、安くしてもらってんだからいいんだよ。おい、マカロニ、二百」

親父さんの奥さんを呼ぶ声が、油のはねる音にかき消された。黄金色に揚がった四角いハムカツが一枚、鍋《なべ》の横の新聞紙にそっと置かれる。続いて二枚、そして三枚、四枚、五枚に六枚。親父さんがそれらを白い包装紙に包み、輪ゴムで止めるとゆっくりこちらに歩み寄り、カウンター越しにハイよと私に手渡した。

「今日さ、鶏《とり》ガラのいいのが入ったから、康ちゃんに持って帰ってもらおうと思ってたんだけど、なんか、まっすぐ帰んないで、出かける用事があんだって？」

「ああ」と曖昧《あいまい》に答えたが、それは聞いていない。

「よかったらルイちゃん、持ってかない？　上等な、いい鶏ガラだよー」

「じゃ、いただきます。でもそれ払いますよ、お代金」

いいのいいの、康ちゃんにお世話になってるんだからと、奥さんはボウルのなかのマカロニサラダをプラスチックパックに詰めて秤《はかり》にかけ、目盛りを睨《にら》みながら首を横に振った。

アツアツのハムカツと、冷たい鶏ガラとマカロニサラダの袋を接触させせないよう左右の手に持ち分けて、毎度っという善良な肉屋夫婦の声を背に店を出た。

六枚も買うんじゃなかった。ビニール袋に目を向ける。今夜も康介《こうすけ》は外食らしい。たぶん雑誌の仕事だろう。そしてまた、あのミシェルという人と一緒なのだろう。あの人が家に来て以来、康介の口からは何かと言うとミシェルという名前が出てくる。ミシェルさんが言ってたけど、ミシェルさんは詳しいらしい、ミシェルさんも知っていた……。

風の強さにときどき私は立ち止まる。春は好きだ、と春ではない季節にはいつも思うのに、春になるとこの風が嫌いだったことを思い出す。目に入った砂埃《すなぼこり》を涙と一緒にぬぐい取っている隙《すき》に、性根の悪い春風が私のフレアスカートをたくし上げた。慌《あわ》ててスカートを押さえた拍子に、ハムカツの入った袋がスネに当たる。アチッ。やっぱり六枚は多すぎた。

家に帰るとトニーさんがアトリエの掃除をしていた。頭にタオルを巻き、黙々と掃除機をかけている。ただいまと言って勝手口を入った私に気づかない。買ってきた鶏ガラや野菜類を冷蔵庫に入れたあと、私はトニーさんのうしろにそっと立った。

「はい」

肩を叩《たた》いてビニール袋を掲げる。

「おお、びっくりした。おかえり。あ、ありがとありがと」

ワンカートンのジタンが入った袋を私の手から受け取って、トニーさんは掃除機のスイッチを切った。たちまち静かになる。

「どうしたの？」

ひとつ息を吸い込んでから、軽い調子で訊いてみた。

「だってほら、トバさんの部屋だから、ここ」

トニーさんの「トバさん」は、「バ」に力点がかかって訛《なま》っているように聞こえる。ちょうど「オバさん」の「オ」を「ト」に置き換えただけのイントネーションだ。そのぎこちない呼び方に、かすかな遠慮と警戒心が窺《うかが》われる。

「だから？」と私は聞き返す。

だから何なの？

本当はわかっていた。トニーさんは、トバちゃんが帰ってくる前に、この家を出て行こうとしている。

最初はトバちゃんの帰宅に備えて部屋を片づけ始めたのだと思っていた。裁断机に散乱した画材道具、煙草の灰、紙くず、床にこびりついた絵の具のシミ。千葉の喫茶店から戻ってきた十数枚の絵を一枚ずつ布に巻き直して庭の物置にしまうと言い出したときだって、私は別段、疑問も持たずに手伝った。いつまでもアトリエに立てかけておくよりそのほうがいい。そしてたしかにアトリエはすっきりした。

アトリエがすっきりした日の夜なか、水を飲みに台所へ降りていったとき、私はトニーさんがボストンバッグに荷物を詰め込んでいるのを目撃した。まるで家出をしようとしている高校生のようにこそこそと。

三人一緒に住んでいることをトバちゃんが知ったら相当に驚くだろう。驚いて怒るだろうか。余計な波風を立てるより、たった一晩のことだから隠し通すほうが賢明かもしれない。少なくともトニーさんはそう考えているらしい。でも、康介は何も考えていないと思う。今は雑誌の仕事のことだか、ミシェルのことだかで頭がいっぱいだ。トニーさんが出て行っても、康介だけ残ったら意味がない。むしろ話はもっとややこしくなってしまうのに。

もうこの家には二人の痕跡《こんせき》が、絵の具のシミよりずっと深く染《し》み込んでしまっている。だって五ヶ月も一緒に暮らしているのだもの。家の匂いだって変わっているにちがいない。トバちゃんの匂いは、アトリエの階段横の引き出しに全部閉じこめてしまった。

「大丈夫だって。私からトバちゃんにちゃんと話すから」

大鍋の鶏ガラスープが沸騰するのをじっと待ちながら、スープに向かって囁《ささや》いてみる。トニーさんは聞いていない。また掃除機の音のなかに埋まっている。

「どこ行くんですか？」

トバちゃんが帰ってくる二日前の土曜日の午後、康介と私の前でトニーさんがスケッチ旅行に出かけると切り出したとき、さして驚いたふうもなく康介が聞き返した。

「まあ、どこってこともないんだけどね」

ふうんと康介が気のなさそうな返事をし、食卓に広げたノートパソコンの画面に視線を戻した。

「叔母には会わないつもりなの？」

私はコーヒーの湯気を吸い込みながら単刀直入に訊いてみる。トニーさんの口元が二、三度、痙攣《けいれん》したように見えた。

「トバさんっていつ戻ってらっしゃるんだっけ」と康介が思い出したように私の顔を見る。トニーさんに影響されたのか、康介の「トバさん」も訛っている。オバサンであるトバさんだから、他人にはこのほうが言いやすいのかもしれない。

「二十二日の月曜日。明後日《あさって》よ」

「会わないの？　トニーさん」と康介が問い質《ただ》し、「じゃ、俺、一人でトバさんにご挨拶《あいさつ》するってこと?」と、コトの本筋が少しずつ見えてきたらしい。パソコンを閉じてトニーさんに向き直った。

「それ、ずるいよ、トニーさん。だいいちヘンだよ、そんなの。まるで僕がルイさんと同棲《どうせい》してるみたいに思われちゃうよ」

トニーさんは一息、煙草《たばこ》をふかしてから、

「まあ、お前なら大丈夫だろ。危険そうには見えないから」

「またそれを言う。じゃ、トニーさんは危険に見えるってこと?」

「俺は怪しすぎるもん、お前とちがって」

トニーさんの目が笑いかけている。康介が「ムキの壺《つぼ》」にはまるとトニーさんはたちまちうれしくなるらしい。

「やっぱり、叔母に会ってくださいませんか」

私は、私にしてはかなりきっぱりと言い切った。言い終わってからコーヒーに砂糖をもうひと匙《さじ》、足した。ひと言だけなのにどっと疲れて、糖分が不足した。そうだよ、と直後に康介が援護射撃に出てくれた。

「ダメですよ、会わなきゃ。スケッチ旅行なんていつだって行けるじゃないですか」

「トバちゃんには私がきちんと説明しますから。絶対、理解してくれるって。だって私たち、親戚《しんせき》同士なんだし、ね」

「そうそう、トバさんは、僕たち親子の親戚なんですから」

私の「トバちゃん」と康介の「トバさん」は微妙にずれているが、まあいい。そんなことを気にしている場合ではない。康介と二人でトニーさんを説得し、引き留められるチャンスは今しかないと思った。

トニーさんは黙って、その日の午後、五本目となる煙草に火をつけた。うんともいやとも反応せず、交互に畳み掛ける康介と私の声を、音楽を聴くような心地よさそうな顔で聞いている。

さんざん説き伏せて、結局、トニーさんは旅を諦《あきら》めたのか諦めないのか。結論の出ないまま、いい加減に疲れたので康介と私は夕飯の買い物へ出かけることにした。今日の食事当番は康介だ。雑誌の仕事に忙しかった康介が久々にごちそうを作ると張り切っている。自信ないけどトニーさんの料理本に載っていたブイヤベースを作ってみたい、ね、ルイさん、協力してよと私に甘えてきた。それはいいアイディアねと私は即座に同意した。このところずっと肉料理が続いている。たまには魚を食べてみたい。それに、トニーさんを二人でやっつけたという連帯意識も、康介との間に芽ばえていた。

康介はアトリエの本棚から『アリス・B・トクラスの料理読本』を持ち出してきて、一五八ページを開いた。魚は新鮮さが大切、少なくとも五種類の魚を使うこと、ロブスター一尾にカニ一匹を使うなど、豪快な材料や聞き慣れない香辛料の名前が並ぶ文面を読み進むうち、「これ、そうとうお金かかりそうだね」と私は及び腰になりかけたが、「せっかく僕がその気になってるんだから」と康介が頼もしい意欲を見せたので、私たちは買い物籠《かご》にトクラスの本を入れ、ふだんはめったに行かない駅向こうの大きな魚屋を目指して家を出た。

康介と買い物に行くのは珍しい。二人並んで歩くのは、もっと珍しい。なんだか照れくさい気もする。

「ほら、僕たち、ご近所的には従姉弟《いとこ》同士ってことになってるんですからね。従姉弟らしい雰囲気で歩かなきゃ」

「従姉弟らしい雰囲気って、どういうの？」

康介は上目遣いになって数秒考えたのち、

「手は、つながないよね」

「つなぐわけないじゃん」

「腕、組むってのはどう？」

「それもヘンよ」

「じゃ、レスリングごっこ」と、いきなり私の首の後ろに手をまわし、ギュッと引き寄せた。

「ぐェ」

私は慌てて抵抗し、康介のお腹《なか》を買い物籠で叩いた。やだもう、ヘンだよ、そんなの。なんだか笑いたくなった。一度笑い出したら止まらない。バカな康介。まるで本当に幼い頃から知っている従弟か兄弟のような気がしてくる。

「どうなの？」と私は笑いながら訊いた。何がと康介がニヤニヤする。わかっているくせに。話したいくせに。

「ミ・シェ・ル・さ・ん」

ああ、と初めて気づいたようなふりをして康介のニヤニヤの面積がみるみる増殖した。そして私の腰を突っつき、軽く顎《あご》を前に突き出したので、見ると、正面からパン屋の夫婦が歩いてくる。普段着姿の奥さんは眉《まゆ》がつり上がり、明らかにご機嫌斜めの様子。一方、隣のご主人はいつもの白い上っ張りのポケットに手を突っ込んでうなだれている。何を叱《しか》られているのだろう。こちらに気づいたとたん、二人とも気まずそうに笑顔を作り、気まずそうに早足ですれ違っていった。

「見た？　奥さんの顔」

「鬼みたいだったね」

そう言って康介は眉間《みけん》と鼻筋に思いきり皺《しわ》を寄せ、目をつり上げて鬼の顔を作ってみせた。私は吹き出し、私に受けて気をよくした康介は、そのあと何を話しかけても鬼顔で返事をするので私はまたもや笑い出す。歩きながらこんなに笑うなんて、何年ぶりのことだろう。

「もうやめてよ。皺《しわ》が増えちゃう。で、ミシェルさんはどうなのよ」

「ん？」と鬼顔は怖い表情のまま、「けっこう本気かも」と、鬼の口を一文字に結んで決意の唾《つば》を飲み込んだ。ミシェルさんは、ああいう業界で仕事をする人のわりに派手なところがなく、どちらかというと活発に動き回るより家にいるほうが好きなタイプなのだそうだ。でも職業柄さすがにファッションや美に対するセンスは抜群で、プロ意識もしっかり持っている。でもなんたって、あのほっぺた。細くてスラリとした大人っぽい身体《からだ》つきなのに、両の頬だけはぷくっと膨《ふく》らんでいて、なんだか赤ちゃんみたいにかわいいの。思わず指で突っつきたくなるような彼女のあの頬がたまらないんだよなあと康介は、まるで母親にガールフレンドの自慢話をしている息子のように、得々と無邪気に、無防備に話し続けた。

よかったじゃない。人差し指で自分の頰骨を押しながら、ほほ笑みかけてみる。

康介にかけた言葉に噓《うそ》はない。でももう、あんまり笑う気にはなれなかった。

康介のミシェルさん話は、家に帰って、ブイヤベースの準備を始め、フランスパンでガーリックトーストを作って、アスパラを茹《ゆ》でてドレッシングで和《あ》え、食卓に並べてトニーさんを呼んで、全員が席についてもまだ、断続的とはいうものの基本的にはずっと続いた。

「で、やったのか」

トニーさんが土鍋《どなべ》からハマグリを一つ取り上げて、ぶっきらぼうに質問した。

「なんでそういう話になるかなあ、もう」

康介は大スプーンでトニーさんの鉢にスープを注ぎながら、ハマグリは一人一つ、高かったんで三つしか入ってないですからねと言い含めた。

ロブスターを使うと料理本には書かれていたが、それも端折《はしょ》って冷凍の大正エビにした。魚はホウボウのかわりにカサゴと鯛《たい》の頭と、ブイヤベースに合うかどうかわからなかったがカワハギの鍋用ぶつ切りというのを買ってきた。

「カニはほら、ちゃんと殻付きの足なんだから。これ、カニカマじゃないですからね、言っときますけど」

康介はウキウキしている。仕事も恋愛も人生も、すべて順調と言いたげなウキウキぶりだ。私とトニーさんにミシェルさんのことを大量に告白したら、すっかり気が楽になったようである。でも、今夜のトニーさんは打って変わって陰鬱《いんうつ》気味。いつもならもっと康介をかまうはずなのに、そういう気力すらない様子だ。スケッチ旅行のことで私と康介が攻撃しすぎたせいだろうか。それともブイヤベースの味が気に入らないのか。あるいは、ミシェルさんのことが嫌いなのかもしれない。

「あのオンナ、お前には合わないよ」と、カニの身をフォークで突っつきながらトニーさんが唐突に呟《つぶや》いたのには、さすがの私も驚いた。

「どういうことですか、それって」

康介が突っかかった。だってトニーさん、会ってないじゃない、あの人に、と私も補足する。

「いや、ちらっと、見た」

「ちらっと見たぐらいで決めつけないでくださいよ。なんでそんなこと言うんですか」

なんとなく男の直感、とトニーさんの声色は少しだけ落ちたが、ボルテージの上がってしまった康介のほうは収まらない。

「そういう言い方、冗談半分としても不愉快ですよ。撤回してください」

トニーさんは俯《うつむ》いたまま、返事をしない。

「撤回しないなら理由を説明してください」

食卓の空気が一気に悪化した。もうやめようよと私は、ムキになった勢いで椅子《いす》から腰を浮かせかけている康介の袖《そで》を引いて座らせた。その拍子に、私の手を振り払おうとした康介の腕がビールのグラスにぶつかって倒れ、ガチャンと音を立てて小鉢とぶつかって、あっという間にビールがグラスの破片とともに流れ出た。その途端、

「いい加減にしろよ」

トニーさんの怒声が響いた。驚かなかったのは、ブイヤベースの土鍋だけ。

気まずい空気は、食事が終わって、デザートに私が作った牛乳のブラマンジェを出してもまだ流れ続けた。トニーさんが私に向かって「おいしい。上出来だね」と静かに笑いかけたのと、康介が、「そのレモンソースもうちょっと残ってる?」と私に質問した以外は、二人とも黙々と、プルンプルンと優しく揺れる白いブラマンジェを見つめてスプーンを動かすだけ。

食べ終わると康介はさっさと二階へ上がり、トニーさんはとぼとぼアトリエに引っ込んだ。私は黙って後片づけをしているうち、急にバカバカしくなった。まるで本当

の親子喧嘩《げんか》みたい。男同士の喧嘩なんて、テレビドラマでしか見たことがなかったけれど、案外、たわいもないなと思う。

けっこう本気。

康介の言葉が蘇《よみがえ》る。本気ってどういうことだろう。今までつき合ったガールフレンドとは別格という意味だろうか。

電話が鳴った。家の電話には原則的にトニーさんも康介も出ないことになっている。秘密にしているつもりはないけれど、三人の生活が全面的におおっぴらというわけではない。もしもトバちゃんとか奈々子《ななこ》とか、あるいは滅多にないことだけれど本当の親戚がかけてきたとき、唐突に男の声が出たら困惑するだろうという、それくらいの配慮である。私は洗剤のついた手を水に流してタオルで拭《ふ》くのに時間がかかり、受話器を取るまでに電話のベルを八回も鳴らせ続けた。

「もしもし？」

出たとたん、あんた、お手洗い行ってたの？　という苛立《いらだ》った声がした。

「トバちゃん！」

反射的にカレンダーを見た。今日は二十日。トバちゃんが帰ってくるのは明後日のはずである。

「どこ？　どこからかけてるの、トバちゃん」

経済観念と固定観念の抜けないトバちゃんが地方から電話をしてくることはほとんど考えられない。まさかもう東京に着いたというのではあるまい。

「今ね、羽田に着いたとこ。ちょっといろいろあってね」

「羽田？　着いたの？」

オウム返しをした私の声を聞いたとたん、アトリエのソファにふんぞり返って煙草をふかしていたトニーさんが反射的に立ち上がった。同時に二階から康介が、ドタドタと音を立てて駆け下りてきた。

シーッと私は人差し指を口に当てて康介を睨《にら》む。

「え？　今から？　なに？　水谷さんが病気？」

病気……？　と、隣で聞き耳を立てている康介が目を丸くしてひそひそ声で繰り返した。

「え？　斎藤先生のとこに？　でも水谷さん……、ダメ？　わかった。はい、はい、じゃ、気をつけて」

なんだって、と受話器を置いたとたんに康介から質問され、私は両手を口に当てて頭の中を整理しようとした。つまり、水谷さんが高熱を発して倒れたので、予定を二日繰り上げて札幌から飛行機で戻ってきた。原因はわからないがお腹もひどく壊しているそうだ。トバちゃんが昔からお世話になっている斎藤胃腸病院の院長先生に診ていただきたいのでルイから診察の予約を取っておいてもらいたいと。

でも……と反論したいことは山ほどあった。でも、お医者様である水谷さんのほうがいい病院をいっぱい知っているだろうに、どうしてわざわざ斎藤先生に診てもらわなきゃならないのか。県境のない医師団を目指している人が、どうして東京で診察してもらわないとダメなのか。早口でまくしたてるトバちゃんに口を挟む余地はなく、ただ言われるままに従うしかなかった。

時計を見る。八時半か。

「ちょっと私、今から病院に行ってくる。電話だとうまく説明できそうにないから」

そう言い置いて、出がけにトニーさんを振り返った。

「出てったらダメですからね。いろいろ助けてほしいこともあるんだし」

わかってるよと、トニーさんは浮かぬ顔。さっきまで口を尖《とが》らせていた康介は、あっという間にいつもの気配り康介に戻り、大丈夫、ルイさん、何かやっておくことない？　と、忠実な犬のように、慌《あわただ》しく出かける支度をする私のあとをついてくる。ついてくると思ったら、あっと奇声を発して足が止まった。

「ミシェル……」

えっ、と康介の顔が向いている窓越しの庭を見やると、暗闇《くらやみ》に、女性の細いシルエットがあった。

「どうしたんですか。びっくりしたなあ」

勝手口を開け放し、庭に向かった康介の表情はもはやゆるみつつあった。ミシェルさんがまっすぐに、キリリと背筋を伸ばした早足で康介のほうに近づいてきた。ぎこちない両の手を中途半端《はんぱ》に掲げて受け止めようとする康介。ミシェルさんの目が康介を捕らえ、続いて、私に向き直る。

「夜分に突然、申し訳ありません」

ミシェルさんの低めの声は少し怒っているようだ。何か決然たる気配が漂っている。

「勝手を言って申し訳ないのですが、ちょっと二人きりにしていただけませんか」

ああ、じゃ、二階の僕の部屋にどうぞとすぐさま康介が反応し、ミシェルさんのバッグを受け取ろうとした。そのとき、

「いえ、あなたとじゃないの」

ミシェルさんは康介を一瞥《いちべつ》し、そして視線を一瞬、下に、それからゆっくりと上げ、

家の奥に向けた。少し悲しそうなその瞳《ひとみ》の先には、口を半開きにしてボーッと立ちすくむトニーさんの姿があった。

第12話　ムッシュー・ミゼラブル

アトリエの、いつも絵を描くときに使う折りたたみ式のアルミ製スツールに腰掛けて、トニーさんは描きかけの赤黒いリンゴ三つとスルメの絵をぼんやり見つめている。沈黙。

もう二分以上は確実に、このどうしようもなく気まずい雰囲気が続いている。絵のなかのリンゴまで機嫌が悪そうだ。

煙草《たばこ》の煙がよどんだ空気のあいだをゆっくり上昇し、トニーさんの顔を覆《おお》った。反射的にトニーさんが目を細め、首を横に振って息を吐く。が、その動作が新たな展開を生み出すきっかけとはならなかった。ミシェルさんがアトリエに入ってきたとき、トニーさんは彼女の顔を見るなり、観念したかのように背を向けて座り込んだのだ。

それっきりの沈黙。でも、今度は逃げようとしなかった。

あの日、康介《こうすけ》が初めてミシェルさんをこの家に連れてきた日に、トニーさんが突然、玄関から出て行ったのは単なる気まぐれでも煙草を買いにいく目的でもなく、ミシェルさんを避けるためだったのだということを、康介と私は今、暗黙のうちに了解した。トニーさんとミシェルさんは知り合いだった。それも、どうやら相当にややこしい関係の様子だ。二人のあいだに交わされた視線でそうと察してショックを受けたのは、なんといっても私より康介にちがいない。

「どうぞ」

康介の声が静寂を破った。投げやりな素振りでミシェルさんにソファを勧める。反対の手に持っている鎌倉彫《かまくらぼり》の丸いお盆の上には、さっき私が買ってきたばかりのバレンシア産オレンジジュースの入ったグラスがひとつのっている。

康介はつくづく我が家の考古学者だと思う。失われた時代の遺物を、いったいどうして見つけ出してくるのか、どこからともなく発掘し、いつのまにか上手に蘇らせる特技を持っている。鎌倉彫のその小さなお盆も、たしか私が高校二年のとき、歴史探訪遠足で鎌倉を訪ねた帰りに駅前の土産物屋で買ってきたものである。そんなものがあったこと自体、すっかり忘れていた。康介が私の過去を掘り起こしてくるたび、康介とこの家との関係が一つずつ親密になっていく気がする。

「どこにあったの、これ？」

ミシェルさんが長い指先を伸ばして優雅にオレンジジュースのグラスを受け取り、ソファに座ったのを見届けてから、私は空いたお盆を康介の手から引き取って小さな声で訊いてみたが、返事はない。そのかわりにミシェルさんの視線が私を突き刺す。どうか二人だけにしてください。二人ってつまり、トニーさんと私のことです。その目は確実にそう訴えかけている。

じゃ、どうぞごゆっくり。私と康介さん、ちょっと出かけてきますので、と恐る恐る言いかけたら、すかさず康介にさえぎられた。

「ちょっと待ってくださいよ。どういうことなんですか、トニーさん。ミシェルさんのこと、前から知ってたわけ？　説明してくださいよ」

康介の声が裏返っている。ミシェルさんはグラスを両手で包み込み、それを膝《ひざ》に置いて俯いたままだ。何が気になるのか、ときおりベージュのカーディガンのいちばん上の貝ボタンを右手の白く細い親指と中指を使って触ろうとする。神経質そうに何度も……。そしてトニーさんが、手に持った煙草を灰皿に押しつけて火を消すと、鼻から煙を吐きながらそのまま手を下に伸ばしてズボンの裾《すそ》を上げ、スネのあたりを掻《か》き出した。

「痒《かゆ》い」

「痒いじゃなくてさ。どういうことなんですか」

苛立たしそうに康介が振り向いて、電話機の横のザルのなかから痒み止めクリームを取り上げ、トニーさんに手渡した。どうして康介って、こんな状況でも人のために尽くしてしまうのだろう。これが長所か欠点か、魅力なのかダメなのか、何とも評価しがたいけれど、私はとりあえず、康介のそういうところが嫌いではない。

「どういうことって言われてもね」

おちゃらけてみせるトニーさんの声はかすれていて、笑いを誘うだけの力はない。ねえ、と私は囁《ささや》いて、康介の肘《ひじ》を引っ張った。とにかくこの場は退散したほうがいい。コトの順番からいっても、トニーさん対ミシェルさんの話し合いが先だろう。わからないけれど、なんとなくそんな気がする。

「トバちゃんが、そろそろ帰ってきちゃうから」

抵抗する康介をなだめ、袖をズルズル引っ張って、ようやく勝手口で靴を履かせて外に出た。表の通りに出たとたん、康介が唸《うな》った。

「ううううううううう」

両手で拳《こぶし》を握り、唸り続ける。

ワンワンワン？　からかうつもりで小犬になって応《こた》えたら、睨まれた。だって、なぐさめようにも言葉がないんだもの。なにしろまだ、何がどうなったのかわからないのだから。これで「康介の負け！」っていう結論が出たわけではない。それなのに康介は、もはや恋人に別れを宣告された直後のごとき落ち込みようだ。不満そうに身体《からだ》を左右に揺らしながらしばらく黙って歩いていた康介が、突然、大声を発した。

「あああああ、ダメだ。最低だよ。僕の人生って、ホントに最低最悪」

なに言ってるの、大丈夫だよと、かすかにトバちゃんのことが気になりながらも、誠意を込めてなぐさめたつもりだ。それなのに康介は、

「大丈夫だなんて、軽々しく言わないでよ。何にもわかっちゃいないくせに」

私は康介の顔を覗き見た。その言い方はないでしょう。せっかく人が心配して言ってあげているのに。悲しかった。そう思ったとたん、みるみる自分の顔が悲しい形状に……眉間《みけん》に皺《しわ》が寄り、眉《まゆ》の端が落ち、口がへの字に変化していくのを感じた。しかし、康介の顔はもっとひどかった。

ミゼラブルという単語がふいに浮かぶ。中学の演劇祭で英語劇をしたとき、悲劇の女王役を演じた佳子《よしこ》が、世にも大げさな表情で「オー、ミゼラブル」と叫ぶシーンがあった。それは正真正銘、真面目《まじめ》な悲劇だったのに、そのシーンになったとたん、客席からドッと笑いが起こり、芝居の雰囲気は一気に壊れた。その瞬間の佳子の表情は、

屈辱と羞恥《しゅうち》のあまり、本当にミゼラブルだった。以来、私の頭には、ミゼラブルという単語とあの顔が同一のものとなっている。目の前にいる康介の口のひん曲がり方、目のたれ具合も鼻の穴の開き具合も、おでこの細かい皺も何もかも、あのときの佳子とそっくりだ。吹き出しかけたとき、そのミゼラブル顔の真ん中がよじれて何かがキラリと動いた。

「まさか……」

私は足を止め、改めて康介の顔を見た。

「泣いてんの？」

康介は、ちがうよとがむしゃらに首を左右に振ったあと、さらに顔をくしゃくしゃにつぶし、両手で覆った。そしてそのままふらふらと道端に寄り、人の家のブロック塀に頭をもたせかけて動かなくなった。

そうだったの、そんなにミシェルさんのことが好きだったの、ミゼラブルな康介……。

遠くで救急車のサイレンが鳴っている。その音に合わせて犬が鳴き出した。仲間の呼び声だと思っているのだろうか。康介のかすかな泣き声も彼らに共鳴しているかのようである。

「ね、元気出してよ」

私は康介に近づいて、背中に触れた。ね、ね、ねってばあ。さするテンポに合わせて声をかけてみる。ときどき康介のしゃくり上げる音が、右手のリズムを乱す。ね、ね、ね。もう大丈夫なんて言わない。でも大丈夫って思うようにしたほうが楽だと思うけどな。それともこういうときは大丈夫じゃないって悲観的に考えるほうが楽になるのかしら。最悪の事態を想定したほうが、実際の悲劇を迎えるときに痛みが少なくてすむという説もある。だとしたら、どういう言葉でなぐさめれば元気を取り戻してくれるだろう。いろいろ考えていくと、結局何も言葉にならない。だからひたすら黙って康介の背中をさする。できることはそれくらいしか思いつかない。しだいに康介の背中と私の手のあいだに摩擦が起き、かすかに熱を持ち始めた。

あったかい。康介の背中のぬくもりが、冷えた私の手に心地よい。なぐさめているはずの私のほうが気持よくなるなんて、悪いみたい。見上げると、頭の上の、ブロック塀の内側から突き出した桜の古木の枝のつぼみがふっくらと丸みを帯び、月の光に照らされて白く輝いている。あと一週間もしたら咲くだろう。もう春なんだ。桜が咲いたらお花見に行こうよ、ね、康介。どこがいいかなあ。千鳥《ちどり》ヶ淵《ふち》がきれいなんだってよ。四谷の土手もいいかもね。お弁当作って、きっと週末は込むから平日の夕方あたりに行くのはどうかしら。トニーさんと三人で、と言いかけて、今はその名を口にしないほうがいいことを思い出す。

春間近といっても夜風はまだ冷たい。さすっていない左手が冷えてきた。康介の背中で温めよう。右手に加えて左手でもマッサージ。それからついでに、自分の頰をそっと、温かな背中にのせてみる。

「ちょっと、ルイ？」

反射的に飛び上がった。振り返ると、まぶしい光のなかからドタバタとこちらに近づいてくる人影がある。

「何やってんの、こんなとこで」

トバちゃんだ。車のライトが後光となって、真っ青なセーターの迫力が倍加している。よりによってこんな場面に出くわすとは、情けない再会となった。

「いや、その、今、病院に行こうと思ってたとこなの。水谷さんは？」

「タクシーのなかでへばってるのよ。病室、空いてるって？　訊《き》いてくれた？」

「これから訊きに行こうと思ってたとこ」と言い訳し、見るとトバちゃんの厳しい視線はチラチラと康介に向けられている。

「あんた、オトコ泣かせてどうするの。オトコ泣かすな、馬肥やせ」

「なに言ってんのよ、トバちゃん。この人、従弟《いとこ》。っていうか、康介さん……っていうか、友達で……、説明すると、ちょっと長くなるんだけど」

「今、説明してくれなくてけっこうです。お取り込み中に申し訳ないけどね。ややこしい話、聞いている暇ないの。それより先に病院よ。あんたたちも乗ってちょうだい。ほら、急いで」

あんたは助手席、とトバちゃんは康介にきつい口調で命令し、後部座席の真ん中に押し込まれた私は、今にも吐きそうな顔をした水谷さんのぐにゃりとした身体を自分の肩で固定して、できるだけ前方を見据えることにする。トバちゃん、久しぶりね。ルイも元気そうで何より。ちょっと瘦《や》せた？　そんなことないよ、なんてなごやかな挨拶《あいさつ》を交わすことは一切なく、タクシーが発車した。

斎藤先生の診断の結果、水谷さんの腹痛の原因は、食あたりだということがわかった。何か新鮮な魚を食べて、虫がお腹《なか》に入ったのでしょう。これからすぐに胃カメラで摘出手術をしますので、今夜は一晩、入院してくださいと先生に言い渡され、急遽《きゅうきょ》、入院手続きをすることになる。

この騒動のあいだに康介の株はみるみる上がった。フットワークのいい康介は、病院の事務手続きや荷物運びに始まり、弱った水谷さんに肩を貸して診察室から病室までの移動を手伝うなど、精力的に献身これつとめたので、トバちゃんはみるみる機嫌がよくなった。

「どこの馬の骨だかわかんないけど、あの子がいてくれて助かったわ」と私に向かって小声で囁き、昔なじみの婦長さんには、この子、親戚《しんせき》の子なの、いい子でね、よく動いてくれるのよ、と得意になって自慢する始末だ。水谷さんもか細い声で、「すいませんねえ、ご迷惑かけちゃって」と、足のすね毛の覗《のぞ》く短めの白い手術着の上からお腹を押さえ、顔をゆがめながらも無理矢理、笑顔を見せて感謝した。

水谷さんの胃を痛めつけていたのは、長さ二センチほどの回虫だった。先生の説明によるとその回虫の名はアニサキスといい、とびきり新鮮なイカやサバ、サケなどに生息し、体内に入ると胃壁に穴を開けるので、激しい腹痛と下痢、嘔吐《おうと》などを引き起こす。放っておくと腸にまわって腸閉塞《ちょうへいそく》を起こす恐れもあるとのこと。早めに摘出してよかったよ、ほらと先生に見せられたモニター写真には、きれいなピンク色をした胃の壁に、ミミズのような白い虫の、頭だかお尻《しり》だかのニョロリと突き出た姿がくっきりと映し出されていた。トバちゃんはそれを見ると、「へえ、これがアニサキスですかあ。こんなちっこい虫がお腹で暴れてたんだねえ」としきりに感心し、付け加えるように、「あたしも同じもの食べたのに、なんで水谷さんだけ当たったのかしらねえ」と、やや不満気に呟《つぶや》いた。

手術は一時間ほどで終了した。個室の病室に水谷さんを運び込んでベッドに寝かせると、トバちゃんは、患者の付き添いとして今夜は一晩、病室のソファに泊りたいと婦長さんに相談を持ちかけた。するとそこへ康介が、

「あのー、トバさんは長旅でお疲れでしょうから、なんなら僕が、泊り込みましょうか」

申し出たのを聞いて私は驚いた。いくらトバちゃんのご機嫌を取る必要があるからといって、そこまで親切にすることはないだろう。なんでぇ？　と康介の顔をこっそり睨《にら》んだら、

「だって、家に帰りたくないんだもん」

康介がそばに寄ってきて、私に耳打ちした。そう言われれば、なるほどそうか。

「あら、でも悪いわよ、そんなことまでしてもらっちゃ。お家、帰らなくて大丈夫？　お一人暮らしなの？」

恐縮しながらもトバちゃんは、すっかりその気になっている。

「そうしていただけたらものすごく助かるけど。私もあちこち電話したりしなきゃいけないとこがあるんでね。一度、ウチに帰れるなら帰りたいのよ」

聞いたとたんにハッとした。康介が病院に泊る。となると、トバちゃんは、ウチに泊る。ということは、トニーさんとミシェルさんに出くわす可能性がある。ややこしさも度を超しているような気がする。どうしよう。この複雑な人間関係を、一晩ではとうてい説明しきれない。

「あー、でもトバちゃん。やっぱりトバちゃんがそばにいてあげたほうが、水谷さん、安心できるんじゃないかなあ」

「そうかしら。どう？　水谷さん、そう？」

ベッドに収まって脱力した水谷さんに声をかけると、「いや、僕なら、大丈夫ですよ」と、まったく大丈夫そうでない顔で水谷さんがフョフョフョと力なく笑った。

「アー、アッ、アッ、アー」

突如、トバちゃんがこちらに向き直り、私の顔の前に人差し指を立ててアメリカ人みたいな真似《まね》をした。どこで覚えたのだろう、そんな仕草。似合わない。

「わかったぞー。あんたたち、一緒に住んでるんでしょう。あたしが家に帰ったらそれがバレるから焦《あせ》ってるんだなあ」

そう得意げに言われても困る。「ご名答！」と明るく答えちゃおうか。それともここはやんわり否定しておいたほうが賢明か。迷って康介と顔を見合わせた。

「いいじゃない、いいじゃない」

こちらが答えるまもなく、トバちゃんの顔がにわかに輝き出す。ニマニマしながら私のそばにすり寄ってきて、

「いつから同棲《どうせい》してんのよ。もう、ルイったら。案外、隅におけない子だねえ。このー、このこのこのー」

私の脇腹《わきばら》をしつこく突っついた。

「やだ、くすぐったいよ、トバちゃん。だからそう言うことじゃなくて。勘違いしないでほしいんだけど」

反論しても耳に入っている様子はまったくなく、今度はカニの横歩きをしながら康介のほうに近寄って、

「康介さんって、お仕事は？　ルイと同じ大学の？　あ、違うの。編集者？　まあ、知的。どういうご本、編集なさってるの？」

「いや、今はちょっと……、その、しばらく仕事、休んでまして」

「あー、充電期間ってヤツね。書く仕事の方はみなさん、そうらしいですね。必要なのね、頭を休める時間がね。で、いわゆるフリーライターっていうかたちで？」

「その、前は会社に勤めてたんですけど……」

「もうね、今の時代は自由がいちばんよね。仕事も恋人同士もね。でもまあ、ルイったら、ちっとも知らせてくれないで。エッチ」

エッチって……古すぎる。だいたい知らせようにも連絡取れないじゃない、トバちゃんは、と何を反論したところで太刀《たち》打《う》ちできない。そしてとうとう、

「わかったわかった。ラブラブのお二人は早くお帰りなさい。私は愛する水谷さんのそばで寝ますから、ご心配なく。だけどルイ、明日の朝さ、持ってきてほしいもんがあるから、もう一度、来てよね」

トバちゃんはバッグから老眼鏡を取り出し、小さな手帳に鉛筆でメモを取って私に手渡すと、

「じゃ、おやすみ。今日はありがと。はい、バイバイ、さようなら。エッチ」

言いたい放題からかって、べっとりとしたウィンクをすると、私と康介を病室から追い出した。

康介と二人で病院を出たのは夜中の十二時を過ぎてからである。家まで歩いて二十分ほどの道のりを、私たちはとぼとぼと、ほとんど言葉を交わすことなく歩き続けた。康介が家に帰るのを躊躇《ちゅうちょ》しているのはわかった。しかし、ホテルにでも行かないかぎり、この時間で他に泊めてもらえそうな場所は思い当たらない。

「大丈夫よ」

さして根拠なく、康介に語りかけてみる。

「そうだね」

口数少なく応じる康介がとても納得しているとは思えないが、行きの落ち込み具合と比べると、帰り道の康介はだいぶ気持が落ち着いたように見受けられた。

トニーさんとミシェルさんは、あれからどうなったのだろう。だいいち二人はそもそもどういう関係だったのか。もし家に帰ってまだミシェルさんがいたら、また一波乱あるのだろうか。歩きながら康介の顔をちらちら覗くと、眉間《みけん》に皺《しわ》を寄せ、口を尖《とが》らせて宙を見つめている。きっと同じことを考えているにちがいない。私はそっと康介の手を取って、大きく前後に振りながら、今度はわざとひょうきんに、もう一度言ってみた。

「大丈夫だよーん」

康介はびっくりしたように私を見つめ、それからかすかに愛想笑いを浮かべて答えた。

「そうだね」

家に戻ると、アトリエと台所に明かりが見えた。どういう状況になっているのかわからないので、帰ってきた気配が伝わるよう、木戸を乱暴に閉めたり、庭の端に伏せておいたアルミのバケツを蹴飛《けと》ばしたりして、わざと音を立て、さらに念のため、ノックをしてから勝手口を開ける。

「おかえりー。遅かったねえ」

迎えてくれたのは、肉屋の親父《おやじ》さんだった。

「どうしたんですか」

「びっくりしたあ」

康介と私が同時に声をあげた。

ごめんごめん。脅かすつもりじゃなかったんだけどね、と恐縮する親父さんのうしろから、「ボンソワール」と、どこかで聞いたような声がしたと思ったら、奥のソファに黒いタートルネックを着た石橋道造先生が座っているではないか。

「石橋先生……」

「早く扉を閉めて、お上がりなさいよ。今、お紅茶、淹《い》れたとこ。ちょうどよかったわ。みんなで飲みましょ。クッキーもあるの。疲れたときは甘いものがいいのよ。まあ、あなたが康介ちゃん？ 今ね、お肉屋さんにお噂《うわさ》伺ってたとこなの。かわいいお顔しちゃって。ささ、お座りなさいよ」

石橋先生はすっかりくつろいでいる。なにがなんだかわからないまま、私と康介はまるでこの家の客人になった気分で、ありがとうございますと、とりあえず親父さんが差し出す紅茶茶碗《ぢゃわん》を受け取った。

「ンー、トレビアン！」と石橋先生がカップに鼻を近づけて一つ叫ぶと、「このお紅茶ね、英文科のグラント教授から英国土産にいただいたの。さすが本場ものね。香りが違うもの。ど？　ルイちゃん」

「はい、おいしいです……けど、あのう。あ、こちら、私が学校でお世話になっている仏文科の石橋道造先生。この人は、えー、私の従弟で康介……、です」

「わかってるわよ、もう。やっぱりよく似てるのね従弟でも。顔のフォルムなんてそっくり。んー、ステキッ」

石橋先生はポチャポチャした手を伸ばして私の顔と康介の顔の輪郭を交互になでて、「お肉屋さん、私ね、ルイちゃんのこういうとこ、とっても好きなの。お尻のラインもすごく魅力的だけど、このエラのシャープな感じ？　とってもセクシーで、でもお下品じゃないでしょ。日本人には珍しい顔立ちだと思うわ。んー、ここのお家の家系、好き好き好き」

「はあ、そうなんですかあ。珍しいですか」

お肉屋の親父さんはくたびれ切った革のジャンパーのポケットに片手を突っ込み、もう片方の手で紅茶をズルズルすすり上げながら、素直に感心している。

「親父さん、どうしたんですか。何か用で？」

囁《ささや》くように康介が訊《き》いた。

「いやあ、そのー、トバちゃん帰ってくるって聞いてたからさ。ウチのカミさんがステーキ肉でも持っていってやんなって。ちょうど明後日ぐらいが食べ頃だよ。明後日でしょ、帰ってくるの。え、もう帰ってきたの？　ありゃりゃりゃ。ま、いっか。冷蔵庫に入れといたよ。ふんで、ついでにトニーさんが暇だったらパチンコでも行かないかなって思ってさ。誘いにきたらさ」

親父さんの言葉はそこで止まり、間《ま》ができた。

「あんたたち、何時頃出かけたの？」

再び口を開いた親父さんは、まるで悪い噂話をするようなビクビクした目つきになっている。

「九時前……くらいだったかしら」

「そんとき、あの女の人は……」

「親父さん、会ったんですか、ミシェルさんに」と康介が割り込んだ。

「いやあね、会ったっていうほど会ってないよ。なにしろ挨拶《あいさつ》する暇もないうちに、走って出ていっちゃったからさ。ミシェルさんって言うの？　外人さん？　きれいな人だったねえ」

「走って？」と康介が身を乗り出す。

「ふんで、トニーさんもすぐあと追っかけて、玄関から出てっちゃったからさ」

「トニーさんも？　っていうか、父も」

「そうよ。俺がさ、ここの勝手口トントンって叩いて『こんばんはー』って開けたらさ。なんか奥で二人が言い合っててさ。あー、お客さんか、お客さんじゃお邪魔しちゃいけねえなって思って、しばらく遠慮してたんだ」

「言い合ってたって、喧嘩《けんか》？」と今度は私が尋ねる。

「いやあ、喧嘩ってほど激しかないけど、なんか暗い雰囲気ではあったね。少しすると、その女の人がスッと立ち上がって、『こんなに愛しているのにー』って叫んだら、俺の前すり抜けて、勝手口から出ていっちゃったんだよ。そんとき、いい匂《にお》いがしたの。あれ、香水なのかね。いやー、トニーさんもやるなあって思ってさ。泣いてたよ、その人。かわいそうにね」

「愛してるのにって……」と康介が独り言のように呟《つぶや》いた。

「で、トニーさんは？」と私は続きを促す。

「だから、トニーさんもさ、ちょっとの間、煙草《たばこ》をふかしてたけどね。俺に、すみませんけどちょっと留守番してくれる？　って言って、ウリウリ、出て行ったよ。あと追ったんだね、ありゃ。走ってはいなかったけどさ。小走りくらいしてたかな。いやあ、ドラマ見てるみたいだったね。こっちが興奮しちゃってさ」

親父さんの話が終わると、ひと呼吸置いてから、「私はね」と、今度は石橋先生の目撃証言が始まった。

「ほら、ずいぶん昔、叔母様がいらした頃に一度、こちらにお邪魔したことあったでしょ。今日ね、ここの近くの知り合いのお宅にお食事に招かれて、だいぶワインで酔っ払ってしまいましたもんで、酔い醒《ざ》ましにフラフラ一人でお散歩してたら、まあ、ここはたしかルイちゃんのお家だって、ハッケーン！　したわけ。夜分に失礼かとも思ったけど、ちょっとピンポンしてみましょって。で、ピンポンしたら、脇の木戸からきれいなマドモアゼルが走って出てくるわ、そのあと、玄関のドアが開いて、今度はムッシューが飛び出してくるわ。何ごとかと思いましたよ。ねえ、お肉屋さん、残された私たち、びっくり仰天よねえ」

「そうそう。そんで、しかたないから、この先生と二人で誰か帰ってこないかなあって、待ってたんだけど。ね」

「でもお肉屋さんといろいろお喋《しゃべ》りできて楽しかったわあ」

「いやいや、こちらこそ、トランプ手品までしていただいちゃってね。先生、ありゃ、見事なもんだ。いいもん見せてもらいました」

「何をおっしゃって。ただのシロウト芸ですよ」

石橋先生と肉屋の親父さんは、一見すると奇異な組み合わせだが、なんとも言えぬほほえましい関係ができあがっている。

「でもいいじゃないの」と石橋先生の言葉は続く。

「オジサマってお幾つ？　六十歳は越えてるんでしょ。そういう歳《とし》になってまだ、あんなきれいな女性に『愛してる』って言わせちゃうなんて、素晴らしいわよ。康介ちゃんも、息子として負けちゃいられないわよ」

肩を突っつかれた康介は、息子としての精一杯の作り笑いで応《こた》えている。

「んー、その不安そうな笑顔が、またカワイイんだから、もう。大人の恋はね、放っておくのがいちばん。父親のことなんて心配しないで、それより康介ちゃん、今度、私とお食事行かない？　もっとゆっくりお話したい。ルイちゃんも一緒にどう。おいしいフレンチごちそうしてあげる」

康介がまた愛想笑いを浮かべた。

「じゃ、そろそろ俺らは……」

肉屋の親父さんが口火を切ってくれたおかげで、石橋先生のお喋りがようやくやんだ。

「あらら、もうこんな時間。長居しちゃったわねえ。でもホント、楽しいひとときを過ごさせてもらいました。お肉屋さん、ありがとうございましたね」

「いやあ、こっちこそ。先生にはご迷惑かけちゃったね。今度、またここらへん、遊びにきてくださいよ。ウチの店にも」

「ええ。お宅のご自慢のハムカツとやらもいただかないとねえ。えーと、タクシーは駅前に行かないとつかまんないかしら」

「そうだねえ。そこまで俺が案内しますよ」

いつまでも続きそうな二人の会話を聞きながら、私は玄関に石橋先生を、康介は勝手口に肉屋の親父さんを見送って、それぞれに「ありがとうございました。じゃ、おやすみなさい」と頭を下げた。扉を閉めると一転して静寂が訪れた。

「ああ、最悪だあ」

康介が一声叫んでソファにドタリと身を投げ出した。頭に腕をのせ、目を閉じている。私は黙って紅茶茶碗を一つずつ台所の流しに運ぶ。トニーさんはどこへ行ってしまったのだろう。今夜は帰ってこないつもりかしら。もしかして三人の生活は、これっきり終わってしまうのだろうか。そう思うと急に身体《からだ》じゅうが心細くなった。

ねえ、と私はソファの横の床に座り込む。

「最悪なんて、そんなこと言わないで。悲しい気持は私にもわかる。でも元気出して。いっぺんにいろんなことがありすぎたから、疲れてるんだよ。明日になってから、また考えよ、ね。今日はもう寝ましょうよ」

たちまち康介の腕が顔からはずれ、身体を起こしたと思ったら、怖い顔をしている。

「わかってなんかいないよ。そう簡単にわかられてたまるかよ」

「康介……」

「だいたい、勝手に大丈夫大丈夫って、そんな無責任なこと言われても不愉快なんだよ。何だよ、偉そうに。気休めばっか言って。とにかく俺にかまわないで、放っておいてくださいよ」

何も言葉が出てこなかった。こんなに激しい言葉を康介から投げかけられたことはない。私は頭のなかから酸素がどんどん抜けていくような、フラフラした気持になっていった。

第13話　抜群の相性

コンコンコンと、音がする。風かしら。それとものら猫か。康介《こうすけ》の手が止まり、しばらくするとまたコンコンコンと、今度ははっきり三回、扉を叩《たた》く音がした。

反射的に私と康介は身体を離した。別に何もしていない。していなかったけれど、焦《あせ》った。ほんの十分前まで康介は私に激しい罵声《ばせい》を投げかけていた。初めて見た。いつも笑っている康介が、こんな憎々しい目をするとは信じられなかった。怖くて頭のなかが真っ白になった。フラフラして、ボーッとして、そしてそのあと、気がついたら康介の腕のなかにいた。

「どなたですか？」

三度目のコンコンコンを聞き、小さい声で返事をしてみる。

「ルイちゃーん、まだ起きてる？　石橋ですけど」

慌《あわ》ててソファを立ち上がった。滑稽《こっけい》なくらい二人とも同時に。私は髪の毛を両手でとかしつけながら、一度洗面所の姿見の前に立ち、顔とかボタンとかシャツの衿《えり》とかが変なことになっていないかを確認し、それから急いで玄関に引っ返し、扉を押すと、たしかに石橋先生がバツの悪そうなしょぼしょぼ顔で立っていた。

「どうなさったんですか」

「ごめんね、ルイちゃん。もう寝ちゃったかなとは思ったんだけど、まだ電気がついてたんで」

石橋先生の視線が私の顔に向けられているのに気づいたとき、私は何気なく、自分の手を顔の前に当ててた。唇と、そして頬をさすり、これは驚きの動作に見てもらえればいいなと思った。

「ごめんなさいね。忘れ物しちゃったのよ」

「え、忘れ物?」

家のなかを振り向いた。康介が腰をかがめて、床やソファのまわりを目で追っている。頭の毛はボサボサ、ズボンからシャツがはみ出したままだ。

「やっぱり寝てたんじゃないの、康介ちゃん」

「いえ」

康介は石橋先生と目を合わせずに、何を忘れたんですか、煙草? なんて訊《き》いている。石橋先生は煙草をお吸いにならない。トンチンカンなこと訊いて、声は落ち着いているようでも、そうとうに動揺していると見た。

「ちがうの。トランプ。さっきお肉屋さんに手品お見せしたときに使って、そのままどこかに置いたんだと思うんだけど。ごめんね、康介ちゃん。どうしても明日の朝にいるもんだから。あれは特別なカードなのよ。こんな遅い時間にご迷惑とは思ったんだけど。タクシーで途中まで行ってハッと気づいたら、ないから、もう、慌てちゃって」

石橋先生の手振り身振りの混ざったにぎやかな弁解を聞きながら、私も康介と一緒にアトリエじゅうを見回してみるが、トランプらしきものは見当たらない。

「先生、この部屋以外、どこ歩きました？」

「どこって、そんなにウロウロしてないわよ。お手洗いは一度、拝借したけど。あと、台所は私、ぜんぜん。お紅茶はお肉屋さんが淹《い》れてくださったでしょう。そっちのお勝手口は使ってないでしょう。お二階ももちろん上がってないし。このお部屋しかいなかったもの」

石橋先生が一人で喋ってくださるおかげで、少しずつ気持が落ち着いてきた。康介はテキパキと家じゅうを動き回り、新聞や雑誌など、物という物をくまなくめくって点検していく。物探しは康介の得意分野だ。僕が見つけなくて誰が見つけられるものかと言いたげな後ろ姿である。そんなとこ、行ってないってばと苛立《いらだ》たし気に否定する石橋先生を、私はとりあえず、お上がり下さいと促した。

「先生、もしかして鞄《かばん》のなかとかポケットとかは……」

さんざん探したんだけど、ないのよと泣きそうな声を出し、石橋先生は少したれ気味の頰をブルンブルン揺らしながら身体中を叩いてみせた。ほらね、と、今度は持っていたピンク色のリュックを逆さにして、なかの物を床にばらまいたら、

「これじゃないの？　先生」

黒い色をしたトランプの箱が財布と万年筆の間に転がっている。

「あら」

そのあと、石橋先生は恐縮のしっぱなしだった。ごめんねごめんねを繰り返し、お茶でも飲んでいらしたらと誘っても聞く耳を持たず、じゃあ、一つくらい手品を見せてくださいとお願いしたとたん、あ、そう？　と、たちまち目を輝かせ、すでに玄関のノブに手をかけていたのに、また靴を脱いで上がり込んできた。

「じゃあ、一つだけよ。もう遅いんだから」

夜更《よふ》かしの子供を諭すように言うと、アトリエの床の上に正座をし、巧みな手つき

でカードを切り始めた。

「これはね、運勢もわかる手品なの」

まず、カードを均等に四つの山に分け、床に並べる。

「ルイちゃん、このなかから一つ選んで」

私と康介は、石橋先生の正面に仲良く並んで座り込んだ。

「はい、じゃ、これ」

「残りの山は横に置いといて。このカードを好きなだけシャッフルして」

私は選んだ山を手に持って、しつこいほど切ってから先生に手渡した。

「このなかから一枚選んでちょうだい」

「えーと、じゃあ」

扇《おうぎ》のように開かれたカードのなかから、真ん中よりやや右を狙《ねら》って一枚引き、「見ていいんですか？」と問うと、

「私には見せないでね」

両手で覆《おお》ってそおっとカードを裏返すと、ハートのジャックだった。

どれどれと、康介が私の手に自分の手をのせて、顔を寄せてきた。もう片方の手をさりげなく私の肩に回している。

「じゃ、それをこの束のなか、好きなところに差し込んで」

先生のカードの束のあいだに、持っていた一枚を挟む。先生はカードを揃《そろ》え、二、三回、軽く切ると、板の間の上に優雅に置いた。指先がバレリーナのように動いて、まるでプロのマジシャンだ。

「さて、今度は康介ちゃんの出番ですよ。さっき残しておいた三つの山のなかから、ルイちゃんと同じ要領で、好きなだけ切って、一枚選んでください。いい？」

「えー、僕も？」

康介は言われた通り、カードを切り、先生に手渡し、扇状の束から一枚抜いた。

「覚えた？ ちゃんと覚えておかなきゃだめよ」

「はい。ね、これだよ」と、康介は自分のカードを私の顔の前に近づけた。スペードの5である。

その一枚をまたカードの束に戻すと、床の上には、私の選んだカードの入った山と、康介のカードの入った山の二つが並んだ。

「さあ、ここからが難しいの。この二つの山を一緒にして、おまじないをかけるわよ。アブラカダブラーウンデカポンデカ、スジャール、ベジャール、トレ、トントン、うーん。はい。で、こうしてシャッフルしているうちに、はたして二人の選んだカードが、どこに行くかしらー」

先生が素早い手つきでカードを表に返し、一気に横へ広げて見せた。カラフルに並ぶカードの列の上を人差し指で追いながら、うーん、どれかしら、あ、ここらへんが怪しいわ、ピリピリって感じる。これでしょう！　と、指さしたところには、なんと私の選んだハートのジャックと、康介のスペードの5が並んでいるではないか。

「えー、どうして？」

私は興奮して声を高くした。康介も、すごいすごいと手を叩いて喜んだ。石橋先生の太い眉《まゆ》が得意そうに上下に動いている。

「うまくいかないこともあるの。二つのカードの間に邪魔が入る場合もあるんだから。でも今日、並んで出てきたってことは、二人の相性がとってもいいって証拠。しかもほら」と、二枚のカードの周辺を示し、

「まわりのカードがとってもいいのよ。康介ちゃんのお隣にダイヤのキングとスペードの9があるでしょ。ダイヤのキングは安定、スペードの9は野心。日本で9は苦労とか苦しみって意味だけど、カードでは逆ですからね。康介ちゃん自身はスペードの5で、そんなに強いパワーはないけれど、でもまわりに支えられてとってもいい方向に向かう運勢だわ。ルイちゃんのまわりも悪くないわよ。ハートのエースだもの。き

っとすごく身近な人が、たとえば親戚《しんせき》とか親とかがあなたを支えているの。もちろんルイちゃん自身、いい運勢よ。ただ、自分でそれに気づいてないから運を逃すことが多いのね」

もはや石橋先生がフランス文学の教授だということを忘れそうである。

「さあ、今日の手品はこれでおしまい。いかがでしたか？」

康介と私は子供のように何度も手を叩き、みごとなパフォーマンスに感謝の意を表した。

「先生、プロみたい。お話もお上手だし」

「私が作った話じゃないの。カードが導き出したあなたたちの運勢なのよ。いいカードが出て私もホッとしたわ」

あら、もう三時になっちゃう。あらあら、夜が明けちゃうわ。帰らなきゃと、急に石橋先生は慌て始め、持っていたカードをしっかりジャケットのポケットへ入れ、私と康介に流し目で笑いかけると玄関を出て行った。

「じゃ、ボンニュイ」

「はーい、先生もお気をつけて」

何度も振り返って手を振る、ピンク・パンサーのように軽やかな姿が暗がりに消えるまで見送って、私は扉を閉じた。

「ふう」

鍵《かぎ》をかけ、振り向くと、目の前に康介が立ちはだかっていた。

「僕たち、相性抜群なんだって」

押しつけられた康介の胸の上から声が響く。顔を上げ、でも、と言いかけた言葉はそのまま封じられた。


翌日曜日の朝、康介も私も思いきり寝坊した。寝ついたのは結局、朝五時近くである。トバちゃんの電話に叩き起こされなかったら、昼過ぎまで寝ていたかもしれない。慌てたせいで階段から転げ落ちそうになった。

「もしもし、ルイ？　水谷さん、十時には退院できるんですって。そろそろ来てくれる？　そう。昨日のメモ。そうそう。じゃ、お願いね。元気元気。はい、はいはい。じゃ」

受話器を置きながら携帯電話の時計を見ると、九時半だ。九時半？

私は身体《からだ》に羽織った康介の長いバスローブをたくし上げ、階段を駆け上がる。いや、先にシャワーを浴びよう。もう一度、階段を降りる。お湯に当たって、頭を整理しよう。あー、なんてこった。

髪を洗い、歯を磨いたら、少し落ち着いた。トバちゃんのメモをバッグから出して食卓に置く。そうだ、冷蔵庫にお肉屋さんからもらったステーキ肉があったんだ。あと、裁縫棚から針のセットと手縫い用白糸と黒と茶色。そんなもんどこでも買えるだろうに。トバちゃんって本当にケチ。あとは、トバちゃんの部屋から、礼服用黒のワンピースか。そんなもんいるのかねえ。メモを手に階段を上がり、トバちゃんの部屋、というか康介の部屋のドアをそっと開ける。康介はまだベッドの上にうつぶせになったままだ。音を立てないように気をつけて、トバちゃんの洋服ダンスの扉を開けた。ガチャッと大きな音がした。康介が目覚めなければいいけれど。ナフタリンの匂《にお》いに酔いながら、ビニールの山を漁《あさ》ってみるが、黒いワンピースは見つからない。もしかして茶箱の中かしら。洋服ダンスから顔を出し、康介がベッドの横にサイドテーブルとして使っている茶箱を振り返る。まず上に置かれた時計や本やコップなど、こましましたものを畳の上にどけなければならない。カバーにしているインド更紗《さらさ》の端切《はぎ》れをのけて、重い蓋《ふた》を開けると、ナフタリン臭が部屋じゅうに立ちのぼった。

突然、康介の腕が伸びてきて、私の身体をベッドに引き寄せた。

「なにやってんの、さっきからゴソゴソゴソゴソ」

無理矢理抱き寄せられた拍子に、バスローブの裾《すそ》が開き、とんでもない格好になっている。

「ちょっとダメ。今、急いでるんだから」

康介は気だるい仕草で私の身体を後ろから羽交《はが》い締《じ》めにすると、私の足に自分の足をからめて、耳元に顔を近づけた。

「ね、僕、ちゃんとしてたでしょ」

「やだもう、康介。今、急いでるんだってば」

私はようやく見つけ出した黒いワンピースとからまりながら、本気になって抵抗する。

「ちょっとダメ。やめて」

急に解放された。その勢いで、ベッドから落ちた。

「ふふふ、ルイ、かわいい」

康介はアンニュイに笑い、また目を閉じた。

呼び捨てにされている。生まれてこのかた、トバちゃんや女友達は別として、男の人にルイと呼び捨てにされたことはない。

昨日の夜中のことは、私のなかで整理がついていない。どうしてあんなことになったのだろう。あんなことになって良かったのか悪かったのか。

とにかく病院へ行こう。陽に当たって、風に吹かれて、トバちゃんに会って、日常の気持に戻って、それから考えよう。

昨日に比べて外の空気はずっと暖かい。このぶんだと桜の花は一気に開いてしまうだろう。

もういいや。

大きく息を吸ってから、声に出してみたら、急に明るい気持になった。運命は自分の力だけではどうにもならないのさ、ジタバタしないで流れにまかせるがいちばんだ。昔、おじいちゃんがよくそんなことを言っていたのを思い出す。今の私の流れはどうかと考えてみるに、つまりこういうこと。

康介が好きだ。先週より昨日より、今日のほうがずっと好きになっている。それだけははっきりしている。自分の気持に素直になって、そしてこれから起ることに一つずつ対応していけばいい。

でも、そう思う反面で、康介のあの怖い顔と声が頭から離れない。何だよ偉そうに。放っておいてくださいよ。康介じゃない人の声かと思った。

なんで好きになっちゃったんだろう。ぜんぜんセックスレスじゃないじゃないって、言ってあげようかと思ったけれど、恥ずかしくて口にできなかった。

「どうしたの、なんかあった？」

会うなりトバちゃんが言った。ギクッとした。なんかあったことが顔に出ているのかしら。昨日あんまり眠れなかったのとごまかしたら、あら、そうなの、とトバちゃんはあっさり納得した。こういうトバちゃんのあっさり加減に私は何度も救われている。学校で嫌なことがあったときも、失恋したときもテストの点が悪くて落ち込んだときも、トバちゃんの反応はだいたいそんなものだった。一応、私の浮かない顔には敏感で、すぐに気づいてはくれるのだが、どうしたのと一言訊《き》いたあと、さっさと他の話を始めるか、急ぎの用事を私に言いつける。もう少し親身になってくれてもいいのにと恨みがましく思った時期もあるが、結果的には関心を別の方向へ向けてもらうおかげで、深く悩まずにすむことが多かった。

「荷物、これで全部？」

私は入り口に置かれたボストンバッグ二つと紙袋を持ち上げて、病室を出た。

「ああ、ああ、いいです。僕、自分で運べますから。もう元気。大丈夫」

背広に着替えた水谷さんがチョコマカと私を追ってきた。振り向くと、廊下をまっすぐ歩いていない。

「水谷さん、まだフラフラしてるじゃないですか」

「いいえ、もう元気です」と息も絶え絶えに答え、ようやく私に追いつくと私の手からボストンバッグを奪い取ろうとして、その場に転んだ。案外、この人はいい人かもしれない。

「あとこれ、お肉屋さんの親父《おやじ》さんがトバちゃんにって」

会計を待っている間、お肉の包みを取り出して見せると、

「まあ、ステーキ肉じゃない。おいしそう。あら、六枚もあるわ。どうしようね。冷凍にして持って帰ってもいいけど……ねえ、水谷さん、どうしようね。おいしそうよお」

ああ、ホント、でも僕はまだ……と水谷さんが全部答え切らないうちに、「そうだ」とトバちゃんが手を打って、話は決まった。

まだふらついている水谷さんのためにタクシーを拾って家に戻ると、康介はもう起きて、台所でコーヒーを飲んでいた。

「あ、おかえりなさい」

いつもの康介の声。いつもの康介の笑顔。その顔を見ていると、昨夜のことは夢だったのかもしれないと思えてくる。

「あーあ、そんなに荷物あったんなら、僕がお迎えに行けばよかったですね」

「いえいえ、帰ってくるつもりなかったんだけど、ステーキ肉あるでしょ。これ、今夜、みんなでいただいてから発《た》とうと思って。ね、水谷さん。そのほうがいいでしょ」

そうね、でも僕はまだお肉はと、弱々しく答える水谷さんの顔はたしかに青白い。

「さあ、どうぞ。横になったほうがいいですよ。ソファで。今、シーツと枕《まくら》、二階から持ってきますから」

気の利《き》く康介が復活している。ミシェルさんのことはもう吹っ切れたのだろうか。たった一晩で立ち直れるなら、あんなに落ち込まなくてもよかったのに。

「あら、康介さんって絵もお描きになるの？」

トバちゃんがアトリエのカンバスをすかさず発見したらしい。

「あー、いえ。これ、僕じゃなくて。実は」

「まあ、水谷さん、寝てなさいって言ってるのに、どこ行くの」

「ちょっと、お手洗い」と水谷さんがヨロヨロうろつき回っている。

「あ、お手洗いはこちらです。どうぞ」と私が案内する。いよいよ、トニーさんのことをトバちゃんに話さなければならないときがきたか。もう一人、それも男の同居人がいると知ったらトバちゃんはなんと言うだろう。

「大丈夫ですか、一人で」

ああ、大丈夫ですと水谷さんがズボンのチャックに手をかけながら恥ずかしそうにトイレのドアを閉めた。

「ちょっとあたし、お肉屋さんに御礼かたがた、買い物行ってくるわ」

トバちゃんが財布を手に勝手口を出ようとしているのを見て私は慌《あわ》てた。あ、あたしが行くよと言いかけたら、康介が、僕が行ってきますから、必要なもの言ってください、どうせ僕、お肉屋さんに行かなきゃならないんでと、三者混乱の最中、お手洗いから大音響が響いた。

「どうしたの、水谷さん、大丈夫？」

トバちゃんが洗面所に駆け込むと、まもなくヨロヨロ水谷さんが現れて、

「ちょっと滑って転んじゃった。お騒がせしました」

「ほら、トバさんは水谷さんのそばにいてあげないと。僕、行ってきますよ」

トバちゃんがお肉屋さんでトニーさんの噂《うわさ》を聞いたら話はややこしくなるだろう。それだけは避けたかった。まず私の口から説明しなければ。康介もそのことに気づいてくれたのだろうか。じゃ、行ってくるねと私に軽く手を振って出かける康介を、い

つもなら笑って送り出すところだが、今は素直にそれができない。どうして康介はあんなに晴れ晴れしていられるのだろう。私の心はぎくしゃくしたまま。康介の視線や気持はうれしいのに、康介をまともに見ることができない。

「トバさん、これ、なんていうスープなんですって？　おいしいなあ。辛いけど。こんなおいしい中華スープ、初めて食べました」

康介がしきりに誉《ほ》めた。康介はいつもより早くバイトから帰ってきた。トバちゃんのことを肉屋の親父さんに話して早退させてもらったという。

「酸辣湯《スワンラータン》。これね、この子のおじいちゃんが若い頃、中国で習ってきて、ずっとウチでは作ってきたんです。この家出る前にルイに教えておこうと思って忘れちゃってね。ずっと気になってたのよ。今度、帰ったとき作って覚えさせようってね」

「久しぶりに食べたけど、おいしいね」

「あんたのお母さんも得意だったのよ。作り方、メモしておいたから、ほら、これ。大事に取っておきなさいよ」

「うわ、僕も覚えよっと。ルイ、あとで写させてね」

ルイって、何もトバちゃんの前でまで呼び捨てにしなくたって。幸いトバちゃんは気がつかなかったのか、反応はない。

「で、トバさんと水谷さん、今度はどちらへ行かれるんですか?」

康介が水谷さんの顔を見た。水谷さんはさっきから黙々と、トバちゃんの作ったスープおじやを、ひと匙《さじ》ずつ慎重に口に運んでいる。衰弱したせいか、少し老《ふ》けたようにも見える。

「今度はね、奄美《あまみ》大島へ行くのよ、あたしたち」

奄美大島? と康介と私。

「いいとこなんですって。バナナがおいしいのよ」

「バナナ?」

「見た目は悪いんだけど、モチモチしてて甘くてね。函館《はこだて》で診察した方にいただいたの。その人、奄美から来た旅行者でね。是非いらしてくださいって。北海道もいいとこだけど、今度はあったかいとこに行きたいねって話してたの、水谷さんと。ね」

「はい、そうです」

水谷さんは細かく切ってもらったステーキをひとかけらずつ箸《はし》でつまんでゆっくり口に入れている。

「近いのよ、奄美大島って。羽田から二時間なんですって。あんたたちも遊びにいらっしゃい」

「そういえば前、トニーさんが奄美大島に行ったことあるって。言ってたよね、たしか」

突然、トニーさんの名前が出て、私はギョッとした。

「誰、トニーさんって？」

トバちゃんが今度は敏感に反応した。

「あのね、トバちゃん」と私はいよいよ切り出す覚悟を決める。悪いことをしているわけではない。話してしまえば楽になるだろう。

「実はね、トニーさんって人も、ここに住んでるの」

「康介さんと二人じゃないの？　その人、外人さん？」

「外人じゃないよ。日本人だけど、あだ名みたいなもん。本名はね……、忘れちゃった。本名で呼んだことないもんね」

軽く茶目っ気を出してみる。

「僕、トニーさんの本名、聞いたことあったっけ。忘れたな。二回離婚したってのは強烈に覚えてるけど……あっ」

康介が何か思い出したような顔で宙を見た。私はそれ以上、康介が余計な情報を暴露しないために、急いで言葉を加えた。

「だから三人で暮らしてるの。でも、ちゃんと家賃も払ってるし。別に変な関係なんかじゃないのよ」

変な関係じゃないとは、どういう意味かと、自分で口に出したものの、やや心許《こころもと》ない。

「いつから……」

「十一月の初めからだから、もう何ヶ月になるのかな」

康介が私の白い七分袖《そで》のTシャツを引っ張った。

「ねえ、もしかしてミシェルさんってさ」

「で、トニーさんって……、何する人なの。どうして知り合ったの？」

トバちゃんの顔が少しこわばっている。

そこが問題だった。たまたまウチの庭にやってきて、そのまま一緒に暮らすようになったと言ったら、相当に胡散《うさん》くさい人だと思われるだろう。

「絵描きさんなの。だから、あのカンバスはトニーさんのものなのよ。たまたまあるところで知り合って。で、相当にお世話になって。なんか家を探してるって話になったんで。ちょうど康介ともその頃知り合って……」

嘘《うそ》ではない。しかし完璧《かんぺき》な説明とも言いがたい。

「その人、いくつなの？　二回も離婚して、じゃあ、今は独身？」

「いや……。なんか奥様と別居してるらしいけど。正式に離婚したかどうかは……。歳《とし》は……六十六だったかな。でも、すごく若々しいよ」

歳を取っていることを強調したほうがいいか、若く言ったほうがいいか。どちらが効果的だろう。

「六十六歳……」とトバちゃんが繰り返し、持っていた茶碗《ちゃわん》をテーブルに置いた。しばし待って、反応を見る。康介もトバちゃんの隣で眉間《みけん》に皺《しわ》を寄せている。

「ホントはもっと早くに知らせようとは思ってたんだけど、トバちゃん、連絡つかないんだもん。携帯も通じないしさ。だから」

「でもご心配いりませんよ、トバさん」と、康介が急に声を張り上げた。

「トニーさん、今、ずっと留守で。しばらく帰ってこないと思いますよ。だから当分、僕がルイさんのこと守りますから。僕たち、相性、抜群なんですよ」

何を言い出したのかと思った。「さん」をつけたからまだ許すが、守るって、どういうこと。

「朝、ルイが病院に行ってる間に電話があったんだ、トニーさんから。しばらく帰れないってさ。理由は言わなかったけど。俺も訊かなかったけどね」
それだけ言うと、康介の口元は少しいじわるそうに閉じられた。

第14話　二人の生活

昨日の夜から寒気がして、朝、起きたら喉《のど》と頭が痛かった。熱も少しあるような気がする。身体《からだ》がだるい。頑張れば出かけられないことはなかったが、それだけの気力が湧《わ》かず、大学の事務局に電話して病欠届けを申請した。風邪を引いたらしくてお休みさせていただきたいのですが。遠慮がちに言うと、そうですか、それはお大事にと、電話口に出た同僚の畑中さんがあまりにもあっさり受け入れてくれたので気抜けした。欠勤届というのは、何回経験しても後ろめたさがつきまとう。仮病なんじゃないの、ずる休みしようとしてるでしょと、疑われているような気がして不安になる。優しい声の畑中さんも内心では信じてくれていないかもしれない。もっとつらそうな声を出せばよかった。でもきっと、ここで無理をするとこじらせるだろう。早めに大事を取ったほうがいいんだと、自分に向かって言い訳をする。

寝込むほどつらくもないのでジーンズとTシャツに着替えて下へ降りていくと、康《こう》介《すけ》が勝手口のドアの蝶《ちょう》つがいを金槌《かなづち》で叩《たた》いていた。

「あれ、起きてきちゃったの？　寝てればいいのに」

「何してるの？」

康介の問いに答えず、私は訊《き》いた。

「このドアさ、前から気になってたんだ。ギイギイうるさいじゃない。直してやろうと思ってさ。俺、大工仕事もけっこうできるんだぜ」

康介は心なしか得意そうである。私は、ふーんと冷やかに反応した。そのドアは、私が子供の頃からずっとギイギイ鳴き続けてきたの。そのギイギイが、誰かが来たり帰ってきたりしたときの合図になるの。ギイギイ鳴かなくなったら、このドアの存在価値はなくなっちゃうのよ。そう言って修理の手を止めさせることができたかもしれない。でもそんな子供じみた説明をするのはバカらしいし、いっそこの際、直してもらったほうがいいような気もするし、それに何より康介のゴキゲンな顔を曇らせる気にはなれなかった。かわりにトバちゃんが置いていった赤いサンダルを片足だけつっかけて、開放されたドアから半身を乗り出して庭を見渡した。

額紫陽花《がくあじさい》がそろそろ色づき始めている。紫陽花は不思議な花だ。開花してからひと雨ごとに色を濃くしていく。真ん中の、粒が密集したような小さな花のまわりを数個の大きな花が囲んでいる様子が、額縁のようだから額紫陽花。こんもりと咲き誇る西洋紫陽花のほうがたしかに華やかだけれど、あたしは断然、このひっそりと寂しそうに咲く額紫陽花のほうが好きだよと、トバちゃんが力を込めて言うたびに、派手好きのトバちゃんにしては珍しい趣味だと思ったものである。

庭の奥に生えている枇杷《びわ》の木にも、小さな実がいくつかなった。今年はあまり出来がよくなさそうだ。去年より実のつき方が貧弱に見える。

トニーさんと初めて会って、初めて一緒にこの庭でおにぎりを食べた日も、ちょうど枇杷の実が黄色くなりかけた頃だった。あれからほぼ一年が経《た》ったなんて信じられない。そのあと、十一月に三人の同居が始まって、そしてトニーさんが忽然《こつぜん》といなくなって、そろそろ三ヶ月になろうとしている。そして私と康介の二人だけの生活は、こうしてつつがなく平穏に、いつまで続くことになるのだろう。

「冷えるよ。なんか上に着たら？」

勝手口に座り込んでいた康介が金槌片手に立ち上がり、私の腕をさすりながら顔を近づけてきた。

「だめ」

「どうして？」

「風邪がうつる。それに、誰かが見てたらどうするの」

「大丈夫だよ。誰かが見てたら、最近は従姉弟《いとこ》同士もキスで挨拶《あいさつ》するのが常識なんですよって、俺が言ってやるから」

バカねと私は笑って従弟の挨拶を、息を止めて受け入れた。

「ほら、どう？　少しはギイギイ言わなくなったと思わない？」

康介はドアを前後に動かしながら、修理の効果を確かめている。うん、と私は気のない声で答えながら家のなかに戻り、でもせっかく修理してくれたのに失礼かと思い直して「康介、上手なのね」と振り返って、わざとらしくない程度に誉めた。

まるで新婚夫婦みたい、と私は思う。だとすると私は新妻《にいづま》か。新妻。そこにトンカチ持って立っているのは働き者の私の夫です……。なんだかヘン。照れくさい。はっきり言って、気持悪い。

「バイトは？」と私は夫に問う。

「今日は午後から」とダーリンが答える。

「じゃ、朝ご飯、どうする？」と新妻が訊き、「トーストとコーヒーでいいよ。俺が作るからいいって。ルイは休んでろってば」

新婚ほやほやの夫は妻にこよなく優しい。

私は夫のいたわりの言葉に促され、アトリエのソファに座り込む。画材道具はトニーさんが出て行ったときのまま放置してあった。描きかけのリンゴとスルメの絵も、絵の具が完璧に乾き切って、うっすら埃《ほこり》をかぶって白んで見える。私は洗面所の棚から古いバスタオルを一枚出してきて、絵の上にかぶせた。

本当にどこへ行ってしまったのだろう。もうこの家には戻らないつもりだろうか。

「ねえ」と私は台所にいる康介に声をかける。

「ん？」

「トニーさんから、なんか連絡あった？」

「いや、ないよ」

そう、と答えて口をつぐんだ。ないよと答えた康介の携帯には、家を出て以来三回電話があったという。「しばらく戻らない」という一回目の報告。「元気だから心配するな。ルイちゃんによろしく」という二回目の報告。「肉屋の親父《おやじ》さんに二千円借りたまま、返していない。必ず返すから申し訳ないと伝えといて。なんなら康介、払っといて」という調子のいい三回目の電話。いつも最小限の用件しか言わないらしい。それどころかトニーさんは私の携帯には一度も電話をしてくれない。康介のほうが話しやすいのだろうか。女に話すと長くなって面倒だとでも思っているのかもしれない。

でも私は家主《やぬし》だ。家主に一言ぐらい挨拶があってもいいだろうに。家賃滞納してますけど、どうしますか。アトリエ、掃除してもかまわない？　桂木《かつらぎ》さんの奥さんが、トニーさんはどこへいらしたの、いつお戻りになるのってしつこく訊きにくるけれど、なんて答えればいい？　訊きたいことは山ほどあるのに、トニーさんの近況は一方的に康介の口からしか届かない。

「ねえ？」と私は再び康介に声をかける。

「今度、あたしからトニーさんにかけてみようかな」

かまをかけてみた。もし康介が何か隠しているとしたら、私がトニーさんに直接連絡するのを嫌がるだろう。

「ああ、そうしてみたら」

一オームの抵抗もなさそうな康介の明るい声が、私のつまらぬ疑いの種を木っ端微塵《こ　ぱ　み　じん》に吹き飛ばした。

ソファの隅に畳んであった新聞を開いてみる。たいしたニュースなし。国会は相変わらず年金問題でもめているらしいけれど、結局、どうなるといちばんいいのかチンプンカンプンわからない。そういえばトニーさんは年金もらってるのかな。そういうタイプには見えないけれど、案外しっかりもらっていたりして。台所からコーヒーの香りが漂ってきた。身体はだるいが、食欲はある。今日はトーストに蜂蜜《はちみつ》をつけて食べたい気分。

「できたよ、ルイ」

「うん、今行く」

テーブルのうえに、コーヒーの入った私のブルーと白のストライプ柄のマグカップと康介の黒いマグカップ。その隣にトニーさんの備前焼のマグカップが並んでいる。

「どうしたの、トニーさんのマグカップ。なんで出てるの？」

「ああ、ちょっと砂糖入れるのに借りたの。砂糖壺《つぼ》がだいぶ汚れてたから、洗ったんだよ。乾くまで臨時」

康介はフライパンで目玉焼きをつくりながら、さも何でもないことのように答えた。

「ダメよ、これ、トニーさんのなんだから」

「わかってるよ。でも今、トニーさんいないからいいじゃない」

「でもダメよ。臨時でもダメ。やめて」

「なにもそんなにキンキン怒らなくたっていいじゃないか。わかったよ、他の容器に移せばいいんだろ」

康介がトニーさんのカップを取り上げて、棚からタッパウエアを出し、そこへマグカップの砂糖を一気に流し入れた。そして椅子《いす》を乱暴に引いて食卓につくと、こんがり焼けたパンの一枚を私に突きつけた。

康介と喧嘩《けんか》をするつもりはなかった。朝ご飯まで作ってもらって、こんなに優しくしてもらって、文句を言ったらバチが当たる。でも、トニーさんのマグカップは、やっぱり留守中に勝手に使いたくなかった。

「ごめん」

目玉焼きの皿に顔を近づけている康介に、小さい声で謝った。返事のかわりにズルズルと、黄身を吸い上げる音が響く。黄身だけみごとに吸い上げられたあとのお皿には、丸く中の抜けた白身がきれいに残った。黄身の痕跡《こんせき》は一滴もついていない。残った白身に康介が醤油《しょうゆ》と胡椒《こしょう》をかけている。

「なんかルイ、俺に不満なわけ?」

出ない胡椒の瓶の底を掌《てのひら》で叩きながら康介が沈黙を破った。「そんなことないよ」と即座に返答したのに康介の顔はこわばったままだ。

「本当に、ぜんぜんそんなことないから。あたしが悪かったから」

この三ヶ月、些細《ささい》なことで康介とは何度もぎくしゃくを繰り返している。トニーさんと三人で暮らしていたとき、康介とこんなふうに気まずくなったことは一度もない。

さっきまでケラケラ笑っていた康介が、ちょっとしたきっかけで機嫌を損ねると、そのたびに私はドキッとする。最近は康介の顔色を窺《うかが》いながら発言している自分に気がついて、情けなくなることがある。

でも、康介の不機嫌はそれほど長持ちしない。こちらがどうやってこの気まずい空気を修復しようかと悩んでいる間に、気がつくと、まるでそんな不愉快な時間はこの家に、私たち二人の間に存在しなかったかのようなあっけらかんとした顔で、私に声をかけてくる。仲直りをしなければという義務的行為とはとても思えぬほどにあっけらかんと。

康介は、私との関係をどう思っているのだろう。どことなく不安定だということに、気づいているのだろうか。私は康介が、最後に残ったトーストの耳の部分にチューブ式蜂蜜をたらして口に押し込み、膨《ふく》らんだ口のまま立ち上がって、電話台の脇《わき》のメモ用紙に「コショー」と書いてそれを引きちぎり、ズボンのポケットに入れて階段を上がっていくのを黙って見送った。

康介がバイトに出かけたあと、私は自分の部屋に戻って身体を横たえた。眠らなくてもいい。身体を横にしているのと縦にしているのとでは、回復力に大きな差が出るのです。風邪を引いたらとにかく水分をたくさん取って横になることです。子供の頃からかかりつけだった斎藤胃腸病院の斎藤先生がおっしゃった言葉を長年信じて実行しているけれど、実際に風邪を引くと、どうも寝れば寝るほど風邪が悪化するような気がしてならない。トロトロとしばらくベッドでうたた寝をし、目が覚めたときには朝よりずっと喉《のど》の痛みが増していた。

目が覚めたのは、階下で電話が鳴ったせいである。ベッドから出る元気が出ず、放っておいたら電話は七回鳴って切れた。こんな時間にトバちゃんが奄美大島からかけてくるとは思えなかったし、トニーさんは家の電話にかけてこないはずである。どうせ何かのセールスだろう。私は喉の痛みを忘れるために夢の世界へ戻ろうと、寝返りを打ったら、今度はそばにおいてあった携帯電話が鳴り出した。

「もしもし」

枕《まくら》に顔を押しつけたまま声を出すと、喉に針を刺したような痛みが走った。

「なによ、その声」

名前も名乗らず、相手は驚いている。

「風邪」

「寝てたの？　ごめんごめん。さっきお宅に電話したら誰も出ないから、お留守かと思ったのよ」

奈々子《ななこ》だった。第一声でたぶんそうだろうとは思ったが、そうでなくてもそうであっても、どうでもよかった。

「熱あるの？　かけ直したほうがいい？」

うんと答えようとして、「ううん、大丈夫」と言ってしまったがために、切れなくなる。

「実はね、井上先生が今年の秋に講演会をなさることになったのよ。お忙しい方だからまだ日取りも場所も決められないんだけど。その講演会、ウチのダンナの会社がプロデュースすることになってさ。ウチ、建築屋だからぜんぜんジャンル違いなのに、君のところがいちばん信頼できるって、頼まれちゃったのよ、先生に。お断りできないじゃない。だから私も駆り出されるはめになって、もうたいへーん」

奈々子の話はいつもこうだ。自分ではわかっているつもりなのだろうけれど、こちらがどこまで了解しているか、確かめもせずにどんどん話を先へ進めていく。

「井上先生？」

「井上豪先生よ。忘れたの？」

「ああ、あの下品な小説家」

「もう、ルイったら。そりゃたしかに下品よ。でもやっぱりすごいわよ、あの人。出す小説、全部ベストセラーになっちゃうんだから。実はこれ、まだ内緒の話なんだけど、今度の古行賞《ふるゆき》は井上先生が絶対獲《と》るって、もっぱらの噂《うわさ》なのよ。だからそのお祝いの講演会ってわけ。もちろんご本人もそのおつもりよぉ。ああいうのって、根回しの方法があるらしいのよね。先生、そういうとこ抜け目ないから。ね、ルイ、聞いてる？」

「うん」

「でさ」

いったい用件はなんだろう。私は痛みをこらえながら唾《つば》を飲み込む。

「その講演会に是非、あなたに来てほしいって、先生から直々《じきじき》のご指名なの。先生が講演会のあとに内輪の食事会をしてくださる予定なんだけど、そこに出てきてほしいって」

「なんで私が？」

無理矢理、声を出したら、かなり嗄《か》れていることに気がついた。森進一みたい。

「それがさ。前回の食事会がひどくお気に召したらしくって。すごく楽しかったっておっしゃるの。だから是非、あのときと同じメンバーでって」

そんなバカな。どう考えても私があの小説家に気に入られたとは思えない。むしろあの変態小説家には嫌われた印象しか残っていない。

「先生だけじゃなく、奥様も是非、ルイさんを呼んでくださいっておっしゃってるのよ」

そういうことなのか。あのチェコスロバキア人の奥様が私に好意を持ってくださったとすれば、それは光栄なことだ。あんな横暴な亭主に長年仕《つか》えて、あんなに瘦《や》せちゃって。きっとストレスがたまっているのだろう。

「でも、そんな先のこと、私まだ……」

「そりゃそうなんだけどさ。とにかく伝えておかないと。近づいたら具体的なこと連絡するから、とりあえず覚えておいてよ。基本的にはオーケーってことで。いいわよね、ね」

気乗りはしないが、それより早くこの電話を切りたい気持のほうが先行した。

「よかった。オーケーね。ありがとう。きっとお喜びになるわ、先生。じゃ、またかけるわね。風邪、お大事にね。寝てなきゃダメよ」

寝ているところを起こしたのはあなたです、と言い返す気力もなく、ありがとうと返事をし、携帯のオフのスイッチを押したとたん、喉の奥がジンジンした。頭痛もする。奈々子のおかげで確実に体温が二度は上がったと思った。

康介のことが、ふいに頭に浮かんだ。康介に出会ったのはあの食事会の席だった。結局、奈々子とご主人の伊礼さんには、一緒に住んでいることをまだ報告していない。同じメンバーでもう一度という二度目の食事会に、私と康介はどういう顔で出席すればいいのだろう。私は目を閉じて、タオルケットを肩まで引き上げた。熱っぽいせいか身体《からだ》が火照《ほて》る。それなのに掛け布団《ぶとん》をはぐと寒気がする。

康介と二人で生活するようになってから、それまで知らなかった康介の新たな面をいくつか発見した。些細なことで怒り出すところ。そのくせあっという間に機嫌を直すところ。他にも、気分が乗らないと身の回りのものを散らかし放題にしたまま何日でも平気だったり、そうかと思うと突然、思い立って大々的な部屋の模様替えを始めたがったりする。康介の白木のベッドは、彼がこの家に越してすでに三回位置を変えていた。

これまで、康介は几帳面《きちようめん》で、感心するほど他人に気を遣う青年だと思っていたけれど、二人だけになってみると案外、人の話をいい加減に聞く人だということにも気づいた。私が話をしている途中で何かを思い出すと、「ねえねえ」と言葉をさえぎり、自分の要求を通そうとする。そんなとき私は話を中断し、康介の意に添うことにする。

たとえそのまま二度と続きを話すチャンスがなくなっても。

だからといってそれらの新たな発見が、康介に対する幻滅に繋《つな》がるものとはなりえなかった。むしろ康介が私に気を許していることに、私は心地よささえ感じていた。急に機嫌が悪くなるという一面を除けばだが。

私はベッドから起き上がった。汗をかいている。一度身体を拭《ふ》いて、パジャマに着替えようと思った。Tシャツを脱ぎ、さらに下着をはずすと、べとべとになった肌の上をひんやりとした空気が吹き抜けた。首の後ろも喉も、胸の下もべっとり濡《ぬ》れている。脱いだTシャツで身体じゅうの汗をぬぐう。こんな簡単な動作にも体力が要る。ふうふう、頑張れ。自分に声をかけながらやっとの思いでジーンズも脱ぎ捨て、乾いたパジャマに着替えると、再びベッドに倒れ込んだ。


康介が肉屋のバイトから帰ってきたとき、私はすでに台所で晩ご飯の支度に取りかかっていた。頭痛はだいぶ和らいだ。昼寝をする前に飲んだ風邪薬が効いたらしい。

「見て見て、ほら、見て」という甲高い声とともに康介の姿が勝手口に突然、現れたと思ったら、

「ほら、ね。ギイギイ言わない。俺って天才だよね。完璧《かんぺき》に直しちゃったもんね」

私はおかげでもう一度、康介を誉《ほ》めなければならなくなった。

「ホント、きっと天才だな、康介は」

私には康介の機嫌が直っていたことのほうが、扉のギイギイが直ったことよりずっとうれしかった。これで平和に晩ご飯が食べられる。

「わっ、すげえ。キャベツ巻？」

「そうよ。あとはサラダとご飯だけだけど」

充分充分と、康介は私の隣に立ち、顔を近づけた。

「ダメだってば」

「大丈夫だよ、今朝のぶん、うつってないもん」

そう言って、私たちは従姉弟《いとこ》同士の挨拶《あいさつ》を交わした。

康介は無類にキスが好きだというのも、二人になって発見したことの一つである。「おはよう」も「行ってきます」も「ただいま」も「おかえり」も、人間が対面する挨拶のほぼすべてにおいて、言葉のうしろにキスを加えたがる。お手洗いに行く前に「おしっこ」と言ってキスをされたときは驚いた。お前はアメリカ人か。ついでに発見したもう一つのことは、もっともこれはまだ確信を持っているわけではないけれど、やっぱりセックスにはさほどの興味がないらしいということだ。キスに対する執着に比べると、同じスキンシップでもあちら方面はあまり積極的とは言い難い。だから不満なのかと問われれば、私は「そんなことはぜんぜんないわ」と答えられると思う。たぶん。でも、他の女性だったら、きっと不満を感じるだろう。身体に興味がないと言われたら、女として失格だと言われたようなものである。

「女の気持がぜんぜんわかってない」

康介がかつてつき合った女性から口々にそう言われた理由に、セックス問題が大きく関わっていることは容易に理解できた。しかし、それだけではないという気もする。

その晩、康介は、朝の不機嫌を償うかのように、いつにもまして優しくしてくれた。もうだいぶ回復したから大丈夫というのに耳を貸さず、私のおでこに手を当てて、ダメダメ、まだ熱があるよ、すぐ寝なさいと、夕食が終わるや私を二階に連れて上がり、ベッドに寝かせ、布団をかけてうえから押さえつけた。

「まだ歯も磨いてないんだから」

私はぴっちりラッピングされた茄子《なす》のような窮屈さのなかから異議を申し立てた。

「じゃ、歯を磨いたらすぐベッドに入るんだよ。今、風邪薬とお水、持ってきてあげるからね」

康介は私のおでこにキスをして、部屋を出て行った。

夜中に目が覚めた。時計を見るとまだ十一時前だった。ベッドから出てお手洗いへ行く途中、隣の康介の部屋の扉をそっと開けると、康介はタオルケットを放り出し、大の字にうつぶせになって熟睡していた。肉屋の肉体労働で疲れたのだろう。口を半開きにした寝顔を見るとまるで子供だ。身体の大きな小学生のように無垢《むく》な顔をしている。こんなあどけない顔の男とこういう関係になること自体に無理があるのかもしれない。かわいい康介。優しい康介。大好きな康介。でも結局、私は康介を、どう思っているのだろう。

昼間に寝たせいだろうか。ベッドに戻っていくら寝ようとしても、ちっとも眠気をもよおさない。何度か寝返りをうち、まぶたを開けると、充電器に収めた携帯電話が月の光に照らされて光っているのが目に入った。

身体を起こし、ベッドに座る。それから私は犬のように四つんばいになってベッドから降り、少しだけ窓を開けた。風邪の菌が部屋じゅうによどんでいるように思われる。外の空気を吸いたくなった。心地よい風が吹き込んでくる。窓辺に腰をかけ、夜風に当たった。そのときまた、携帯電話が目に止まった。

呼び出し音が五回なり、もう切ろうと思った瞬間に、声がした。

「もしもし」

緊張した。

「夜遅くにすみません。あの、ルイです」

「あー、ルイちゃんか」

懐《なつ》かしい声。何があっても驚かない温かくてのどかな低い声。この声が、私はずっと聞きたかったのだ。

「もう、寝てました？」

「いや。大丈夫。久しぶりだねえ。声が聞きたかったよ」

なに言ってるの、聞きたいなら電話してくれればいいのに。

「トニーさん、今、どこにいるの？」

「お風呂《ふろ》」

「そうじゃなくて、どこで何してるの？」

「お風呂でおちんちん洗ったとこ」

「やだもう、トニーさんったら。じゃ、裸なわけ？」

「いや、ホントは今、あがったとこ。なんかルイちゃんの声、ひどいね。風邪？」

「そう。珍しく、かかっちゃったの」

ひそひそ声を出しているせいか、さらに声がかすれてしまう。トニーさんの同情を買うには都合がいい。

「いつ帰ってくるの？」

「うーん、いつ帰ろうかねえ」

外からかすかに音楽が流れてきた。隣の森井さんの息子さんが帰ってきている。就職して独立した息子さんは二ヶ月に一度ぐらいのペースで里帰りをする。そして夜中に必ずクラシック音楽を聴く。夜遅く、あたりにクラシックの音色が流れ出すと、ああ、息子さんが帰ったんだなとわかる。

曲が変わり、急に懐かしいメロディが流れてきた。たしかシューベルトの「鱒《ます》」だ。でも私が子供の頃よく聴いたウィーン少年合唱団の「鱒」とは違い、男性歌手の独唱だった。透き通った歌声が深閑とした夜の闇《やみ》に広がって、ちょっと高貴なムードを醸《かも》し出している。

「ルイちゃん、髪の毛、切ったことある？」

トニーさんが唐突に訊《き》いた。

「髪？　肩の長さぐらいまではあるけど、ショートにしたことはない。なんで？」

「いや、どうかなと思ってさ。こないだ、ＤＶＤで『ローマの休日』を久々に観《み》たらさ。もしかしてルイちゃん、ショートも似合うんじゃないかって思っただけ」

「切ったことないから、わかんない」

「そうだね」

少し間があった。トニーさんが煙草の煙を吐いたのがわかった。

「でもきっと、似合うような気がする」

「そう？」

話したいことは山ほどあった。それなのに何も思い出せない。私はただ、トニーさんの話に合わせて相槌《あいづち》を打つだけだ。コロコロと玉が転がるような軽快なピアノの音色と甘い歌声が、悠長なトニーさんの低い声と夜中の冷たい空気に不思議なほどマッチしている。このままずっと曲が終わらなければいいのにと思った。

「また電話しても、かまわない？」

思い切って私は訊いた。

「いつでも電話して」

トニーさんのかすれた声が、煙草《たばこ》の煙とともに吐き出された。ミシェルさんとのことも話題にせず、康介の話もしないまま、私たちはぎこちなく、「じゃ」とだけ言って、電話を切った。切るとまもなく、「鱒」が終わった。

第15話　恋愛逃避症

日曜日の午後、東高辻《ひがしたかつじ》君が訪ねてきた。勝手口にひょろっと現れた、やけに細長い男の姿を見て、一瞬たじろいだが、端正なその顔立ちはたしかに見覚えがある。

「おお、ヒガシじゃない。どうしたんだよ」

二階から降りてきた康介《こうすけ》が声をかけてくれたおかげで思い出した。そうだ。この人は康介の大学時代の友達で、京都のお公家《くげ》さんだった。康介がこの家に引っ越してきたとき、手伝いにきてくれた青年だ。

「なんだよ、急に来るなんて」

康介の口の利《き》き方がいつもより横柄《おうへい》に聞こえる。横柄というか、偉そうだ。相手は元お公家さんなのに。しかし東高辻君も負けていない。「ああ」と、語気は弱いが無愛想の度合いは訪問者のほうが上である。

「前もって電話してくりゃいいのに。留守だったらどうすんだよ」

「そのときはそのときさ」

その歳の男性にしてはやや高めと思われる声で、東高辻君は最小限に返答する。不機嫌なわけではないらしい。顔は涼やかだ。男同士の会話なんて、こんなものなのかもしれない。康介が、まあ、上がれよと椅子《いす》を勧め、二人は食卓を挟んで腰掛けた。私は二人に麦茶を供し、東高辻君が持ってきてくれた歌舞伎《かぶき》揚げ煎餅《せんべい》を大皿に盛って食卓の真ん中に置いてから、アトリエに引っ込んだ。

昨日買ってきたパンツの裾《すそ》あげをしている途中だった。あと二十センチ。それだけ縫えば片足の完成だ。まち針を一つ、パンツから抜いてトバちゃん手製の黄色い玉子型の針山に刺す。

「ねえ、ルイもこっちへおいでよ。そんなの、こっちでやればいいじゃん」

「うん」

答えながらチラリと東高辻君の顔を盗み見た。私に対する康介の態度の変化に彼は気づいただろうか。

去年の十一月二日。康介がウチへ越してきたあの日と比べ、私と康介との距離は大幅に縮んでいる。態度も喋《しゃべ》り方も変わっているはずだ。半年以上同じ屋根の下に暮らせば、敬語を使うような間柄でなくなるのは当然かもしれない。しかし、それ以上の関係を勘ぐられるのはなんとなく嫌だった。

「トニーさんは？」と東高辻君が訊いた。

「お前、トニーさん、知ってたんだっけ」

「一緒に蕎麦茹《そばゆ》でて食った」

「ああ、あれ、うまかったよなあ」

「トニーさん、お出かけですか？」

東高辻君の質問が、私に向けられた。視線がバスタオルに覆《おお》われた画架のところで止まっている。

「しばらく旅に出てて……」

「絵描きってさ、ひとところにじっとしてられないタチらしいんだ。気分次第ですぐどっか行っちゃうんだぜ。いつ帰ってくるかもわかんないし。芸術家ってのもよくわかんない人種だよな」

ひひひと東高辻君が歯を見せずに小さく笑った。この人が笑うと、皮膚の薄そうな顔面に細かい皺《しわ》がたくさん寄って、妙に老人くさくなると、前に会ったとき思ったのを思い出した。

「痛っ」

よそ見をしたせいで、針の先を誤って指に突き刺した。赤い血の点がみるみる大きくなっていく。子供の頃、原っぱで摘んだミルク草の茎を折り、なかから白いミルクのような液が出てきたときのドキドキ感とよく似ている。私は血の出た指をなめた。

トニーさんに対して、康介はそんな見方をしていたのだろうか。仲良く三人で暮らしていた頃の、好意に満ちた会話が白々しく蘇《よみがえ》る。

実はさ、と東高辻君の薄い唇が優雅に動き出した。

「じいさんが死んでさ」

「えー、京都の？　お前のお祖父《じい》さんのこと？　病気？」

「まあ、ほとんど老衰だね。もう九十六歳だったから、しかたないんだけど」

「ショック。だって俺、蹴鞠《けまり》教わったよ。あのときもう八十五歳っておっしゃってて、お元気だなあって思ったんだよな。矍鑠《かくしゃく》として、なんかやっぱり平民じゃないノーブルなオーラがおありになって。それは、ご愁傷《しゅうしょう》様でした」

康介の声は慎《つつし》み深く、知り合った頃の誠実さが蘇る。

「あ、いや。それはもういいんだ。実はじいさんが死んだあと、蔵の整理をしなきゃならなくなってさ。もっと早くからするべきだったんだけど、なにしろわけわかんないもんがいっぱい詰まってて、面倒くさくて誰も手をつけようとしなかったんだ。そしたらじいさんが急にいなくなっちゃっただろ。親族一同、慌《あわ》てちゃってさ。遺産相続とか税金のこととかいろいろ複雑で。ウチ、落ちぶれ公家だからモノだけあっても維持できないんで。この際、じいさんとか先祖の残したガラクタを一気に整理して、モノによっては国や博物館に引き取ってもらったほうがいいんじゃないかって」

「もったいないよなあ。相当なもん、あるんだろ」

「相当かどうか知らないけど、でも、ウチに埋まってても役に立たないし、税金はかかるし。で、どうせ分散させちゃうなら、せめてその前にどういうものがあったのか、目録だけでも残そうって話になってさ」

「目録？」

「うん、内輪のね。で、康介に頼みたいんだ」

「何をだよ。俺、平安時代とかそういうの、ぜんぜん、わかんないよ」

「それはいいんだ。専門家が鑑定するから。俺もある程度の基礎知識はあるつもりだし。お前には、そういうデータを集めて冊子にまとめる作業を手伝ってもらいたいんだ」

いやあ、と康介は頭を掻《か》いた。「それって、俺に荷が重すぎない？」

「そんなことないだろ。だってお前、もともと編集者だろ。写真も撮れるだろ」

「まあ……、建築雑誌、作ってたからな」

「そうだよな。その蔵自体は、元禄《げんろく》のときに建て直したから、さほど古くはないけど。今、親父《おやじ》とおふくろが住んでる母屋《おもや》のほうは安土《あづち》桃山時代ぐらいのもんかなあ」

「おい、元禄で新しいって言っちゃうの？」

「まあ、江戸はな。俺たちにとっちゃ近代だからね。お前、木造家屋に興味あるって言ってたじゃないか。だから適任じゃないかと思ってさ。そっちの建築調査もついでにきっちりやっとこうと思ってるんだ。どう？　興味ない？　薄謝ですが、一応バイト料払うって親父も言ってるし」

うううううううと、康介は唸《うな》った。唸りながらも口の端が笑っている。私は血の出た人差し指を舐《な》めながら立ち上がり、電話台の横へ行って傍らの籠《かご》を漁《あさ》った。

「大丈夫？　ルイ。針、刺したの？　バンドエイドなら、そこにはないよ。あっちの薬の抽斗《ひきだし》に移しといたから」

私は階段の下の小抽斗を開けてバンドエイドを一枚取り出すと、親指と中指を使って包装紙を破ろうとしたが、なかなか破れない。見かねた康介が椅子から立ち上がり、そばにやってきて私の手からバンドエイドを取り上げた。

「どう思う？　ルイは」

軽々と袋を破り、ほとんど血の止まっている私の人差し指の先にバンドエイドを巻きながら尋ねた。

「どうって言われても……」

私は東高辻君のほうを見る。東高辻君はすうっとあちらを向いた。

「ありがと」

康介に巻かれたバンドエイドが少しきつい。

「しかしそれって、けっこう時間かかるだろうな」と康介がまた食卓の椅子に戻った。

「わかんないけど、かかるだろうな。完全にまとめ上げるまでには二、三ヶ月はかかるかも」

「そんなもんじゃすまないだろう。その間、俺、ずっと京都に住むことになるわけ?」

「それはお前次第だけど。でも行ったり来たりする交通費を考えたら、しばらく住んだほうが効率的だとは思うね。ウチに泊まれば、宿泊費はタダだし」

そうかあと康介は両手を頭のうしろに回して椅子ごと身体《からだ》をのけ反らせた。康介は行く気になっている。私にはわかった。

その晩、東高辻君はウチでご飯を食べていった。私の作った酸辣湯《スワンラータン》を気に入ったらしく、三杯もおかわりをした。まだ習ったばかりだから上手に作れなくてと私が謙遜《けんそん》すると、ああ、そうですかと応《こた》えるだけで、積極的においしいとは言ってくれないが、紅潮した頬にうっすら汗を浮かべてスープに向かう姿を見れば、これが彼の最大級の賛辞の表れなのだなと理解できた。

食事中、二人の会話に京都行きの話が再び出てくることはなかった。もっぱら学生時代の先生や友達の思い出や、その後の噂話《うわさばなし》で盛り上がり、私は見たことも会ったこともない人の話に何度も笑わせられた。

帰り際《ぎわ》、東高辻君が康介に、「じゃ、さっきの話、考えといてね」と軽く言い残し、ごちそうさまでしたと長身の身体を折り曲げて頭を下げると、来たときと同じように勝手口からひょろりと消えた。と思ったら、再び戻ってきて、

「で、トニーさんはいつ頃、戻りそう？」

「わかんないよ。ヒガシ、トニーさんになんか用でもあるの？　携帯の番号教えようか」

「あ、いや。そこまでは。じゃあな」

ヘンなヤツと康介が勝手口を閉め、鍵《かぎ》をかけた。それから、

「ねえ、どう思う？」

食卓のお皿を重ねて流しに運ぶ私の横にやって来て、切り出した。

「どうって？　トニーさんのこと？」

「ちがうよ。京都行きの話だよ」

「私はいいと思うけど」

すすぎ終わった食器を水切りに置くと、自動的に康介が引き取って、上下に二、三度振って水を切ってから布巾《ふきん》で拭《ふ》く。後片づけの連係プレーも、二人の間にはもはや暗黙のリズムができあがっている。

「でも、本格的に始まったら、しばらく京都に住まなきゃいけなくなるんだよ」

「面白そうじゃない。京都なんて住みたくてもなかなかよそ者が住めるとこじゃないって言うよ」

「そりゃそうだけどさ……」

置き場所を探して浮遊していた私の手から康介が直接、グラスを取り上げて、布巾でくるんだ。

「お肉屋の親父さんなら、事情を話せば理解してくれんじゃないかな。古い家の建て方なんかの調査もするわけでしょ。それって康介がやりたかったことなんじゃないの？」

排水口にたまった食べ物のカスを右手で集めながら私は言った。

「それはそうだけどさあ」

「何がひっかかってんの？」

返事がない。振り向くと、康介は湿った布巾を肩にのせ、携帯電話を耳に当ててている。

「あ、畜生。また負けちゃったよ、阪神。十一対三か。ひでえなあ」

いつものことだ。岡山出身のくせに一応、阪神ファンなのだそうだ。テレビでゲームを見損なった日は、夜遅くなってからこうして携帯電話で試合結果を確かめるのが康介の習慣だった。私は生ゴミの水を切り、水が垂れないようタイミングを見計らって燃えるゴミ専用袋に移した。これで片づけ終了。私はもう一度、蛇口をひねって手を洗う。背中で携帯を畳むパンという音が聞こえ、それから康介が言った。

「ねえ、ルイも一緒に行こうよ」

一緒にって、京都に？　そんなこと、考えてもいなかった。

「そんなの無理よ。あたしだって仕事あるし」

「大学に長期休暇届け出せばいいじゃないか。事務局だろ。しばらく休み取ったって大丈夫だよ」

私は濡《ぬ》れた手をエプロンで拭いた。拭きながら康介を見た。どうして勝手に大丈夫だと決めつけられるのだろう。

「そんなこと、できない」

「でも人生は一度きりなんだよ。京都に住むなんて、そんなチャンスめったにないよ」

「あたし、別に京都に住みたいと思ってないもん」

エプロンをはずし、洗濯機のなかに投げ込む。

「さっき住みたいって言ったじゃない」

康介が私のうしろからついてくる。

「それは一般論であって、あたしが住みたいわけじゃないもの。それに、この家を空けるわけにはいかないでしょ」

「なんでさ。長めの旅行をすると思えばどうってことないじゃん。泥棒のことが心配ならご近所と交番にお願いしていけばいいし、鍵を増やすことだって簡単だよ。どうしても心配なら、ときどき点検に帰ってくればいいんだしさ」

食卓の隅に出しっぱなしにしていた歌舞伎《かぶき》揚げ煎餅《せんべい》を袋に戻し、輪ゴムで止めた。

「そりゃそうだけど。トバちゃんやトニーさんがいつ帰ってくるか、わからないし」

「そんなの、前もって伝えておけばいいじゃないか。あっちだって大人だよ。だいたい勝手に出ていったくせに、俺たちが彼らに縛られる必然はまったくないよ」

康介の理屈は正しい。でも、そうじゃない。そういうことじゃなくて。その先の言葉が見当たらない。私はアトリエに置きっぱなしにしておいた裾《すそ》上げ途中のパンツを床から拾い、乱暴に畳むと、裁縫箱と重ねて棚に押し込んだ。

「なんだよ、その態度」

康介が低く唸った。私は一つ深呼吸をした。息を吐くとき、身体の芯《しん》が震えているのが自分でもわかった。

「別に……。ただあたし、康介とは夫婦でも何でもないんだよ。それなのに京都に一緒に住むなんて、おかしいよ」

康介は軽く笑った。笑って私のそばへ来た。

「バカだなあ。古すぎるよ、ルイは。じゃ、夫婦でもないのにここに二人で住んでいることは、おかしくないの？」

「だってこの家は、私の家であって、康介は……」

「表向き従弟。でも本当はルイの恋人」

恋人？　恋人なの？　私たちはそういう言葉で括《くく》られる関係だったの？

「だって普通、そうじゃない。そういうこともちゃんとしてるし、お互いに好き合ってるわけだし。あ、それともルイは、僕と早く夫婦になりたいってこと？」

康介が私の顎《あご》を指でつまんで顔を近づけてきた。

「やめて！　ふざけないでよ」

私は康介の手を本気で振り払った。嫌悪感《けんおかん》が湧《わ》いた。康介の馴《な》れ馴《な》れしさがたまらないと思った。心の中の憤《いきどお》りが収まらず、この憤りが何に対しての、どこへ向かってのものかも判然とせず、自分でもどうすればいいかわからない。

康介が黙って私を睨《にら》んでいる。善良なトッポ・ジージョに悪霊《あくりょう》が取り憑《つ》いたかのような、憎々しげでいじわるな目だ。

「なんなんだよ。何が言いたいんだよ」

邪悪なトッポ・ジージョが侮蔑《ぶべつ》のまなざしをこちらに向けている。

「何が言いたいってことないけど。でも、あたしはあなたとちがって、簡単に仕事を休めないの。大学の事務の仕事だからってバカにしてるんだろうけど、事務だってちゃんとした定職なんだから。そりゃ、世間的に見たらたいして重要な仕事じゃないかもしれないけど、あたしにはあたしの仕事に対するプライドがあるし、やりがいも感じてるの。軽々しく考えてほしくないの」

トッポ・ジージョの眉《まゆ》がかすかに動いた。

「俺が長期休暇を取れって言ったことが不満なわけか。休んでも大丈夫だって言ったことがそんなに不愉快なのか」

そうだろうか。私は何に腹を立てているのだろう。返事をせずに黙っていると、

「ちがうね。バカにしてるのはルイのほうだよ。つまり、自分はまっとうな職を持っているんだから、俺と同じに扱うなってことだろ？　居候《いそうろう》のくせに、恋人面《づら》されるのは迷惑だって言いたいんだろ。そうだろ、ルイはずっと、それが不満だったんだろ」

そんなこと言ってないでしょと、私は小声で反論しかけたが、康介は私から顔をそらし、けっ、図星だねと荒々しく息を吐き、目の前のソファを思いきり蹴《け》った。その拍子にソファの後ろのサイドテーブルの上に置いてあったガラスのコップが床に落ちて割れた。ガラスの破片が飛び散って、なかに残っていた麦茶が玄関のほうへ流れていく。康介はその場に突っ立ったまま、黙って麦茶の行方を見守った。

ここまで険悪にするつもりはなかった。康介と争うのは本気で嫌だった。しかし、康介の言っていることは、もしかして図星かもしれない。

「で、出てっちゃったの、彼？」

奈々子《ななこ》はいかにもヤングミセス風の、縁にレースのついた白いブラウスの七分袖《そで》をこれみよがしに揺らしてテーブルに肘《ひじ》をついた。こんなフェミニンなブラウス、私には到底似合いそうにないが、奈々子が着ていると格好良く見える。

「うん。先週の日曜日に」

「それっきり、連絡なし？」

「今のところは……」

「ふーん」

昨日の夜、奈々子から電話があり、明日の晩ご飯を一緒に食べないかと誘われた。子供が塾に通い始めてから、けっこう夜、家をあけられるようになったの。六時に塾まで送って、九時にはまた迎えに行かなければならないんだけど、一人で御飯食べるのもイヤだし、塾がルイの職場からそんなに遠くないことがわかったのよ。近くにステキなイタリアンを見つけたの。おごるから、出てこない？　その勢いに呑《の》まれて承諾した。一方的ではあるが、奈々子の声には健康的なエネルギーが感じられた。

最初、康介とのことを告白するつもりはなかった。同居していたことは、いずれ報告しなければいけないと、ずっと気になっていたけれど、それ以上は知らせないほうがいいと、少なくとも奈々子に会うまではそう思っていた。奈々子と会って、元気にしてる？　元気なさそうねと、医者の診断のようにあっさり見抜かれたら、するすると口が勝手にそちらのほうへ動いてしまった。

奈々子がどれほど驚くかと思ったが、意外に冷静に話を聞いてくれた。

「でも、これっきりおしまいってことはないんじゃない？」

そうかもしれないと私も心のなかで同意する。康介の性格から考えて、喧嘩《けんか》したままの状態を長く続けることはできないだろう。別れるかヨリを戻すかは別として、なんかしらの話し合いを求めてくることは予想できる。でも康介が、本気で私に嫌気がさしたとしたら、このまま何も言ってこない可能性もある。

お待たせいたしました、カプチーノのお客様は？　と、笑顔満面のウェイトレスが両手に白いカップを持って私と奈々子の顔を見比べている。

「あ、あたし」と奈々子が答え、ウェイトレス嬢はもう一つのレギュラーコーヒーの入ったカップを私の前に置いた。

「ご注文は以上ですが、よろしかったでしょうか」

奈々子と私が、はいと同時に頷《うなず》くと、ウェイトレスは伝票をテーブルに置き、再びニッコリ笑って去っていった。感じのいい子だ。笑うとき、張りつめた頬の片側に小さなえくぼができる。これくらい若くてかわいい女の子が康介にはお似合いじゃないかと、ふと思う。

「で、どうなのよ」

奈々子がカップの表面にのったクリームの泡をスプーンで押さえながら言った。

「どうって？」

「もし康介が、やり直そうって言ってきたら、京都へ行く気、あるの？」

私はコーヒーを一口すすってから、首を横に振る。さっき食べたスパゲティ・ボンゴレのにんにくの後味が、コーヒーの苦味に包まれて浄化されていく。

「あなた、京都に行きたくないんじゃなくて、東京に康介より好きな人がいるんじゃないの？」

奈々子がカプチーノのカップを右手に持って、したり顔で足を組み替えた。

「なにそれ」

「さっき話してた、トニーさんとかいう人」

笑った。よくそんなことを思いつくものだ。

「やめてよ。トニーさんってとっくに還暦過ぎてんだよ」

「歳《とし》なんて関係ないわよ。だってさっきから聞いてると、トニーさんの名前、二十回くらい出てきたもん。もしかして本命は康介じゃなくてトニーさんなんじゃないの？」

「なに言ってんだか、もう」

「じゃ、どうして康介と二人になると息苦しくて、トニーさんと三人で暮らしてたときは楽しかったのよ。さっきルイ、そう言ってたでしょ」

「息苦しくなるって、ときどきよ。楽しくないわけじゃないんだけど、ときどき、康介と二人だけでいると、なんていうか……」

わかった！　と、奈々子が大声をあげたので、まわりのお客さんが一斉にこちらを振り向いた。

「それさ、恋愛逃避症。そうだ、そうにちがいないわよ」

まるで鬼の首を取ったかのような奈々子の言い方。自分で見つけた言葉がよほど気に入ったのか、何度も繰り返し、そのたびに笑い転げた。さんざん笑った末、突然、真面目《まじめ》な顔に戻ったと思うと、

「でもルイね。それも一つの生き方だから。あたし、悪くないと思う。私みたいなのは、昔から恋愛中毒症って言われてきたの。常に自分だけを愛してくれる男がいないと中毒症状を起こすの。でもね、恋愛に永遠なんて、はっきりいって、皆無《かいむ》。無駄！

無意味！」

カップを持っていない手を振り上げて奈々子が叫んだ。

言われてみれば、奈々子にはたしかに恋愛中毒症のきらいがあった。大学時代、一つの恋が終わったかと思うと、すぐに次のパートナーと歩いていた。

誰と歩いているときも、奈々子は恋をしている喜びを堂々とまわりにまき散らした。その姿はまるで、愛の花粉をふりまく妖精《ようせい》のようだった。奈々子は女友達とお喋《しゃべ》りに興じているときより、買い物をしているときより、勉強しているときより、恋をしているときがいちばん輝いていた。パートナーはいつも奈々子の手を握り、奈々子の耳元で冗談を囁《ささや》き、奈々子はそれに応《こた》えて、いとも幸せそうにクスクス笑った。相手が誰に替わっても、奈々子のクスクス笑いは変わらなかった。ただ、古い恋と新しい恋のあいだにブランクができたときだけは、奈々子の顔からクスクス笑いが消えた。もっともそんなブランクは、ほとんど見かけたことがない。

一度だけ、相良《さがら》君という芸大の指揮科の学生に振られたあと、奈々子にしては珍しく控えの相手の用意がなかったことがある。そのときの彼女の落ち込みようはすさまじいものだった。毎晩のように電話をしてきて、生きていけない、死んだほうがましだと電話口で泣いた。そんなに苦しいのなら、もう一度、相良君と会ってみればと勧め、なんなら私から話してあげようかと申し出たが、奈々子は同意しなかった。奈々子は自分を傷つけた相良君を取り戻したかったのではない。相手のいない状態が耐えられなかったのだ。ブランクだらけの私たちには、とうてい理解できないわよねと、まわりの女友達と一緒に呆《あき》れ、同時に嫉妬《しっと》したのを覚えている。

「ねえルイ。恋愛なんてね。人生のすべてじゃない。すべてなんて思わないで恋愛したほうがいいのよ。結婚もよ。結ばれたとたんに苦しみが始まるの」

「やだもう、どうしたの、奈々子」

奈々子の異変に私は驚いた。

「どうしただって？　私はあなたに真実を教えているだけ。あのね、愛はケミストリーなの。でもケミストリーって、つまりケミストリーなのよ。新しい物質が加わると、また化学変化起こしちゃうの、わかる？　あたしの言ってる意味」

奈々子の興奮の度合いがますます激しくなり、声もどんどん大きくなる。

「あんまりよくわかんないけど。そろそろ迎えに行く時間なんじゃない？」

奈々子は銀のブレスレットウォッチを見ると肩をすくめて、あっさりそうねと答え、バッグを持って立ち上がった。

車のキーを振り、駅まで送るわよと言う奈々子に、大丈夫、歩いて帰るからと私は笑って断った。

「ありがと。喋ったら、なんか少しすっきりした」

奈々子は私の言葉に何を感じたか、ふふっと吹き出してから、言った。

「あなたはずっと恋愛逃避してなさい。私みたいに傷だらけの女にならないほうがいいわ。そのほうが、ルイらしいかも」

映画の台詞《せりふ》みたいなことを言って、でも奈々子の切々とした言葉に私はちょっと感動した。


その晩、私は久しぶりにトバちゃん日記を開いた。康介といるときは、なんとなく落ち着かなくて自分の部屋の机の前にゆっくり座ることはなかった。子供の頃から座り慣れたこの古い木製の椅子《いす》に腰を降ろすと、なぜかゆったりとした気持になる。

トバちゃん。先日は、奄美大島から鶏飯《けいはん》スープを送ってくれて、ありがとうございました。カチンカチンに凍った茶色いビニールのかたまりを見たときは、何が届いたのかと思ってびっくりしましたよ。さっそく解凍して、康介と一緒にご飯にかけて食べました。すごくコクがあっておいしいのね。奄美大島の名物なんですって？　知らなかった。康介もとても喜んでいました。

ここまで書いて、私は康介の顔を思い出した。康介がおいしいものを食べているときの顔は実に正直でかわいらしかった。邪気がないというのはこういうことを言うのだろう。本当においしいと思ったときと、そうでもないときの顔は、はっきり区別がついた。お世辞を言うと、黒目がキョロキョロと動く。そのことに康介自身は気づいていないことも可笑《おか》しかった。

私に対しても、康介はいつも正直だった。機嫌がいいときも、怒っているときも、心ここにないときも、康介の目を見れば、すぐにわかった。

まだ十日も経《た》っていないのに、康介を懐《なつ》かしく思う。でもきっと、康介と二人でいると息苦しくなる自分のこともわかっていた。現にこうして康介のいない時間を過ごしていると、どれほど心が安らぐか。私は痛いほど実感していた。

ねえ、トバちゃん。私って、恋愛逃避症なんだって。やんなっちゃうよ。

最後に一行書き加え、ノートを閉じると私は電気スタンドを消した。

第16話　トニーさんのギャラリー

「まったくやんなっちゃいますよねえ」と、若者は私の頭に指を突っ込んで、同じところを何度も揉《も》んだ。若者の指先は力強く、とても気持がいい。

「え？」

　顔の上に薄いタオルがのせられているせいで、私の声がくぐもった。

「この暑さ。異常ですよ。ぜったい地球が壊れ始めてると思うんです、僕」

「そうね」

　そうかどうかわからなかったが、なんとなく同意してしまう。一人で生活するようになってから、人と会話を交わす時間が極端に減った。仕事場でも挨拶《あいさつ》以上に話の弾む場面はほとんどないし、休日、家にいて、気がつくと一日中一言も口をきいていないことがある。美容院のような、社交会話の飛び交う場所にたまに来てみると、自分の口の動きが鈍っていることに気づかされる。

「お痒《かゆ》いところはございませんか」

若者の声が一段あがって、営業口調になった。こめかみのほうをもう少しと言いたかったが、とりあえず大丈夫ですと答えておく。当然、私がそう答えると、彼は予測していたのだろう。まもなく揉《や》むのを止め、続いて蛇口をひねる音がする。

「お湯の温度、大丈夫ですか。熱かったら言ってくださいね」

どうだろう。熱くはないと思う。

「大丈夫です」

大丈夫と思ってれば、たいていのことは大丈夫な方向に進むの。大丈夫じゃないと思ってると、大丈夫じゃない方向に物事は進んじゃうのよ、とトバちゃんがよく言っていた。

シャワーの温かいお湯が頭の隅々に優しく広がって、耳の後ろを流れ落ちていく。私は目を閉じたまま、大きく息を吸い込んだ。シャンプーの甘い匂《にお》いが鼻に心地よい。

「暑すぎますよね」

「いえ、大丈夫ですけど」

「いや、気温の話。外が暑いから、どうしても冷房ガンガンかけるじゃないですか。車も家もビルも。そうすると、室外機の熱気が外に吐き出されて、さらに気温が上がっちゃうんですよね。異常気象っていうか、これって都会の人為的猛暑ですよ、ぜったい」

シャンプー係の若者の文明批判は続く。ホントね、と私は適当に相づちをはさみながら、他のことを考えていた。

少し緊張していたと思う。異常気象より、生まれて初めてショートカットにすることのほうが、今の私にとっては重要な問題だった。

「どれぐらい、切っちゃう？」

シャンプー台から移動して鏡の前に座ると、いつもカットをしてくれる榊原君《さかきばら》が背中に立ち、鏡越しに訊《き》いた。

「うーん、どれくらいがいいと思う？」

榊原君は私の濡《ぬ》れた髪の毛をねじったり持ち上げたりしながら、

「島田さん、頭のかたちいいから、ショート、すっごい似合うと思うけど。でも初めてだよね。心配だったら少し長めに切っておこうか？」

「心配でもないけど。たとえばオードリー・ヘップバーンが『ローマの休日』に出てたときの髪型って、むつかしいの？」

「ああ、あんな感じにしたいの？　だったらすこーしパーマかけたほうが雰囲気出るよ。よし、パーマかけようよ。ゆるーく。大丈夫。ステキにしてあげるから」

榊原君が急に張り切り出した。横に控える気象評論家クンにパーマの用意をするよう指示し、ポケットから鋏《はさみ》を取り出して、まるでこれから格闘技でも始めるかのような腰つきをすると、鏡を睨《にら》んでポーズをつけた。

この美容室にはもう五年以上通っているが、今回ほど大胆に髪型を変えたいと言ったのは初めてだ。榊原君が張り切るのも無理はない。

私の黒い髪の毛が、肩を伝ってヒラヒラ落ちる。気持いいほどたくさん落ちて、床に積もっていく。ときどき気象評論家クンが箒《ほうき》とちり取りを持って集めにくる。よくこんなにたくさんの毛が頭に生えていたものだと感心する。

不思議なことに、もったいないとか寂しいとか、そういう気持は湧かなかった。子供の頃からずっと同じ髪型で、肩より少し長いか短いか程度の違いはあるものの、基本的にはセミロングのストレートを通してきた。髪型を変えようと思ったことはない。一度だけ、二十代の半ばに、トバちゃんと同じような短めのボブカットにした。しかしどう考えても似合わない気がして、それっきり短く切りたいと心が動くことはなくなった。

一通りのカットが終わると榊原君がピンクや黄色の細いロッドで、薬臭い液体を染《し》み込ませながら髪を巻き始めた。

「痛かったら、言ってね」

薄紙を挟んで器用にロッドを巻いていく手つきは美しい。気象評論家クンが隣に立ち、ロッドと輪ゴムをタイミング良く手渡していく。私の頭はどんどんピンクと黄色に占拠され、あっという間にマンガに出てくる起き抜けのおばさんみたいになった。

「じゃ、これでオカマかぶせますから、そのまましばらくお待ち下さいね」

起き抜けおばさん頭はすっぽりと大きなアクリル製カプセルのなかに収められた。

「ふふ、とっても楽しみぃ」

榊原君は身体《からだ》をキュッとくねらせて私にウィンクすると、鏡のなかから消えていった。彼の言葉の端々に、石橋道造先生に似た女性らしさを感じる。ゲイかしら。

正味三時間をかけてカットとパーマとブローを終え、完成した自分のショートカット顔を鏡のなかに見たときは、いいような悪いような、少し太ったような他人の顔のような、なんとも言えぬ違和感を覚えた。

「ほら、すっごくかわいい！　ぐっとあか抜けた感じよ、島田さん」

困惑している私を励ますかのように、榊原君は手鏡を使ってあらゆる角度から私の頭を映して誉《ほ》めちぎり（ということは自分の作品を誉めていることだと思うが）、気象評論家クンも他の従業員たちもレジの女の子も皆、口々に「かわいいですよお」と絶賛してくれた。私としてはどうひいき目に見てもオードリー・ヘップバーンと言うよりは、カミナリ小僧かミュージカルのアニーのように見えたけれど、それは榊原君の腕のせいではなく、私の顔の造りのせいだろうから文句は言えない。なるべく喜んだふりをして店をあとにした。

トニーさんは私の新しい髪型を見て何と言うだろう。切ったらきっと似合うよと言ったのはトニーさんなんだから。トニーさんに責任を取ってもらうことにしよう。

トニーさんが尾崎公園の脇《わき》のギャラリーで絵を展示していると知らせてくれたのはミシェルさんだった。先週、彼女から封書の手紙が届いた。和紙の便箋《びんせん》に、流れるような美しい毛筆でそのことが書かれていた。

〈暑い日が続いておりますが、その後、お変わりなくお過ごしでしょうか。いつぞやは突然にお邪魔して、そのままご挨拶もせずお暇《いとま》したこと、ずっと気になっておりました。あのときはやや感情的になっていて、まわりの方々のお気持も考えず、まことに無礼な態度を取ってしまい、心から申し訳なく存じております。

トニーとのことをこの文面にて細かくご説明するには少しばかりの勇気が要り、私の心にまだそのような覚悟が定まっておりません。いずれ必ずご報告できると思いますが、どうかその日までご容赦下さいますようお願いいたします。

ただ、一方的にご心配をおかけしておくのも心苦しく、また、トニーはきっと、あなた様にとても会いたがっているはずと思い……、彼はあなた様もご存じの通りの性格で、自分から「会いたい」などとは言い出さない男です……、彼の居場所をあなた様だけにはお伝えしておいたほうがよいかと思い、こうして筆をとりました。

トニーは今、茗荷谷《みょうがだに》の公園の脇のギャラリーで絵を販売しているそうです。実は私が直接、会って確認したわけではなく、古い知り合いが教えてくれました。いろいろな事情で私は今、彼に会いに行くことはできません。でも、トニーはきっと寂しがっているはずです。あなた様が訪ねてくださったら、どんなに喜ぶことでしょう。余計なお節介と承知しつつも、もしお時間とお気持がおありでしたら、どうぞ彼に会いに行ってあげて下さいませ。トニーのこと、今後ともよろしくお願いいたします。猛暑のなか、どうかご自愛のほど。かしこ〉

小ぶりの便箋《びんせん》三枚に亘《わた》るその手紙の終わりには、一行立てて、住所が記されていた。

文京区小石川五丁目　尾崎公園　東側

そしてそのうしろに、「島田ルイ様」、一行置いた下端に「ミシェル」と達筆のサインがされていた。

毛筆でカタカナのミシェルは、奇妙な感じがする。お茶室に招かれ出向いたら長身の外国人女性が振り袖《そで》姿で待ち構えていたような、あるいは明治時代の貴婦人が日本髪でワルツを踊っているような、なんとも言えぬ滑稽《こっけい》さが漂って、ちょっと笑ってしまう。

私より歳《とし》若く、ファッションモデルという洋風の仕事をしながら、ミシェルさんはどこでこんな書道の技を身につけたのだろう。敬服する一方で、不可解でもあった。なぜミシェルさんはわざわざ私に毛筆で手紙を寄こしたのだろう。誰に手紙を書くときも毛筆と決めているのだろうか。トニーさんのことを、トニーと呼び捨てにしている。まるで自分は、この男にもっとも近い存在であり、毛筆で手紙を書けるほどの教養を備えた出来のいいオンナなのよ、と私に当てつけているようにも思える。

「そりゃ、そうなんだもん、しかたないよ」

私は自分を叱《しか》りつけた。せっかく親切にトニーさんの居場所を教えてくれているのに、対抗意識なんか燃やしてどうする。私はトニーさんの妻でも恋人でもない。私にとってトニーさんはトニーさんであり、ミシェルさんにとってトニーさんはトニーなのだ。そういうことだ。

「でもちょっと、嫌な感じよね」

もう一人の私が小さく反論し、私は、そうだそうだと深く頷《うなず》いた。

地下鉄を茗荷谷駅で降り、階段を上がったところでもう一度、ミシェルさんの手紙を開いた。

尾崎公園　東側
すいぶん大ざっぱな住所である。こんな地名があるだろうか。私は駅のそばの文房具屋さんで尾崎公園の場所を尋ねた。

「公園の東側に画廊があるって聞いているんですが」

その質問に文房具屋のおばさんは「さあねえ、公園は知ってるけど、近くにそんな画廊、あったっけねえ」と首を傾《かし》げた。

「わかりました。とにかく公園に行ってみます」

私はおばさんに礼を言い、教えられた道を足早に歩き出した。せっかく訪ねたのにトニーさんは今、帰ったところだなんて言われたら悔しい。携帯に電話してみる手はあったが、驚かせたい気持も働いた。

公園はほどなく見つかった。さて東側はどっちだろう。とりあえず公園のまわりを一周してみれば、きっとそれらしき画廊も見つかるだろう。園内から子供たちの歓声が聞こえる。噴水でもあるのだろうか。水の流れる涼やかな音もする。緑のせいか水のおかげか、公園のなかからそよぐ風がさわやかだ。案外、古い公園なのかもしれない。四方を交通量の多い自動車道に囲まれているが、園内のケヤキや桜やトチノキなどはいずれもかなりの古木である。もしかして、昔はどなたかお金持ちのお屋敷の庭園だったのかもしれない。

ほぼ一周してみたが、それらしき画廊は見当らなかった。立ち止まると汗が一気に噴き出した。見落としたのかしら。そう思い、もう一度歩き出そうとしたところ、

「なにしてんの、そんなとこで」

公園のなかから声がした。振り向くと、垣根の隙間《すきま》からトニーさんが覗いている。

「やだもう、そんなとこにいたの？」

やだもう、やだもう、やだもうとトニーさんは私の口癖をくり返してからかったあと、

「おいで。入り口、あっちだから」公園の角を指さした。

私は走った。なかに入って砂利道を、さらに走ってトニーさんの立っている場所までたどり着く。

「よくわかったね、ここが」

「トニーさん、真っ黒」と私は笑った。

「そうでしょ。アフリカ人みたいでしょ」と、トニーさんも笑った。笑ってから見渡すと、あたりにトニーさんの絵がたくさん並べられている。地面にビニールシートを広げ、その上に大きな石を支えに立てかけられている絵、垣根の枝に紐《ひも》で引っかけられている絵、ただ無造作に積み上げられている絵。

「もしかして、トニーさんのギャラリーって、ここのこと？」

「そうよ、なかなかいいでしょ」

ほとんどが緑色におおわれた風景画だった。ここの公園の景色だろうか。木々の間で戯《たわむ》れる子供たちの絵、ベンチに腰掛ける老人二人、犬と歩く婦人。人間の表情はあまり細かくないけれど、色遣いや線のひき方が大胆で、力強いながら全体的にふんわりと優しい印象を受ける。女の人の肖像画もある。モデルはミシェルさんっぽい。あとは真っ赤な金魚が三匹泳いでいるガラス鉢の絵と、浴衣《ゆかた》姿の少女、木陰で昼寝をする猫一匹。さりげなく夏の風物詩も入れている。アトリエに残していったリンゴとスルメの静物画に似た構図の絵もあった。全部で二十三枚。ウチを出てからトニーさんはずいぶん精力的に絵を描いたものだ。

私はもう一度、ギャラリー全体を見回して、傍らのトニーさんの画架と描きかけの桜の木の絵を見てから、はっきりと答えた。

「うん。いい。すごくいいね」

本当にそう思った。トニーさんらしい。想像していたギャラリーとはぜんぜんイメージがちがったが、想像していた以上に気に入った。

「でも、ここで絵を売ってるの？　大丈夫なの？」

「あんまり大丈夫かどうかわかんないんだけどね。それがさ、ここらへん界隈《かいわい》を仕切ってる組長さんに気に入られちゃってさ。守ってもらってるから、今のとこ、大丈夫みたい」

そういうところもトニーさんらしい。見知らぬ怖い人にも好かれてしまう不思議な魅力がトニーさんにはたしかにある。

「切ったね」と、トニーさんが髪の毛に気づいた。私は慌《あわ》てて頭をなで回し、そうなの、ヘン？　と尋ねてみる。トニーさんは私の頭を優しく触って、「かわいいよ。クリクリしてて。とってもかわいい」と満足そうに笑った。

それから私は日が暮れるまで、トニーさんの隣に座って、絵を売る手伝いをした。売ると言っても簡単に売れるものではない。ほとんどの人は私たちを遠巻きにして、珍しいものでも見るような目でしばらく観察し、そして去っていく。外国人の観光客らしき三人が何やら話しかけてきたとき、トニーさんは平然と、「ア、ウイ」なんて愛想よく答え、画用紙を広げ始めた。

「なんて言われたの？」私は訊《き》いた。

「似顔絵は描かないのかって。描いてやるよ、一枚千円だって答えてやった」

「やったあ」と私は小さく声を上げ、トニーさんと握手した。

三人のうちの一人の女性が、トニーさんの差し出した折りたたみ式の椅子《いす》に座り、斜めに構えて笑顔を作った。金髪を頭のうしろに小さくまとめ、顎《あご》を少し突き出す。真っ白い薄い生地のワンピースが太陽に反射してまぶしい。ノーブラなのか、胸のかたちが外からもはっきりとわかる。きれいな人だ。ワンピースに負けないほど透き通った白い額に、薄く汗をかいている。トニーさんはその顔をじっと見て、おもむろに鉛筆を握った。私はうしろに立って、筆の動きを目で追った。残る二人の外国人はしばらく横で見学していたが、モデルになっている女性に一声かけると、公園を出て行った。

その後しばらく静寂が訪れた。蟬《せみ》の鳴き声が公園じゅうに響き渡っている。ときどきトニーさんが女性にフランス語で話しかけ、女性は高めの声で軽やかに笑いながら応《こた》えている。トニーさんがこんなにフランス語が上手だったとは知らなかった。この公園が、モンマルトルの丘のように見えてきた。

　日が傾いて、少し気温が下がったのか、風が涼しくなってきた。いつのまにか子供たちの歓声は止《や》み、蟬に混じってカラスの鳴く声がこだまする。フランス女性が私に視線を向けながらトニーさんに話しかけ、トニーさんは外国人のように肩をすくめて応えた。

「なんて言われたの？」と私は小声で訊く。

「うしろの若い女性はあなたの恋人かって訊かれたから、もちろんそうだって答えただけ」

「やだもう」私はトニーさんの腰を突っついた。

　描き上がった似顔絵は、抜群に似ているとも思われなかったが、フランス女性は渡された絵を見てとてもうれしそうに笑った。ちょうど戻ってきた二人の男性にも披露して、何度も「トレビアン」を繰り返し、トニーさんと握手をして去っていった。

　フランス人から稼いだ千円と、その日売れた団扇《うちわ》（トニーさんは無地の団扇にも絵を描いて売り物にしていた）五枚の代金二千五百円、合計三千五百円を握り、私たち二人はとりあえず冷たいビールを飲みに行くことにした。ギャラリーをたたみ、すべての絵と画材道具をビニールシートで巻いて、公園の隅にある図書館の裏手に運んだ。泥棒に盗まれる心配はないのと訊くと、盗まれるほどの価値があったら万々歳だとトニーさんは言った。

「ふうん」とトニーさんが、ビールのジョッキについた水滴を指でこすりながら、さして驚く様子もなく呟《つぶや》いた。ミシェルさんから手紙が届いたこと、そのなかにトニーさんのギャラリーの住所が書かれていたこと、その手紙が毛筆だったことや、とても美しい字だったことも話したが、ほとんどすべての私の話にトニーさんは、「ふうん」とだけ反応した。

「ねえ?」と私はビールの力を借りて訊いてみた。

「ミシェルさんって、トニーさんの奥さんなんでしょ?」

「ま、だいたいね」

「だいたいってことは、ないでしょ」

そう言って、トニーさんの肩を思い切り叩《たた》いてやった。笑いがこみ上げる。ちょっと酔っ払っちゃったみたい。でも気持いい。

私たちはオープンキッチンのカウンター席に並んで座っていた。「ビールと洋食のうまい店」という名のこの店は、トニーさんの台所代わりになっているという。まだ七時前のせいか、私たちの他に客の姿はない。

「トニーさん、振られたって言ってたけど、本当はそうじゃないんじゃないの？」

返事はない。隣人は黙って煙草《たばこ》を吸い、灰皿に灰を落とし、そしてジョッキを口に運ぶ。私もつられてビールを一口、胃に流し込み、おつまみの枝豆をさやから押し出して口に放り込んだ。

ねえと私はしつこくトニーさんの腕を揺する。ミシェルさんのとこに、なんで戻ってあげないの？

「お、今日はまたべっぴんさんとご一緒で」

キッチンにいた男が一人、ゆったりと近づいてきた。白いコック服に身を包み、見るからにおいしそうな、ふくよかな体型をしている。この店の主人らしい。

「隅におけないねえ、トニーさんも」

太い腕をまっすぐ伸ばし、私に向かって「どうも」と握手を求めてきた。

「ダメだよ、勝手に触るな。大事な人なんだから」

トニーさんがその男の腕を振り払い、そのまま私の手の上に自分の手をのせた。

「わかったわかった。触らないよ。それより、ガスパチョ作ったんだけど食べない？

うまいよ」

「いいねえ。ちょうだい。それと、俺はハンバーグ定食。ルイちゃん、何がいい？」

「ええと、どうしよう。じゃ私は、ボルシチにしようかしら」

パンつけますかと、コック長に訊かれ、はい、お願いしますと答える間も、トニーさんの手は私の手の上にのったままだった。

「では、少々お待ち下さい」

コック長が慇懃《いんぎん》に頭を下げ、ガス台のほうへ去っていったあと、私の身体《からだ》は少しずつトニーさんの肩に向かって傾いた。身体の熱気が伝わってくる。なんて気持がいいのだろう。酔っ払っているからしかたない。

「康介《こうすけ》、京都なんだって？」

手の甲から重みが消え、一瞬、酔いが醒《さ》めた。

「なんで知ってるの？」

「電話があった。喧嘩《けんか》でもしたのか」

手はもう重ねられていない。トニーさんの手には、私の手の代わりに煙草《たばこ》が握られている。

ちょっとだけね、と私は答え、思いついた。「ミシェルさんとのこと話してくれたら、私も康介とのこと、話す」

「じゃ、いいや」とトニーさんはあっさりあきらめた。そんなに自分のことを話したくないのか。でもいい。そのほうが、私にとってもいいのだと思う。こうして久し振りにトニーさんと会って、こんなに平穏な休日を過ごせたことのほうがずっと大事なんだと思い直す。

　ボルシチはおいしかったが、なんといっても感動したのはガスパチョだった。簡単だよ、作り方、教えてあげようとコック長がレシピをメモし、老眼鏡をかけてそのメモを見ながら、丁寧に説明してくれた。

「いいかい。まず材料は、トマト、玉ねぎ、キュウリ、セロリ、赤ピーマンと黄ピーマンと、ニンニクだ。それらを適当に切ってミキサーにかけるんだけど、そのとき、オリーブオイルと酢、それと塩、胡椒《こしょう》だろ、あとレモン汁少々と、パン粉少々だな。分量？　分量は適当でいいの。人それぞれで好みの味はちがうからさ。ただし、あんまりミックスしすぎると、ねっとりしちゃうからね。ほどほどに、野菜の粒が多少残ってるくらいでいいの。いちばん大事なのは、ミックスしたあと、よーく冷やすこと。生ぬるいガスパチョなんて、そんなまずいもんは、この世の中にないよ。ガスパチョってもんは、ギンギンに冷えてないと意味がない。それだけ気をつければ、誰でもできる。ま、作り方はそんなもんかな」

コック長の解説が一段落すると、横で、トニーさんがニヤニヤ笑い、こんなもんで金取ってるんだから楽な商売だなとからかった。

トニーさんはきっとどこにいてもこういう調子でその土地に馴染《なじ》んでしまう人なのだと思った。

店を出ると外はだいぶ涼しくなっていた。家々の軒先には小さな植木鉢が所狭しと並び、どこからともなく軽やかな風鈴の音が聞こえる。私の住んでいる世田谷のはずれとは、だいぶ風情《ふぜい》がちがっていて面白い。

「ずっとここにいるんですか？」

歩きながら訊いてみた。

「さあ、どうだろう」

「もう、ウチには帰ってこないの？」

少し甘ったれた訊き方をしてしまった気がして、直後に恥ずかしくなった。トニーさんは口と鼻から煙を吐き出しながら、軽く笑った。

「なんで笑うんですか？」

今度は拗《す》ねてみる。

「大丈夫だよ。ルイちゃんのことは、ずっと大事なんだから」

トニーさんのお世辞にはときどきドキッとさせられる。ずっと大事という、その位置づけがよくわからない。

「じゃ、ミシェルさんは？」

挑戦的な質問だ。でも撤回不能。

「あいつは……、大事だったんだけど」

「過去形なの？」

さらに追い打ち。もう止まらない。

あのさ、と、トニーさんの足が止まった。私も足を止める。私たちは路上で向き合った。煙草を持つトニーさんの手が、何かをためらうかのように、上がったり下がったり、上がったり下がったり。もしかして……、と私は思う。もしかして、トニーさんは私のことを……。突然、袖《そで》なしTシャツからむき出した私の太い腕が引っぱたかれた。

「痛っ！」

「ほら、こんなに吸ってるよ」と、トニーさんは血にまみれてペチャンコにつぶれた蚊の死骸《しがい》を私の目の前に突きつけた。

「ありがと」

そう言った私の顔は少しふてくされていたかもしれない。トニーさんはもてあましたかのように顔をしかめると、また言った。

「大丈夫。ルイちゃんは、そのままでいいんだよ。ほら、もう駅だ。気をつけて帰りなさい。また電話するから」

私はトニーさんに何を求めていたのだろう。ただ甘えたかっただけなのか。グチを聞いてほしかったのか。今日、トニーさんと過ごした時間に自分のした行動、発した言葉の一つ一つを、ガランとした深夜の地下鉄の座席に座ってから思い起こし、自己嫌悪《けんお》に陥った。一人になってみると、けっこう酔っ払っていたことに気づく。ドアの横に立つ若いカップルが人目を憚《はばか》らずチュッチュと何度もキスをしている。男の手が女のお尻《しり》にまわった。

また電話するからと言っても、きっとトニーさんは電話をしてこないだろう。康介もトニーさんも、結局、私から逃げていく。なんだかみじめ。大丈夫って、人に言うときは、大丈夫じゃないってことなのだ。

家に着くと、勝手口の前に座り込んでいる人の影があった。

「やだ、トバちゃん！　どうしたの、こんなとこ座り込んで」

上げた顔の、なんと悲しそうなこと。私と認めるや、トバちゃんは両手を上にかかげて、「アーン」と子供のように泣き出した。

「どうしたのよ。なんかあったの？」

何を訊いても泣きじゃくるばかりだ。しかたなく、私はトバちゃんを抱えて鍵《かぎ》を開け、家のなかに引きずり込んだ。

「今、クーラー入れるから。とにかく手と顔を洗ってきたら。汗でべとべとだよ、トバちゃん」

トバちゃんは、ボストンバッグにもたれて勝手口に座り込んだまま靴を脱ごうとしない。

「ほら、何やってるのよ、早く上がれば。どうしたのよ、突然。奄美《あまみ》大島でなんかあったの？　水谷さんは？」

たちまちトバちゃんが、さらなる大声で泣き出した。ついでにしゃっくりが出始めた。泣くのとしゃっくりとで忙しいのに、その合間をぬって何かを言いたそうである。

私は洗面所からタオルを持ってきて、タオルと麦茶を手渡す。

「そんなに泣くと、呼吸困難になっちゃうよ」

「水谷さんがね……」

「水谷さんが、どうしたの？　また倒れたの？」

「ちがうの、水谷さんがね」

「うん、水谷さんが？」

「浮気しやがったの」

ええっという私の奇声は、トバちゃんの泣き声にかき消された。

第17話　浮気の始末

この家で、トバちゃんと私の二人の生活がふたたび始まった。

朝、パジャマ姿のまま二階から降りてくるとトバちゃんは食卓で新聞を読んでいたり、庭の水まきをしていたり、あるいはトーストをかじっていたりする。私は洗面所へ直行し、歯を磨いて顔を洗って、それから冷蔵庫を開ける。ほとんど同時に、パン焼けてるよとトバちゃんの声がして、いらない、もう時間ないからと私が応《こた》え、冷蔵庫から牛乳を取り出したところでトバちゃんに腕をつかまれて無理矢理、椅子《いす》に座らせられる。

「だめ。晩を抜いても、朝、抜くな。ウサギ抜いても、カメ抜くな」

同じだ。前とぜんぜん変わっていない。意味わかんないし。長年繰り返していた朝の習慣が復活している。トバちゃんが留守の間の、トニーさんと康介《こうすけ》と三人で暮らしていたあの五ヶ月間が、まるで夢のなかの物語のように感じられる。

出かける支度をして再び階下へ降りていき、勝手口に置いてあるゴミ袋をつかんでドアを開ける。

「行ってきまーす」

「ゴミ、お願いね」

「わかってる」

ちがっていることが一つだけあった。ドアがギイギイ鳴かない。康介が直してくれたおかげだ。朝と夕方、勝手口の扉を開けるたび、私の頭に康介が蘇《よみがえ》る。キス魔の康介の迫ってくるときの顔がふわりと浮かぶ。真面目《まじめ》ぶったあの顔はなんとも滑稽《こっけい》だった。でもかわいかった。

康介からはまだ連絡がない。きっと私とのことなどケロリと忘れて、東高辻《ひがしたかつじ》君の仕事に熱中しているのだろう。これでよかったのだと私は思う。もしあのまま康介との疑似新婚生活を続けていたら、もっと後味の悪い別れ方をすることになっただろう。そういう予感はあった。康介自身にとっても京都行きは、人生立て直しの貴重な体験になっているにちがいない。あれ以上お肉屋さんのバイトを続けていたら、そうでなくても僻《ひが》みやすい性格がもっとねじけていたに決まっている。

私は？　と、私は考える。私は大丈夫。康介とのことは、日一日、懐《なつ》かしい思い出になりつつある。スネ夫のときもそうだった。別れた当初は思い出すたび胸のあたりがちくちく痛んだが、不思議にだんだん呼吸が楽になっていった。薄紙を剝《は》がすように。こんなに黒くしたら二度と回復しないだろうと思っていた日焼けが、知らず知らずのうちに白さを取り戻していくように。時間という薬は、なんと偉大であることかと、嫌なことから立ち直るたびに感動させられる。でも、小さなシミは、いくつか残るのね。

「そういえば、康ちゃん、どうしたの?」

トバちゃんが康介のいないことに気づいたのは、帰宅して一夜明けてからであった。いつのまにトバちゃんは康介のことを、康ちゃんなんて呼ぶようになったのだろう。

「あー、康介? それが、京都、行っちゃったの。友達に誘われて……」

そこまで言いかけたとき、トバちゃんが顔をくしゃくしゃにして突進してきた。

「まさか、あんたも……」

嗚咽《おえつ》しながら私の肩を力強く抱き寄せ、

「おお、ルイ。苦しんだのね、こんなに瘦《や》せ細っちゃって」

そんなに瘦せてはいないと思うけど。

「オトコなんてね。ろくな動物じゃないよ。自分の欲を満たすためならなんだってやるんだから。裏切るのが商売みたいな生き物よ。あんなもん信じて生きてちゃ、オンナは腐ります。勝手なオトコのことなんて忘れなさい。つらいだろうけど、いっときの辛抱だからね」

そういうことかなあ。だって康介は別に浮気したわけじゃないし。まあ、ちょっとゴタゴタはありましたが、水谷さんのケースとは、ちがうんじゃないかなあなんて、口に出したらトバちゃんはもっと泣くかもしれないので、ほどほどに頷《うなず》いておく。

この家に帰ってきてからというもの、トバちゃんはため息をつくことが多くなった。テレビを観《み》ていてメランコリックなメロディの、前奏が聞こえてきただけで、オイオイ泣き出したりする。号泣に近い泣き声をあげながら、あたし、涙腺《るいせん》がいかれちゃったみたいと、突然、笑い始めたりもする。かわいそうなトバちゃん。若い頃からずっとこの家に籠《こ》もって、姪《めい》の私の世話に明け暮れて、五十九歳になってようやく摑《つか》んだ幸せだったのに。どうやって慰めればいいのか見当がつかず、とりあえず明るく接するよう心掛けた。

でも実際のところ、トバちゃんの話にどれほどの信憑性《しんぴょうせい》があるのか、あやしい部分もあった。なぜ水谷さんの浮気に気づいたのかを問い質《ただ》すとトバちゃんは、それはオンナの第六感、ピンと来たの、ぜったいあれは浮気です、と言い張るばかりで具体的な証拠がちっとも出てこない。唯一《ゆいいつ》トバちゃんの話に納得が行ったのは、水谷さんが開設した名瀬市内の臨時診療所に、『介護イキイキ会』の会長を名乗る、正義感に燃えたぎったオンナが現れたことである。元看護婦で、奈良出身の三十七歳。そもそもボランティアのつもりで始めた町の介護活動だったが、彼女に賛同する協力者が増えるにつれ、国の介護政策にも疑問を深め、今は全国各地を回って独自の介護システムの普及活動をしている、いわばＮＰＯなのだそうだ。バリバリの関西弁で、「そんなごっつい会、ちゃうんですぅ。だから会長なんて呼ばんといてください。私、希実《きみ》、ゆうんですけど、小さい頃からキイちゃん呼ばれてたんで、皆さんも私のこと、キイちゃんって呼んでくれはったらうれしいんやけど」と、キイちゃん、キイキイキンキン、毎日、水谷さんのところに通ってきて、トバちゃんの言葉によれば、水谷さんを籠絡《ろうらく》したというのだ。あれは『介護イキイキ会』じゃなくて『介護キイキイ会』だよ、押しつけがましくてたまらないと吐き捨てるようにトバちゃんが言う。トバちゃんの恨みは止《とど》まることを知らず、

「あのオンナ、隣にいる私のことを完全無視して水谷さんとベッタベッタ、お米粒で作った糊《のり》みたいに粘着質な声で何時間も話し込んで、いやらしいったらありゃしない。だいたい介護の話をしにくるときに、なんであんなミニスカートはくの。はいてるん

ですよ、そのオンナは。うす汚い膝小僧《ひざこぞう》、水谷さんのほうに突き出して。ときどき足広げたりして。元看護婦なんて嘘《うそ》に決まってるわ。たとえそうだったとしてもロクな看護婦じゃなかったね。医者か患者と色恋沙汰《ざた》起こして、病院を追っ払われたに決まってるよ」

そうなの？

「知らないけど、絶対そうよ」

でも、今やってる介護活動自体は、どうなの、インチキくさいの？

「あーあ、話にならないね。なのに水谷さんったら、まんまと騙《だま》されて。またそのオンナの言ってることがいかにも正しそうに聞こえるのよ。介護に関わる人間は、とかく被介護者を赤ちゃん扱いしがちだけれど、あれがいけないんですだって。高齢の人はどんなに身体《からだ》が弱って動けなくなっても自尊心は人一倍高い。女性の場合は、恥ずかしいとかきれいに見られたいっていう女心を失ってないものだ。それなのに、まるで口もきけない赤ん坊を相手にするみたいに、はい、お尻拭《ふ》きまちゅからねえ、パンツ脱ぎまちょうねえなんて、バカにされた気がして精神的ダメージを受けやすいのです。そうするとますます心を閉ざし、回復するはずの身体まで回復しなくなる。まず、高齢者に敬意を払う。長幼《ちょうよう》の序《じょ》が大事。人生の先輩として尊敬の気持を持って接しないかぎり、本当のお世話にはなりませんとかなんとか言っちゃってさ」

いいこと言うじゃない、キイちゃん。

「だから騙されるのよ。そういう調子でどんどん水谷さんの仕事場に入り込んできて、これから『県境なき医師団』と『介護イキイキ会』と一緒に活動していきましょうだなんて」

ここでトバちゃん、ひとしきり泣く。頃合いを見計らい、で、一緒に活動することになったのと尋ねると、

「そんなの、無理に決まってるわよ。そりゃ介護も大事だけど、こっちは老人相手だけじゃないんだから。子供たちも若い人も、お医者さんを必要としている人はいっぱいいるんです。そっちだけにかまけてたら、もともとの『県境なき医師団』の精神がずれていってしまうじゃないの。私は反対しました。断固、反対だって、水谷さんに言いました」

そしたら？

「そしたら水谷さん」と、ここでトバちゃん、また涙声になり、「『僕はそうは思わない』って。あんな言い方、私に対してあんなきつい言い方、水谷さん、今まで一度もしたことないのに」

話はここで途切れた。つまりその一言が、トバちゃんに「水谷さんが浮気をした」と確信させている所以《ゆえん》なのである。

トバちゃんが帰ってきて五日目の夕方、仕事場から戻ってくると玄関の前に水谷さんが、着ているブルーのシャツより青白い、憔悴《しょうすい》した顔で立っていた。あら、水谷さん、お久しぶりと、笑顔で挨拶《あいさつ》するのもヘンだし、さりとて私が水谷さんに冷たくする謂《い》われもない。

「まあ、どうぞ、お上がりください」

玄関を開けようとしたら、鍵《かぎ》がかかっている。あら、じゃ、勝手口のほうへと、水谷さんを促すと、

「いえ、あちらも閉まってます。会ってくれないんです、トウコさん」

見ると水谷さんが右足を引きずっている。おまけにベージュのズボンの膝のあたりに血がにじんでいるではないか。

「どうしたんですか」

「いえ、そのぉ、さっきトウコさんとお勝手口の扉を挟んでもみ合ったときに、そのぉ、トウコさんに蹴《け》られて、その拍子にミカン箱につんのめって、向こうずね打っち

やって、そのぉ」

医者のくせに、お腹《なか》を壊したり怪我《けが》をしたり、忙しい人である。まあ大丈夫ですかと案じながら、こみ上げてくる笑いを堪《こら》えるのがつらかった。

勝手口に回るとなるほどミカン箱に入れてあったスコップや植木鉢などが庭に散乱している。ごめんなさい、散らかしちゃってと水谷さんが、膝を辛《つら》そうに折って片づけ出した。

「いいですから、あとでやりますんで」

それより問題はトバちゃんである。

「トバちゃん、あたし。ルイです。開けてよ」

返事がない。

「いるのはわかってんのよ。開けてくれないなら、こっちから鍵で開けちゃうよ。水谷さん、怪我してるんだから」

しばらく耳を澄ますが、家のなかからは何の物音もしない。

「せっかく会いに来てくれたんだから話ぐらい聞いてあげればいいじゃない。ねえ、トバちゃん、聞こえてるんでしょ」

あまり大声を出すとご近所に聞こえそうで気が引ける。もう待てない。私の鍵で開けてしまおうと思ったとき、なかから錠をはずす音がした。

「もう、トバちゃんったら」

トバちゃんはこちらを見ようとしない。熟したトマトのような破裂寸前の顔で俯《うつむ》いたまま、

「水谷さんはダメ。入らないで！」

早口できっぱりと言い切った。

「トウコさん、お願いです。僕の話も聞いてちょうだい」

水谷さんは白く弱々しい腕で扉を押さえて必死の形相だ。対するトバちゃんは、水谷さんと言葉を交わすのも不愉快と言わんばかり。頭を激しく振り回し、もはや無差別爆撃態勢でわけのわからないことをわめき散らしている。

「ねえ、トウコさん。誤解ですよ。なんでそんなに怒ってるの？　僕が何か悪いことした？　したのなら謝るから。話し合いましょうよ、ね、トウコさん」

トバちゃんのわめき声の隙間《すきま》をぬって、水谷さんが説得にかかる。トバちゃんに負けまいとするので水谷さんの声もしだいに大きくなっていく。

「あのー、お取り込み中ですが、ご近所に聞こえたら、ちょっと恥ずかしいから、とりあえず家のなかに入りませんか」

私の提案に、興奮し切ったトバちゃんがゼーゼー呼吸しながらしぶしぶ頷き、弱り切った水谷さんを顎《あご》で招き入れた。

その後、私の立ち会いのもと、ほぼ一時間にわたって二人の話し合いは比較的穏やかに展開された。水谷さんの言い分を整理すると、まずすべてはトバちゃんの思い過ごしであり、キイちゃんという女性とは何もないし、手を触れたこともない。ただ、彼女の介護に対する考え方と行動力に興味を持ったのは事実らしい。

医師として学ぶべき点も多いので、しばらく一緒に活動をしてみてもいいのではないかと思っただけ、です、でももう断ったから、あの方（水谷さんは敢《あ》えて距離を置いた言い方を選んだ）は僕の結論を快く理解してくれて、昨日あたり奄美《あまみ》大島を出て、沖縄に行ったはずです、だから心配することは何もないの、僕はトウコさんがいないと生きていく気力が湧《わ》かなくなっちゃうんです、トウコさんがいないと仕事が手につかないんです、トウコさんがそばにいてくれるからこの活動を続けられるんです、だから、どうか僕のもとに戻ってきてください、とそんなような口調と内容だった。

横で聞いていた私はけっこう感動した。気の弱そうな水谷さんが、ここまで論理的に切々と愛情を訴えられる男だとは思ってもいなかった。そして、この人は本当にトバちゃんのことを大事に思っているんだとわかって、私の水谷株は急上昇した。

「いいなあ、トバちゃん。こんなに愛されて」

私は椅子《いす》の背に身体をもたせかけ、両手を上げて伸びをしながらしみじみ言った。

「ふん、なに言ってんの。そんなの、詭弁《きべん》に決まってますよ。罪滅ぼしに言ってるだけでしょ。そんな言い訳に、あたしは騙されませんからね」

完熟トマトは涙に震える声で言い放つと、水切りにかぶせてあった布巾《ふきん》をつかんで顔じゅうをがむしゃらにこすった。

その晩、水谷さんはトニーさんのソファで寝て、翌朝九時発の飛行機で奄美大島に帰っていった。トバちゃんは同じ部屋に招き入れるほど、そして一緒に旅立つほど、まだ水谷さんを許す気分にはなっていないらしい。怒りの余韻を残しながらも水谷さんの食事を作ったり寝床を整えたりするトバちゃんの姿には、しかしどことなくうれしそうな様子も窺《うかが》われた。気持が安定するまでもう少しトバちゃんのそばにいてあげたらどうかと、こっそり水谷さんに勧めたが、患者さんが待っているからと、水谷さんは情けなそうにフョフョフョと笑った。前日の男らしいイメージは、一夜にして、消え去った。

「あら、あんた、髪、切った？」

トバちゃんが私の新しい髪型に気づいたのは水谷さんが帰ったあとである。

「今頃気づいたの？」

「だって……」

だって昨日までは人生最大の危機を迎えていたんだもん、自分のことで精一杯だったのよ、とトバちゃんは肩をすくめた。じゃ、危機は乗り越えたってわけねとからかうと、まだ完全にアイツを許したわけじゃありません、とカールのかかった私の毛先を物珍しそうに触りながら、トバちゃんはわざと怒ったふりをしてみせた。

水谷さんは次の日から、毎晩きっかり九時に電話をかけてきた。トバちゃんの恋は、一年以上過ぎてもまるでティーンエイジャーの初恋のようである。電話のコードを人差し指でいじりながらかわいい声で相槌《あいづち》を打っているトバちゃんは、とても還暦を迎えたとは思えない。これだけ大事にされりゃ、女として悪い気はしないだろう。水谷さんも案外、マメな人だと感心する。と同時に、もしかして本当は浮気をしていたんじゃないかという気がしてきた。そうでなければこれほど献身的にトバちゃんのご機嫌取りをするだろうか。

オトコが急激に親切になるときは、後ろめたいことがあるからよ。

昔、奈々子《ななこ》が何気なく呟《つぶや》いた言葉を思い出す。あれは実体験から発せられたとしか思えない説得力のある言い方だった。

九月に入ってまもなく、奈々子から電話がかかってきた。

「十月二十日の水曜日、空けといて。講演会は午後六時から一時間半。そのあと私たちとのお食事会は八時ぐらいからになるかしら。でもルイ、講演会から来てくれるでしょ。場所はフェニックスホテルの宴会場。あそこは主人が内装を請け負って全館リニューアルしたばかりだから、何かとコネが効くの。すごくモダンになったわよ。歴史あるホテルだったから、あそこまで現代的にするのは、主人もちょっと勇気が要ったみたいだけど、お客様にはとっても評判がいいんですって。とにかく忘れないでね、十月二十日。絶対空けといてよ」

言うだけ言って奈々子は電話を切った。私は電話機の横にかかっているカレンダーをめくり、十月二十日のところに「奈々子、下品小説家、食事会」とボールペンで小さく書き込んだ。

康介は来るのだろうか。前回と同じメンバーでと奈々子は言っていた。だとすれば彼を誘わないはずはない。その件について奈々子は何も触れていなかった。食事会だけのためにわざわざ京都から来るのは大変だろう。康介は断るかもしれない。私に会うのは気まずいと思っているかもしれない。

でももし康介が来ていたら、私は動揺するだろうか。ちょっと動揺すると思う。でもちょっと動揺したあとに、「よっ、久しぶりっ！」と手を挙げて、友人らしく再会したい。あと一ヶ月半。それまでに身体と精神を鍛えておこう。

やっぱり私は逃避しているのだろうか。

トバちゃんを見ていると、自分とは感情の出し方が根本的にちがうことに気づかされる。私は今まで人を好きになって、あれほどおおっぴらに嫉妬心《しっとしん》を露《あら》わにしたことはない。

嫉妬するなんてカッコ悪いとずっと思っていた。だから私は嫉妬する心をずっと押さえつけてきた。嫉妬心がないのではなく、他人にその気持を見透かされるのがイヤだった。

トバちゃんはちがう。真正面から爆発させた。その姿が醜かっただろうか。わからない。トバちゃんはああいう奔放な性格だから許されるのかもしれない。

トバちゃんと水谷さんはすっかり仲直りをしている。喧嘩《けんか》したおかげで、今までよりさらに信頼を深めたように見える。私も思っていることを洗いざらい康介にぶちまけたほうがよかったのだろうか。そうすれば、こんな中途半端《はんぱ》な気持にはならなかったかもしれない。

トバちゃんは結局、二週間ほど滞在してふたたび水谷さんのいる奄美大島に戻っていった。またしばらくお別れだからとトバちゃんは最後の夜、私のために特別の鶏《とり》ガラスープご飯を作ってくれた。といってもこの二週間で鶏ガラスープを食べるのはこれで三回目なのだけれど、最後のは奄美スペシャルだそうで、スープの出汁《だし》には鶏ガラだけでなく豚の骨付き肉も使った。さらにニンジン、椎茸《しいたけ》、大根、きくらげ、トマト、じゃがいもなど野菜をたっぷり入れ、ご飯粒がどこにあるのかわからないほど具だくさんの白濁スープご飯ができあがった。

「どう、おいしい？　奄美大島で仲良しになった中国生まれのおばあちゃんに教えてもらったスープの取り方なのよ。奄美風というより中国風かね。これに金華ハム入れるのが本式らしいけど、手に入らないからね」

「すごいすごい、じゅうぶん本格的。トバちゃん、腕を磨きましたねえ」

トバちゃんは満足そうである。でも、たしかに玄人《くろうと》はだしのエキゾチックな味わいだが、濃厚過ぎて、本当のところ、いつもの鶏ガラスープのさっぱり味のほうが好みだなと、秘《ひそ》かに思った。

スープご飯だけでお腹がいっぱいになり、他にトバちゃんが作ってくれたキャベツの即席漬けと茄子《なす》のおかか炒《いた》めと、走りの秋刀魚《さんま》の塩焼きと冷や奴《やっこ》。全部はとても食べきれないと、食卓に並んだお皿を見つめながら逡巡《しゅんじゅん》していた矢先、

「あ、よかった、間に合った」

息せき切った肉屋の親父《おやじ》さんが勝手口から現れた。

「トバちゃん、さっきのおつり。細かい金、切らしちゃって払えなかったのよ」と親父さんは私に説明し、

「明日、出発するんでしょ。だからこれ。揚げてないハムカツ、冷凍にしといたからさ。このままあっち持ってって、揚げて食べて」

「あらま、こんなにいっぱい？」

「ま、冷凍庫に入れときゃ持つからさ」

「すいませんねえ、気を遣っていただいちゃって」

トバちゃんが箸《はし》を持ったまま一礼した。

「それとさ、こっちはルイちゃんに。今、揚げたばっかだから。熱いうちに食べてよ」

「いや、うれしい……」

うれしいが、苦しい。親父さんは、私がアツアツハムカツの包みを開けて、食べ始

めるのを待っている。頑丈そうな片手を流しの縁にかけ、三和土《たたき》のところに立ったまま、赤ら顔でニコニコこちらをずっと見ている。

「どうぞ、あがって」

「いや、すぐ帰んないと、ウチも晩飯待ってるからさ」

私は薄いハムカツ一枚にかぶりついた。満腹でもやっぱりおいしい。私は口にハムカツをほおばりながら、右手の親指を立てて親父さんのほうに掲げた。そういやさ、と肉屋の親父さんが、麦茶を飲みながら話し出す。

「こないだ、トニーさんから現金書留が届いてさ。貸してた二千円、送り返してきたよ。律義《りちぎ》だね、あの人。なんか今、九州の田舎に帰ってんだって？　大分出身なんだってね」

トニーさん？　とトバちゃんの反応は早かった。

「トニーさんって、あたしの留守中、このウチに住んでたって人？　その人も出てっちゃったきりなの？　そういや見かけないとは思ってたけど」

そうだった。トバちゃんはまだトニーさんに会っていなかった。

「住んでた人？　そんな他人行儀な。お宅の親戚《しんせき》だろうが」と親父さん。危ない話になってきた。ハムカツをかじっている場合ではない。

「親戚？　誰が」

トバちゃんの顔に疑いの色が浮んだ。

「なんだ、トバちゃん、知らなかったの？」

「だからその、あれは父方のほうだから……ね、会ってないから、トバちゃんは」

「ああ、そうか。トニーさんはルイちゃんの父方の叔父さんかい。そうかそうか。トバちゃんとはあんまりつき合いなかったのか」

「ぜんぜん！　で、トニーさん、今、大分にいるわけ？」

さりげなく話題を親戚問題から遠ざけようとすると、

「あれ、ルイちゃんとこ、トニーさんからなんも言ってこないの？」

「いや、こないだまでは文京区にいるって、聞いてたから」

聞いていたんじゃない、会いに行ったのに、嘘《うそ》の雪だるまがさらに大きくなっていく。

「なんか知らんけど、手紙にはそう書いてあったよ。筆ペンなんだか本物の墨、使って書いたんだか知らないけど、達筆でね。元気そうだったけどね」

ミシェルさんと同じ趣味か。

「ま、今度、連絡があったらよろしく言っといてよ。住所が書いてなかったから御礼の手紙書けないけど、たしかに受け取りましたからって。じゃ、遅くなるからこれで帰るけど、トバちゃん、気をつけていってらっしゃいね。ウチのカミさんも寂しがるからさ、またちょくちょく戻っておいでよ。じゃ、ごちそうさまでした」

肉屋の親父さんは麦茶のグラスを流しに置いて帰っていった。勝手口の扉が閉まり、振り向くと、トバちゃんが私をじっと睨《にら》んでいる。

「いや、だからさ。親戚ってことにしとかないと、ご近所で余計な噂《うわさ》になってもいけないでしょ。だから白状しますとね、つまりトニーさんが私の叔父さんで、康介はその息子で私の従弟《いとこ》ってわけ」

ああ、そうですかと、トバちゃんからは冷たい返事。それ以上の感想も叱責《しっせき》の言葉もなく、お風呂《ふろ》、入りなさいと言って、後片づけを始めた。

翌日の早朝、この家に帰ってきたときと同じボストンバッグを抱えてトバちゃんは出ていった。羽田まで送らなくて大丈夫と訊《き》くと、いい、いい、あんたは仕事に出かけなさいと答え、勝手口を出るときに、しばしの間、二人でしんみりと向かい合った。

「じゃ、気をつけてね。水谷さんと喧嘩しちゃダメだよ」

トバちゃんは、下唇をかすかに突き出して、それから私のおでこにかかった髪の毛を触った。

「この髪型、いいよ。とてもいい。康ちゃんに見せに、京都、行ってきなさい」

やだよと私は笑ってトバちゃんを送り出し、勝手口を閉めると、扉はその日も音がしなかった。

第18話 抽斗《ひきだし》のナディア

約束の時間より二十分早くフェニックスホテルのカフェに到着する。奈々子《ななこ》の言う通り、ホテルの内装は見違えるほど変わっていた。黒と茶色を基調としているらしく、どちらかというと男性的な印象を受けるが、床や壁にはふんだんに木があしらわれていてロッジ風な温かみも感じられる。このカフェも、床は巨大なチェス盤のように黒白タイルが交互に敷き詰められているものの、テーブルや椅子《いす》はこげ茶色のシンプルなデザインの木製である。モダンになったと奈々子は言っていたけれど、私にはむしろ、前よりずっと伝統的な高級感が加わったと思われた。バブル時代の建物のような軽薄な高級志向ではない。もっと上品な雰囲気だ。なるほどこれが伊礼《いれい》さんのデザインか。

私はカフェの、入り口からできるだけ見やすい場所に席を取り、カプチーノを注文した。奈々子が迎えにきてくれることになっている。直接、会場に来てもいいけれど、すごく混雑していると思うし、きっとルイの知ってる人はいないだろうから、そういうとこで待つの、ルイ、苦手でしょ。すれ違うといけないからカフェで待ち合わせましょう、と奈々子が言い出した約束だった。

約束の時間を五分過ぎたが奈々子は現れない。

ふと隣に、毛皮のようなふわりとした気配を感じた。何気なく目をやると、それは毛足の長い黄金色の大型犬だった。今流行《はや》りのゴールデンレトリーバーという種類だろうか。

派手な装《よそお》いの中年カップルが犬のリードを椅子の背に巻き、厳しい口調でシィットと命じた。犬は従順に黒白タイルの床に腹をつけ、私の椅子の足元に寝そべった。このホテルは犬を連れて入ることもできるらしい。飼い主はメニューを開いてお喋《しゃべ》りに夢中だ。かまってもらえない犬は頭を両前足の上に乗せ、憂《うれ》いに満ちた上目遣いで私を見つめている。

犬に軽く笑いかけてみる。たちまち尻尾《しっぽ》を振って反応した。口を開け、へっへっへと笑っているような顔をする。かわいそうに、退屈なんだよねえと、無言で話しかけてやる。

突然、犬が立ち上がり、後足に軸を移して吠《ほ》え出した。

「ノー、ゴンベイちゃん。ノー。シィットダウン。ドントバーク!」

ゴンベイちゃん?

思わず口のなかで反復し、飼い主の顔を見る。この洒落《しゃれ》た格好の飼い主と、いかにも血統の良さそうな大型洋犬に、その名前はないんじゃないでしょうか。とにかく飼い主がゴンベイちゃんを叱りつけて立ち上がったので、すぐさま私も立ち上がる。私がゴンベイちゃんを刺激したのがいけなかったのかと思った。が、ゴンベイちゃんの吠えている対象は私ではなく、スーツ姿の男がゴンベイちゃんめがけて突進してきたせいだった。

「ウワォ」

走り込んできた男は急ブレーキをかけ、両腕で顔を覆《おお》って防御態勢を取っている。腕の隙間《すきま》から覗く顔を見て、驚いた。

「康介《こうすけ》!」

「ルイさん、早く。講演会、始まっちゃう」

まるでスパイ映画の危機一髪の場面に登場したヒーローのように切迫した顔で言い放ち、及び腰に私を促す。私は急いでバッグと伝票を握り、ヒーローと一緒にゴンベイちゃんとゴンベイちゃんの飼い主にペコペコ頭を下げながらテーブルをあとにした。

「なんだよう。あんな大きな犬、普通、ホテルにいないだろう。びっくりしたなあ、もう。俺、犬、苦手なんだから」

小走りでフロントの前を過ぎ、階段を駆け上がりながら康介が喋り続ける。宴会場はカフェの一つ上の階にあるらしい。私はなるだけ康介の隣に並ぼうと足を速めるが、どうしても遅れを取ってしまう。

「奈々子さんがね」

「奈々子、どうしたの?」

足と一緒に声も飛び跳ねる。

「講演会の準備で抜けられなくなっちゃってさ。ルイさんを迎えに行ってくれって、僕、頼まれちゃったもんで」

反射的に私は、ごめんねと言う。

「やー、ぜんぜん」

声は軽快だが、まったく私のほうを見ようとしない。そしてそれきり康介と私は会場までの広い廊下を黙って早足で歩き続けた。

よっ、と明るく手を挙げて再会するつもりだったのに。つくづく康介と私の関係はタイミングがずれている。

康介の案内に従って足音を立てないよう会場に入ると、もはや場内はお客さんでいっぱいだった。ちょうど講演が始まるところらしい。女性司会者の声がマイクを通して流れてくる。

「大変お待たせいたしました。それではただいまより、井上豪先生の講演会を始めさせていただきます。その前に、僭越《せんえつ》ながらわたくしのほうから先生の簡単なプロフィールをご紹介させていただきたいと存じます……」

康介は中腰の姿勢で会場の端を進み、後ろから二番目の、いちばん右端の椅子を私に指し示した。顔をそばに寄せてきたので、まさかこんなところでキスをする気かしらと一瞬身構えたら、ここ、取っておいたんです、どうぞと耳打ちして、身を引いた。すでに着席している隣席の伊礼さんがこちらに気づき、微笑《ほほえ》んでいる。

「髪、切ったんですね」

低い声で私に囁《ささや》いた。ええと答えると、伊礼さんは目を閉じてニッコリ頷《うなず》いた。悪くないよと認めてくれた合図なのか。具体的な感想はない。ちょっと短くしすぎちゃって、と前髪を指先で整えながら発した声が小さかったらしく、伊礼さんは反応しない。そのかわりに、

「康介、お前もここに座れよ」

腰を曲げたまま立ち去ろうとする康介を小声で呼び止め、長い手を伸ばして引き返すよう命じた。

「いや、僕はまだ、奈々子さんのお手伝いがあるんで。舞台のそでで聞かせてもらいます」

「いいから座れよ」

　伊礼さんがもう一度、手招きしたが、康介は笑いながら右手を横に振り、こそこそと会場を出ていった。やっと康介の顔を正面からまともに見た。少し太ったみたい。頬が膨らんで見える。京都でおいしいものばかり食べているにちがいない。

「なに言ってんだ、あいつ。講演会始まったらもう用事なんてないに決まってるんだよ。ここで聞きゃあいいのに」

　ねえ、と私も相槌《あいづち》を打つ。康介はたぶん、私を避けようとしているのだと思った。喧嘩《けんか》別れして以来だから、気まずいと思うのは無理もない。お久しぶりという再会の挨拶《あいさつ》もしなかったし、髪型のことも何も訊かれなかった。伊礼さんはすぐに気づいてくれたのに。さっき私を呼ぶときも呼び捨てではなく、「ルイさん」とさんづけにしていた。

　拍手が起こり、舞台のそでから井上豪の姿が現れた。前回会ったときはスーツを着ていたが、今日はずいぶんラフな装いだ。黒いズボンに茶色のツイードっぽいジャケットを着て、ストライプのワイシャツに藤色《ふじいろ》のネクタイを締め、さらに黒いマフラーをさりげなく垂らしている。さりげないというか、わざとらしいというか、率直に言って、相変らず趣味が悪い。

小説家は舞台の真ん中に置かれた演台の前に立ち、しかめっ面《つら》でマイクの高さを調整している。「文化講演会 講師 井上豪先生 小説の中の女たち」と書かれた看板の下でお辞儀もせず、不機嫌そうにしばし前を見据えた。客の値踏みでもしているのだろうか。会場が静まり返っている。

「えー」

ようやくマイクを通して第一声を発したと思うと、顔を横に向けて三回、咳《せき》払いをした。

「失敬。どうもこのところ急に寒くなったせいか、少々風邪気味でして」

喉《のど》の調子が悪いのか、苦い薬でも飲むように顔をゆがめる。

「あー」と小説家はまた大儀そうに唸《うな》った。

「そもそも小説家という商売が、だいたい不健康のかたまりみたいなもんでして、朝、起きたとたんに、ああ、今日は身体《からだ》の調子がいいぞなんてことは、まずない。時間が経《た》てば調子が良くなるってわけでもない。夜、酒を飲むときぐらいですかねえ、少し元気になるのは。そういう意味では一年中、どっか具合が悪いわけでして、ご心配いただくほどのことはないのですが……、別にお見舞いのお気遣いはいりませんよ……。まあ、生姜湯《しょうがとう》とかレモンとか柑橘類《かんきつるい》とか、ああいうもんを風邪気味のときにいただくのは、ありがたいですね。おー、この人はわかってるなと、感心しますね。これ、催促してるわけじゃないんですがね」

会場にささやかな笑いが起こる。可笑《おか》しいほどの話ではないが、今日の講師がとりあえず不機嫌でなかったとわかり、客席はホッとしたのだろう。笑いを受けても小説家の表情は変わらない。

「えー、今日、ここで皆さんにどんな話をしようかと、道々考えてきたんですが……。実は私事で恐縮ながら……ったって、さっき司会の女性がもう紹介してくれちゃったから、ご存じでしょうけど。実は先週の金曜日に、『古行賞』をいただきまして……」

と、ここで大きな拍手が起こる。

「いや、どうも」

小説家が決まり悪そうに、しかしうれしそうに、並びの悪い黒ずんだ前歯を見せて、初めてちょこんと頭を下げた。

「まあ、古行賞というのはご存じの通り、歴史の長い賞でありまして。古行京之輔《きょうのすけ》の本を読んでいらっしゃればおわかりの通り、ああいう方面の作家に与えられるわけでしてね。そういう意味では、私の書いたものもそれなりの評価を受けたのかなあと、一種の感慨があるにはあるんですが……。ただ文学賞というのはどうも、これまでの功績の評価という面と同時に、これからもこの道で切磋琢磨《せっさたくま》しろという、その奨励的側面も否定できないんですね。だから副賞に賞金ってもんがつく。これを元手に今後ますます頑張れと。しかしですね。これから頑張れって言われてもね、あなた。じゃあ、どんどん頑張りましょうって歳《とし》じゃない。もっと若いうちにいただいていれば、切磋琢磨の仕方もあったと思うんですけどね」

ここで講師はため息をつく。会場から再び笑いが起きた。案外、受けを狙《ねら》っているのかもしれない。

「まあ、それはそれでまた……」と、講師はここでもう一息つき、演台に用意された水を一気に飲んだ。

「今年で僕は六十五になるんだが、ここ数年、さすがに精力が落ちてきたことを実感するんですね。還暦を過ぎる前ぐらいまでは、まだかなりの自信がありましてね。まあ、こういう系列の小説を書くやつは皆、そっちに自信がなきゃ書き続けられない。

それははっきりしてるんだ。そういう点で今回の受賞は、僕にとって人生の新たな転換点を探るいいきっかけをいただいたと、感謝しておる次第でありまして」

　私は小説家の話に少し飽きて、舞台から視線を移し、人に気づかれないようそっと周囲を見渡した。いったいどういう人たちがこんな話に興味を持って集まってくるのだろう。見渡す限り、女性の姿が圧倒的に多いが、若い女性は少な目で、五十代から六十代あたりとおぼしき女性がいちばん目立つ。しかしよく見ると、案外、年輩のサラリーマン風の男性もちらほら混ざっていて、メモしている人までいる。そこまでするほど、この小説家から学びたいことがあるのか。意識を客席に向けている間に、話の内容はいつのまにかウィーンに飛んでいた。そういえば若い頃ウィーンに留学していたと、前の食事会で話していたのを思い出した。

「もう三十年以上昔のことですからね。そもそも僕が留学先にウィーンを選んだ理由は、別に文学を勉強するためじゃない。文学を志す人間が、ウィーンに留学するってことはないでしょうね、常識的に言って。だいたい僕は小説家になろうなんて気はこれっぽっちもなかった。いや、これっぽっちもってのは、ややオーバーかな。文章を書くことは好きで、ときどきくだらない作り話をノートに書きつづったりはしておりましたが、それを生業《なりわい》にしようなんてことは、まったく念頭になかった。僕は建築を勉強しに行ったんです。大学を出たあと、一度建設会社に勤めていたんですが、どうしても納得がいかなくなってね。いったん会社を辞めまして、改めて建築の勉強をするためにあちらへ行ったんです。僕は一流の建築家になりたかった。もう三十歳目前だったから、あの業界で一からやるにはやや歳を取りすぎていましてね。まあ、みんなにさんざん反対されましたよ。どうせ失敗して帰ってくるに決まってると思われていたらしい。それでも僕としては一度挑戦してみないと気がすまなかったんですね。それほどの情熱を持って建築家への夢を抱いて、帰国してからもずいぶん努力したんだが、貯金は使い果たし、周りの予測通りに挫折《ざせつ》して。まあ、一言で言えば才能に欠けていたんですがね。そのうち日本はオイルショックですよ。転職しようにも、まともな就職口なんかあったもんじゃない。で、どこも働くとこがないからしかたなく物書きになったようなもんで、人生はまことにわからんものです。

しかしあの留学体験は、決して無駄ではなかったですねえ。特に東欧をあちこち旅した経験は貴重でした。僕はウィーンの大学に籍を置きながらほとんど授業に出ないで、もっぱらヨーロッパじゅうを旅ばかりしてたんです。そのうちチェコのプラハに行ったらすっかり気に入っちゃってね。そこにしばらく居座りまして。実際、プラハは、チェコ事件からさほど時が経っていない時代で、まだ市内も、いや、国内全体が不安定な頃ですから、町中がざわざわしてましてね。はるか東洋から来た留学生のことなんか親身に関わっていられない。それより自分たちの国の行方のことで精一杯という感じだった。だからこそかもしれないが、当時のプラハは躍動感に満ちていて、面白かったですねえ。

そのうち、そこで知り合ったチェコ人の友達のボロ車を借りて、今度は東ヨーロッパをくまなく巡ってみようと思い立った。西欧はもう世の中に知り尽くされている。パリやロンドンやイタリアや、もちろんウィーンにも興味深い建築物はいくらでもあるが、今更それを見たところで僕にとっては何のインスピレーションも湧《わ》かないと気づいたんです。むしろ東欧にこそ、本当のヨーロッパの文化と技術の神髄が、現実生活と密着したかたちで生き続けている。それを一つ一つ、見て回るうちにどんどん興奮してきましてね。これが本当の勉強というものだと思った。

そんな生活を数ヶ月ほど続けていたら、あるとき、ユーゴのザグレブという町で、一人の少女に出会いました。今のクロアチア共和国の首都ですね。少女と言っても十七歳だと言っていたから、まあ、子供ではなかったが、まだ肉体も完全に成熟していないし、僕にとっては一人前の女性というより、華奢《きゃしゃ》で年端《としは》のいかない可憐《かれん》な少女にしか見えませんでした。緑色の眼がきらきら光っていて、もちろん化粧なんてまったくしていなかったけれど、肌が抜けるように白かった。今生きていればかなりのオバサンだろうけど。ナディア……。どうしていますかねえ。僕のこと、覚えているかなあ」

小説家は天井を見上げ、何かを思い出すかのように黙り込んだ。客席は、小説家の瞑想《めいそう》を邪魔しないよう静かに待っている。

「ナディアねえ」

隣の伊礼さんが低い声で呟《つぶや》いた。反射的に私は横を向き、恋人だったんでしょうかと軽く肩をすくめて笑いかけた。そのとき伊礼さんの向こうに、ちょうど私たちと同じ列の、反対側の端の席に、小説家の妻が座っているのを見つけた。紫がかった白髪を頭の後ろにきっちりと結い上げた横顔。痩《や》せてはいるが、彫りの深い顔立ち。オリーブそっくりの細くとがった鼻のかたちは明らかにクリスチーナさんだ。その隣にいるのは康介の元上司の倉木編集長である。ときどき身体《からだ》を斜めにしてクリスチーナさんに話しかけている。クリスチーナさんがかすかに身体を動かすたびに、Vの字に開いたグレーの地味なスーツの胸元の、黒真珠のネックレスが動く。くっきりと出ている鎖骨の上を、痛々しいほどにゴロゴロと真珠の動くのが見える。

「何を見ているの？」

伊礼さんが肩で私の身体を突っついた。

「あ、いえ、あそこに奥様が……」

「ああ、倉木がお相手しているから。あとで食事会のときにお会いできるでしょう。あなたも来てくださるんでしょ、食事会」

「あ、はい。お言葉に甘えて」

「それはよかった。うれしいね」

伊礼さんの話し方は、丁寧だが、妙に馴《な》れ馴《な》れしくもある。その都会派プレイボーイ的慣れ慣れ具合が、ときどき私を戸惑わせる。私は再び前を向き、小説家の話に耳を傾けた。

「よし、それじゃ僕が君のためにステキな学校を建ててあげようと、僕はナディアに約束したんです。彼女は学校の先生になりたいと言う。なぜと訊《き》いたら、もっとよその国の文化や歴史、言葉、宗教、政治経済を勉強して、自分の民族の歴史も勉強して、それを子ども達に伝えたいからだと。そうすれば、いつか地球上から人間同士の争いはなくなるはずだと。地球上にはいろいろな考え方や価値観や違う宗教を信じている人たちが一緒に住んでいるのだから、その違いさえ理解できれば争う必要はなくなる。自分たちがいちばん正しいと思うから喧嘩になるのであって、違うことを知っていれば相手を尊敬できるでしょとね。

そういう考え方は誰に教えられたのと訊いたら、ナディアは九歳のときに自分で思いついたと言った。彼女は七歳で両親を亡《な》くしていたんです。彼女の一族はセルビア人でイスラム教なんですが、生まれはクロアチア。つまり、キリスト教を信じるクロアチア人が大半を占める土地に生まれ育ったんです。あそこらへんはまことに複雑でして、同じスラブ人でも、クロアチア人とかセルビア人、白ロシア人、チェコ人、スロヴァキア人と、いろいろいて、それぞれに対立意識がある。特に独立前のクロアチアとセルビアの対立は歴史が深く、激しかったんですね。当時はまだチトー政権下で、そういう民族対立がうまく抑えられていると言われていたが、やはり小さないざこざは年中起こっていたんですな。チトーが死んでそれが爆発して、その後、あの悲惨なボスニア戦争につながるわけですが、あれはもう、民族紛争なのか宗教戦争なのか経済格差による嫉妬《しっと》なのか、よそ者にはとうてい理解できないほど根の深いものです。まあ、それで彼女が七歳のとき、クロアチア人の過激な民族自決集団の蜂起《ほうき》に巻き込まれて、父親と母親が殺されてしまった。

こういう話をナディアは実に淡々と、まるで歴史上の事件について解説するかのように、ときにはにかんだ笑みを見せたりしながら話してくれるんです。あれには驚きました。晩秋の、ザグレブの町の中心部にある大きな公園のベンチで、少し寒いねなんて言いながら語ってくれた。私たちは、もう落ちかけている夕陽を求めてベンチを移動しながら、三時間もその公園にいました。

彼女はこう言った。私は両親をクロアチア人に殺されたけれど、だからといってクロアチア人を恨んではいない。だってクロアチア人全部が悪い人じゃないことを知っていたから。小さい頃から近所にたくさん親切なクロアチアの人たちが住んでいたし、友達にもクロアチア人がいっぱいいる。彼らは私が両親を失ったとき、本当に一緒になって悲しんでくれて、私をなぐさめて守ってくれた。私の父と母を殺した同じクロアチア人のことをとても非難していた。

子供の頃、なんで大人は、誰が何人で誰が何人かっていちいち区別したがるのかわからなかった。何人だっていいのに、好きな人ならって思ってた。だから私は今でもクロアチア人で好きな人はいっぱいいるし、セルビア人で好きな人もいっぱいいる。みんな、何人かなんて関係なくつき合っているときもあるのよ。そういうときは仲良しなの。でもちょっとしたことで誰かが民族のことを意識しろって言い出すと、たちまち仲が悪くなったりするの。いつも忘れていればいいのに。思い出して怒り出すの。たとえどの民族の人かを知っていても、その人の大切にしていることを、少し自分も大切に思ってあげれば争いなんて簡単にすむことなのに。喧嘩《けんか》したとしても、少し時間がたって落ち着けば、また仲直りできるんだから。だから私は大きくなったら、世界中の民族のことを勉強して、それぞれの民族が何を大切にしているのか知って、それを学校で子ども達に教えてあげたいと思ったの……とね。

彼女の平和主義思想で世界の戦争を食い止めることができるかどうか、それにはかなり疑問があると思いましたが、しかし僕は、ナディアの話にはおおいに心を打たれましてね。その純粋さと素直さに、まいってしまった。はたして自分はこんなに純粋な志で建築家を目指していただろうかと」

小説家の眉間《みけん》に皺《しわ》が寄り、軽く咳払《せきばら》いをした。

「で、僕はナディアに約束をしてしまった。僕は建築家になろうと思っている。今は勉強中だけれど、いつか必ず、君と君の教え子達のために、ステキな学校を建ててあげたい、とね。まあ、空約束《からやくそく》をしたつもりはないんですが……、結果的には空約束になってしまいました。でも実際その後、日本に帰ったあとも学校建築について学びまして、ちゃんと仮の設計図も作って、ナディアに送ったんですから」

小説家の言葉が突然とまった。彼女との約束を反故《ほご》にした言い訳を、ややムキになってしてしまったと、瞬間的に悔いたのか。その表情は、私がそれまでこの小説家に抱いていた傲慢《ごうまん》なイメージからはほど遠い、情けないほどの弱々しさを表していた。

少しの間ののち、小説家は再び語り出した。声のトーンをずっと落として。

「どうも今日は、古い話を長くしすぎたようです。なぜか今日、ナディアのことをふと思い出しましてね。結局、その後、何回か彼女に手紙を出し、設計図も書き直して二度送ったんですが。もちろん僕は本気でしたからね。本当に彼女のために学校を建ててやろうと思っていた。いや、彼女のためではなかったんだな。自分のためなんだ。いっぱしの建築家になりたいという夢を、その学校に託すことで、夢を見続けることができるような気がしていた。最後には彼女の育ての親という女性からクロアチア語で手紙が届きましてね。人に頼んで訳してもらいましたよ。もう彼女はザグレブにいなかったんです。希望どおり小学校の先生になって、父親の故郷であるサラエボに移って学校に勤めている。設計図は間違いなく彼女に送っておくと、その手紙には書かれていたが、受け取ったというナディアからの手紙はとうとう届かなかった。その後、ボスニア戦争の映像がニュースで流れるたびに、僕は彼女がちらりとでも映りはしないかと探したが、まあ、映りませんでしたね。生きていればいいんですが……。

僕はしかし、もう一度ナディアに会いたいとは思っていない。もし戦争に巻き込まれて死んでいたとしても、それはしかたのないことでしょう。ただ僕は、あのザグレブの公園で、夕陽に当たって真っ赤になった彼女の透き通るような肌の輝きと、両端がやや上がった大きな緑色の瞳《ひとみ》の強さを想《おも》うとき、とてつもなく胸が締めつけられるんですね。男女の恋なんてもんじゃないね、これは。だってこの女好きの僕が、ナディアとは手一つ握らなかったんですから。ホント。そういうことじゃないんだ。たった二日間ですよ。六十五年生きてきて、たった二日間出会っただけの娘のことが、どうしてこれほどまでに記憶に深く刻み込まれているのか。あの、はにかみながら、見知らぬヤーポン相手に切々と語ってくれた純粋なる心の叫びを、あの圧倒的なまでの強い想いを、僕は生涯、忘れることができんでしょう。僕は自分が、生きていることに不安を感じ始めると、なぜかナディアのことを思い出す。これは不思議なことでね。脳味噌《のうみそ》の奥の抽斗《ひきだし》からごそごそ出してきて、ちょっとなかを覗《のぞ》くだけで安心するんですね。あー、いたいたってね。なんだか原点に帰れる気がするんですね。

この話を僕は、原稿にも書いたことがないし、まして講演で喋《しゃべ》ったのは初めてです。なぜ喋る気持になったのか……。古行賞をいただいて、生きる不安が出てきたのかもしれないね。

あー、みなさんには何の役にも立たない話をしてしまったなあ。しかしこれだけは言っておきたい。人間と人間の出会いというものは、そこに恋愛感情とか特別の感情が付随しない場合でも、あるいは関わった期間がどれほど長くても短くても、それには関係なく、人生にとってかけがえのないものになる場合があるということです」

小説家はここで言葉を切り、大きく息を吸うと、軽く頭を下げ、そのままゆっくり舞台のそでに向かって歩いていった。

客席からまばらに拍手が起こった。拍手はしだいに大きくなり、統一され、そして収まった。が、会場内には釈然としない空気が漂っている。

「終わっちゃったのかな。まだ一時間近く残ってるぞ」

伊礼さんが腕時計に目をやった。私はあたりを見回した。観客は誰も立ち上がろうとせず、ひそひそと小声で囁《ささや》き合いながらも、舞台の上を注視している。しかし、いくら待っても舞台には誰も現れない。会場のざわめきはしだいに大きくなってきた。

「えー」

突然、女性司会者の声が響いた。たちまち場内が静かになる。白いスーツを着た女性司会者がマイクのコードを引きずりながら舞台中央に姿を現した。

「えー、失礼いたしました。実は井上先生にはもう少しご講演いただく予定でおりましたのですが……」

愛想笑いをしている司会者の顔が痛々しい。笑顔を見せながら、しきりに舞台のそでに視線を送り、様子を窺《うかが》っている。

「ということで……」

どうやらそでのスタッフの指示を待っているらしい。明確な指示が送られてこないのか、懸命になって言葉をつないでいる。

「質問コーナー？　え？　あ、それもNG？　もう帰っちゃった？　ウソ。了解。あ、そうですか」

司会者はマイクから顔を離してそでにいるスタッフとやりとりをしているが、困惑に満ちた声は感度のいいマイクによって会場内に筒抜けだ。改めて女性司会者がマイクを口の前に固定し、笑顔を作り直して客席を見下ろした。

「えー、大変失礼いたしました。えー、いかがでしたでしょうか。井上豪先生、古行賞受賞記念講演。本日は予定より多少時間が短めにはなりましたけれど、とてもステキな先生のお話、皆様にはじゅうぶんご満足いただけたのではないかと存じます」

三々五々、客が席を立ち、帰り始めた。

「そろそろ行きましょうか」

伊礼さんが膝に丸めたレインコートを持ち上げて腰を上げた。

「今頃、奈々子が血相を変えてるぞ。大変だ」

まるで他人事《ひとごと》のように楽しそうな顔をして、遅れて立ち上がった私の背中を押した。

第19話　限界妻

「いやあ、先生、本当にお疲れ様でした」

倉木編集長が小説家に向けてシャンペングラスを掲げた。

今回はホテル二階にある中華レストランの個室に席が用意されていた。ホテル内には他にもフレンチ、イタリアン、寿司《すし》、日本料理など、いまどき評判の名店が入っているが、ホテルの改装を請け負った伊礼さんのヒソヒソ話によると、「味の点ではここがいちばんオススメです」とのことだった。

格子《こうし》の間仕切り越しにほんのり光る間接照明と、どこからともなく聞こえる優しい胡弓《こきゅう》の音楽が、香港《ホンコン》か上海《シャンハイ》あたりの超豪華レストランにでもいるような気分にさせてくれる。行ったことはないので知らないが。

「いや、感動しました。恥ずかしながら先生のお話を伺っているうちに僕、涙が出てきちゃって。ね、奥様。僕が泣いてるとこ、奥様に見られちゃったんですよね」

前菜のピータンを箸《はし》でつまみ上げながら、倉木編集長が隣に座る小説家の妻に援護を求めた。

「はい、そうです」

グレーのスーツに身を包んだクリスチーナ夫人はまるで検事の尋問に答える証人のように、最短時間の笑みを浮かべて簡潔に答えた。しかしその目は相変わらず笑っていない。

席順は今回も伊礼さんが決めた。まず主賓の小説家が奥の上座。その右隣に奈々子《ななこ》が座り、続いて伊礼さん、私、康介《こうすけ》、倉木編集長、クリスチーナ夫人の順で丸く囲んだ。前回と違い、小説家の隣に座らなくてすんだことにホッとしたが、座ってみると真向かいに小説家の顔がある。顔が見えない隣の席と、まともに対面する向かいの席と、どちらがましだろう。でも、クリスチーナ夫人が小説家の隣に並ぶ姿をちゃんと見るのは初めてだ。こうして並ぶと、それなりにお似合いの夫婦に見える。夫婦間の内情は知らないが、年月の重みが二人のバランスを保っているのかもしれない。

「あんな話で男が泣くかねえ。倉木君もよほど無感動な生活を送ってるんじゃないの？」

小説家がそっけなく呟いた。

「先生、何をおっしゃるんですか。そんなことないですよ」

編集長が腰を浮かし、ムキになって否定すると、伊礼さんが遠慮がちに、「いや実は僕も」と口を挟んだ。

「かなりホロッときましたよ」

「でしょ？　ほら先生。誰だってあんな感動的な講演には泣きますよお」

編集長が世にもうれしそうに伊礼を指さす。対する小説家はふふんと鼻で一つ笑うと、

「情けない時代になったね。なあ、奈々子ちゃんはあんな話で泣くようなヤワな女じゃないよなあ」

ひどーい、先生ったら、と奈々子は独特の甘え声で小説家の肩をバシッと叩《たた》いた。

「私は二度、泣いたんですよぉ。一度はお話に感動して。ザグレブの公園で先生がナディアさんに会ってる光景が浮かんできて、ググッときちゃって。映画のワンシーンみたいでしたもん。でも、もう一回は先生。先生がさっさとお話おしまいにしてしまわれたから。もう私は泣きました！　どうしようかと思ったんですよ。先生のいじわるっ」

奈々子が紺色ニットスーツの袖口《そでぐち》を手の先まで無理矢理伸ばして顔を覆《おお》い、大げさ

に泣く真似《まね》をしたので、小説家は高々と笑いながら、おおー悪かったねえ、悪かったと奈々子の手を取ったり、カールのかかった髪の毛をなでたりして機嫌を取った。

「あー、そう、ほんとにあれは約束違反でした。皆さんにご迷惑をおかけしたのですね」

隣のクリスチーナ夫人が淡々と言うと、

「お前は黙ってなさい」

小説家が冷たい声で一喝した。同時に、あたりに響いていた笑い声がすぼまった。

「北京《ペキン》ダックでございます」

タイミングよく、ウェイターが大皿にのった家鴨《あひる》の丸焼きを持って部屋に入ってきた。カラメル色によく焼けた家鴨の豪華さに、一同おおーと歓声をあげ、気まずい空気がうまい具合に流された。

どうしてこの小説家は、ここまで自分の妻を虐《しいた》げるのだろう。人前で空威張《からいば》りして見せるのが趣味なのか。奈々子の次に問われたら、「私も感動しました」と答えてあげようかという心づもりをしていたが、やめた。

でも今日はそんな不快感を顔に出さない。ここに来る前にそう決めたのだ。前回の会食のときのような後味の悪い思いはしたくなかった。

顔を上げると、ちょうど小説家が北京ダックにかぶりつき、白い薄皮に包まれていた白髪ネギの端を口から半分出したまま、くちゃくちゃ音を立てて嚙《か》んでいるところだった。やはり隣の席のほうがましだった。

「うわっ、これ、おいしいですね。僕、初めて食べました、北京ダックって」

右隣の康介が声をあげた。

「何、お前、北京ダック初めてなの？」

伊礼さんが聞き返すと、

「はい。だって食べる機会ないですよ、こんな高級料理」

私を間に挟んで二人の問答が続くので、私は左右に顔を振るのに忙しい。

「そりゃそうだなあ。ほら、俺の一つ、進呈するよ。ルイさん、これ、康介に渡してやって」

「うわ、本当っすか。感激！」

私は伊礼さんから差し出された小皿を受け取って、康介の前に置く。そのときの康介の喜び方を見て、じゃ、私のもどうぞと、自分の皿から北京ダックを一つ取り上げ、康介の皿にのせようとしたら、

「ダメダメ、ルイさんは食べたほうがいいって。皆さんはチャンスいっぱいおありに

なるだろうけど、ほら、僕たち貧乏若造はめったにこんなもんありつけないんだから」

康介が私の腕をつかんで北京ダックを私の皿に戻そうとした。

「そりゃ康介、失礼だぞ」と叱責《しっせき》したのは伊礼さんである。「お前はたしかに貧乏だけど、ルイさんは違うんだから。ねえ、ルイさん」

「いえ、私もけっこう貧乏です」

肩をすぼめて答えると、

「じゃ、やはりいただいたほうがいいです。人にあげたら、あとで後悔します」

クリスチーナ夫人が私に向かってケロリと言った一言が可笑《おか》しくて、一斉に笑いが起こった。夫人も目尻《めじり》に皺《しわ》を寄せて微笑《ほほえ》んでいる。笑いに合わせて首の大粒黒真珠も鎖骨の上でかすかに振動した。が、すぐ澄ました顔に戻り、「本当ですよ」と私を諭すように付け加えた。

夫人は落ち込んでいない。案外、気丈な人なのかもしれない。今夜の会食は予想以上につつがなく進んでいる。そう思ったのも、ほんのつかの間だった。このメンバーに「つつがなく」という言葉は、所詮《しょせん》、似合っていなかった。

北京ダックに続き、青菜のカキ油炒《いた》め、上海蟹《がに》の唐揚げ、豆腐と冬瓜《とうがん》の蒸し物が出て、それから倉木編集長が再び講演のことに話題を戻したときである。

「先生、僕、考えたんですがね。そのナディアさんって人を探しにサラエボ、行ってみませんか？」

あん？　と小説家は無関心そうに答え、ちょうど運ばれてきた次の料理に目を向けた。

「キヌガサダケと金華ハムと青菜のスープでございます」

ウェイトレスが一人一人に紹介しながら配ってまわる。目の前に置かれた白い磁器の蓋《ふた》を開けると、金色に光る透き通ったスープが現れた。花柄のれんげにすくって一口する。その味のなんと深いこと。ちょっと興奮。もはやお腹《なか》はかなりいっぱいの状態だったが、こんなにおいしいスープは是非ともご飯の上にかけて食べてみたい。が、自分だけ勝手にご飯を注文するわけにもいかない。ご飯が運ばれるのを待っていたらスープは冷めてしまう。でもスープだけ飲むのはもったいない。困ったなと思いつつ、私がその曰《いわ》く言い難い味に魅せられて一口ずつ大切に味わっている間、編集長の話はずっと続いていた。

「実は僕の知り合いにテレビ番組を制作している男がおりましてね。今、『心の旅路』っていう番組を担当してるんですが」

「ああ、見たことありますよ。日曜日のゴールデンにやってるヤツでしょ。文化人や作家が自分の思い出の土地を訪ねる旅番組。あれ、けっこう視聴率いいんですよね」

康介が解説してくれたおかげで思い出した。何度か見たことがある。

これは僕の独断ですけどねと、倉木編集長が続きを語り出した。

「あの番組で、先生がナディアを探してサラエボを回ったり、プラハやクロアチアを旅して青春の思い出の場所を訪ねたりしたら、僕、そうとうに素晴らしい番組ができると思うんですよ。いかがでしょう……」

小説家はズルズルと音を立てて一心にスープをすすり上げている。まもなくナプキンで口のまわりを拭《ぬぐ》うと、グウと一つ派手なゲップをし、それからおもむろに語り出した。

「それはね、倉木君。なかなか難しいよ」

「ダメですか、先生」

「いや、ダメってことじゃなくてね」

そのとき、クリスチーナさんが横からスルリと会話に加わった。

「あなたはもう二度と、ナディアには会わないと、あのとき私に誓いました」

あのとき……。どのときだろう。意表を突かれ、伊礼さんも奈々子も編集長も康介も、そして私も一瞬戸惑い、互いの顔を見合わせた。小説家は妻をじっとりとした横目で睨《にら》んでいる。

「あなたはさきほどの講演で、ナディアに会いたくないとおっしゃいましたですよ」

「だから何なんだ。これは仕事の話だ。黙ってろ」

小説家が露骨に不愉快そうな顔で妻から目をそらし、煙草《たばこ》の箱を取り上げた。隣の妻は動じていない。背筋を伸ばし、不憫《ふびん》そうに夫を凝視している。

「今日の講演聴いて、私、知りました。あなた、私と結婚したあともナディアに連絡取ろうとしてました。一度じゃなかった。何度も何度も。それ、約束違反です。今日、私、ハッと気がつきました。今まで私に隠してた。ヘンだなと思ってた謎《なぞ》、全部、解けました。設計図もナディアのため、そんなこと聞いていませんでした。小学校の設計図はザグレブの市から頼まれた仕事だって、あなた言ってました。あなた、ずっと嘘《うそ》ついてたわ」

「バカかお前は。あの講演は作り話だよ。小説家の妻を三十年務めてまだわからんか。それぐらい察知しろ」

いかにも軽蔑《けいべつ》に満ちた笑いを浮かべて小説家が煙草に火をつける。

「え、じゃ、ナディアの話は作り話だったってことですか……」

小さく呟《つぶや》いた倉木編集長の声が小説家の耳に届いたらしく、今度は編集長を睨みつけた。

「全部が作り話だとは言っとらんだろうが。こういう話には多少の誇張があるもんだと言ってるんだよ、君。それがいかんというのか」

「いえ、いけないなんて、そんな……」

「いかんと言うならいい。作り話と笑いたけりゃ勝手に笑いたまえ。どいつもこいつも勝手なことばかり言いやがって。倉木君、残念だがそのテレビの話はもうやめにしてくれ。二度と聞きたくない」

一瞬のうちに部屋中が緊迫した空気に包まれた。とんでもないことになったという緊張感と、ちょっとワクワクする気持が入り交じり、つい口元が緩《ゆる》みそうになる。私は口の前を手で覆い、康介の顔を盗み見た。康介もポカンと口を開けたまま、目の前に展開されている騒ぎを見守っている。小説家の目はみるみる般若《はんにゃ》のごとくに変貌《へんぼう》し、目尻と薄い眉毛《まゆげ》の間に鋭い皺が左右に二本ずつできている。

「私は三十四年前、あなたとプラハで結婚しました」

妻は夫から目を離し、窓の外の暗闇《くらやみ》を見つめながら淡々と語り出した。

「結婚する前にあなたがナディアとつき合ってたこと、私、あなたの書斎の抽斗《ひきだし》から写真見つけて知りましたけれど、そのときあなた、ナディアとはとっくに別れた、今、どこにいるかも知らない、二度と会うことないっておっしゃいました。会う機会あっても、僕はもうナディアに何の感情的興味も持っていない。あなたは私に言いました」

ナディアとは手も握らなかったという、あの美談も嘘だったのか……。小説家にしてみれば、これもちょっとした誇張にすぎないのかもしれない。

「いい加減にしろ。恥を知れ、恥を。こんな皆さんの前で、恥ずかしくないのか！」

小説家の怒声が裏返っている。

「恥ずかしくないです。私、あなたの講演聴いて、決心しました。皆さんに聞いてほしいです。私、今はとても気持が穏やか。私、あなたと離婚しますこと、決心しました」

「何を言い出すんだ、クリス、こんな場所で。非常識もほどほどにしないと、許さんぞ」

「あなたに許してほしい思わないですよ、私」

夫の怒声に負けぬクリスチーナ夫人の迫力ある声が部屋中に響いた。彼女がこんな大声を出せるとは知らなかった。小説家は言葉に詰まっている。

倉木編集長が黙って席を立ち、部屋を出て行った。お手洗いだろうか。

「あのー、奥様」と伊礼さんが恐る恐る間に入った。

「これはお二人の問題でしょうから、私がとやかく申し上げる資格はないのですが、しかし、こういう大事な話はやはりゆっくりお考えになってから結論を出されたほうが……」

「ゆっくり考えましたですから、今、こうしてお話してるのです。伊礼さん、ご心配おかけして申し訳ありません」

夫人の声はまた、いつもの冷静さを取り戻した。

「私はこの問題、もう三十年以上ゆっくり考えてきましたことですから。考えながら迷ったり悩んだり悲しんだり考えるのやめたり、いろいろしましたです。そして今日やっと心がまとまりました。とてもすっきりしてます。私も一人の人間です。ペットでも奴隷《どれい》でもないです。一人の女としてこれからどのように生きていくか、自分で選ぶ権利あります。この人にいっぱい尽くして、この人の仕事の助けになるたくさん努力しました。でももうじゅうぶんでしょう。私は私の心を大事にしたいです。騙《だま》されてると知っていて、ずっと我慢するの、もうじゅうぶんです」

そのとき突然、奈々子が泣き出した。今度は嘘泣きではない。本当に泣いている。

「どうした？」

隣の伊礼さんが奈々子の肩にそっと触れて顔を近づけると、顔を伏せて泣いていた奈々子がその手を払いのけた。

「わかりますわ、奥様。同感です。私ももうこれ以上、夫に騙されてると知っていて我慢するのはイヤ。もう耐えられません！」

「何を言い出すんだ、奈々子。少し落ち着きなさい」

伊礼さんが諭しても、奈々子の泣き声は大きくなるばかりである。

「この人、私が気づかないと思って勝手なことばっかり。子供のことは好きだから家には帰ってくるけど、ぜったい怪しいんです。彼が嘘をついていることはもう私、ずいぶん前から知ってたんです」

奈々子は誰に訴えているつもりか、立ち上がってとうとう演説を始めた。

「子供のことがあるから我慢しなきゃってずっと思ってたけど、もう耐えられないのよ」

「ちょっと待てよ。どうしたっていうんだよ、突然。おかしいぞ、奈々子」

「おかしくなんかないわよ。私は知ってるのよ、あなたが外でどんなことしてるか。バレてないと思ってるかもしれないけど、私、我慢してあげてたの。それなのにあなたったら……」

「とにかく私、今夜はウチへ帰りませんです」と、今度はクリスチーナ夫人が席を立って宣言した。

「何をバカな。ウチへ帰らずにどうするつもりだ、バカが」

吐き捨てるように言う小説家に向かい、長身の夫人はまさに夫を見下すように言い放った。

「このホテルに泊まります。もう部屋は取りました。来週に私、プラハへ帰ります」

「ステキ！　女の決断！」と奈々子が賞賛した。

「奥様、そんな性急な……」と、伊礼さんは小説家夫人をなだめつつ、自分の妻のことも気にかかる様子でおろおろしている。こんなに狼狽《うろた》えた伊礼さんを見るのは初めてだ。

「先生、今、例のテレビ制作者に電話しましたらですね。是非、それはやってくださいと大乗り気ですよ」

部屋に戻ってきた倉木編集長が昂揚《こうよう》した様子で小説家の席に近づいた。

この混乱のなかで倉木編集長は、何の用事で部屋を出たのかと思ったら、どうやら外で携帯電話をかけていたらしい。小説家ににじり寄り、中腰の恰好《かっこう》でこそこそ相談

している。小説家も、ヤケを起こしたか、

「で、ギャラはどうなんだ、ギャラは。よほどの条件じゃなきゃやる気はせん」

「おい倉木。テレビの話なんかどうでもいいよ。奥様の気持を考えろ。何やってんだよ」

伊礼さんがいつになく声を荒らげた。その声に驚いたか、編集長はとりあえず自分の席に戻りつつ、

「しかし決断しちゃったんだからなあ、奥様は。女が一度決断しちゃったら、誰も止められやしないよ」

「とにかくテレビの話はあとにしろよ」

「いいじゃないか、こっちだって急ぐんだから」

編集長が伊礼さんとやり合っている横で、小説家夫人は座り直して大皿からチャーハンを取って静かに食べ始めた。奈々子は泣きながら夫の浮気話を誰に聞かせるともなく暴露し続け、隣の小説家は、紹興酒のおかわりを運んできた気弱そうな中国人ウエイターに向かい、もっと上等な紹興酒を持ってこい、こんな水で薄めたような酒でだまそうと思っても俺には通用しないぞ、お前が薄めたのか、え？　お前だなと、いわれのないいちゃもんをつけて怒鳴りまくり、若いウェイターが俯《うつむ》いたままほとんど

泣きそうになっている、その後ろを編集長は携帯電話を耳に当て、ときどき大声で笑いながら行ったり来たりと、どうやら番組交渉は着々と進行しているらしく、そして康介と私は……、どうしたらいいのだろう。奈々子を何度かなだめてみたが、聞く耳をもたないほどの乱れようだし、クリスチーナ夫人は、言いたいことを言ってさっぱりしたのか、黙々とチャーハンを召し上がっている。

「ご歓談中、恐れ入りますが、そろそろラストオーダーです。デザートはどうなさいますか」

透き通るような高い声に驚いて振り向くと、太ももまでスリットが入った赤いチャイナドレス姿のスタイル抜群の中国人ウェイトレスが、テーブルをゆっくりまわって、持っていたデザートメニューを優雅に配り始めた。メニューを受け取った者は順次、まるで魔法をかけられた子供のように静かになった。

第20話　再会

康介《こうすけ》と並んでつり革につかまって、私はずっと康介の話を聞いている。ときどき口を挟むこともあるが、八割がたは康介が喋《しゃべ》り、私はほとんど相槌《あいづち》役だ。今夜の中華料理の感想。スープと北京ダックが最高だったという点で康介と意見が一致した。康介はデザートのゴマ団子も絶賛したが、私はゴマ団子の揚げ油と濃厚な餡《あん》がお腹《なか》に重すぎた。それから小説家夫人の突然の反逆に驚いた話でしばし盛り上がり、続いて伊礼さんに対する奈々子の怒りぶりを康介は、以前、伊礼さんの家に原稿を取りに行っていた頃もちょっとしたことで奈々子がヒステリックに怒り出すんだけど、と言って、

「伊礼さんが上手になだめるんだなあ、ある意味でよくできた夫婦なんだよね」

と、私の知らない二人の一面を語ってくれた。

話が途切れると、二人して前を向き、車窓を流れる景色に視線を移す。見慣れた夜景が目の前を一定のスピードで通り過ぎていく。線路脇《わき》の寒々とした空き地も踏切の

景色やけたたましく鳴り響く警告音も、小高い丘の上に建つ白いマンションの灯りも、ビルの屋上に掲げられた巨大な日本酒のポスターも、じゅうぶんすぎるほど見慣れているのに、今夜はすべてがいとおしく映る。

私は景色を見ながらナディアの話を思い出した。強烈な夕陽を顔に受けながら、かすかに揺れるウエーブのかかった少女のやわらかい髪。地面の落ち葉が風に押されてガサゴソ動く音。隣のベンチでは老夫婦が黒いコートに身を包み、ただ黙って往来を見つめ、植え込みを隔てた向かいのベンチには新聞に見入っている男が一人。行ったこともないザグレブの公園の光景が、まるで今、見たばかりの映画の一齣《ひとこま》のように鮮やかに浮かんでくる。あれは本当に小説家の作り話だったのだろうか。たとえそうだったとしても、裏切られた気持は残らない。

「やっぱいいよね、この電車。雰囲気あって」

康介がつり革を軸にしてゆっくり車内を見回した。

「ああ、そうか。久し振りだもんね、康介」

康介と初めて会った日の夜も、二人で五反田から池上線に乗り、並んでつり革につかまった。あのときと違うのは、二人の間から敬語が消えたこと、そして季節である。あれは七月末の、とても蒸し暑い夜だった。康介の額から汗がひっきりなしに流れていたのを思い出す。あれからいくつかの季節が過ぎ、今は秋。康介は今夜も汗をかいている。人いきれのせいだろう。

「いやあ、懐《なつ》かしいなあ、この駅の感じも」

電車を降り、改札を抜けると康介がしみじみと漏らした。駅を離れるとたちまちあたりは静かになる。踏切を渡り、商店街を抜ける。明かりの消えた肉屋の前に来て、康介の足が止まった。

「親父《おやじ》さん、元気かなあ。ぜんぜん会ってないもんな。挨拶《あいさつ》しといたほうがいいかな」

「もう、遅いから……」

明日にしたらと言いかけて、言葉を止めた。康介と一緒に家に帰るような錯覚に陥りかけていた。そうではない。康介はただ私を送りにきてくれただけなのだ。このまま元の生活に戻る気は、きっと、ないだろう。あたりまえのことだ。

「京都の仕事は順調？」

ああ、そうそうと康介は私の問いで思い出したらしく、黒いショルダーを肩から降ろし、サイドポケットを漁《あさ》った。

「忘れてた。渡すもんがあったんだ、ルイさんに」

康介はまだ、私に対して「ルイさん」を維持している。明るく喋り続けてはいるけれど、決して私の名を呼び捨てにはしないし、並んで歩く二人の間にも少し距離を保っている。

「えー、なに？」

少し大げさにうれしい反応をしてみせる。康介が小さな紙包みを差し出した。私は歩きながら包みを開ける。なかから赤い布袋が出てきた。持ち上げると、袋の端に縫いつけられた小さな鈴がかわいらしい音を立てた。

「わー、お守りだ。何のお守り？」

街灯の下に歩み寄って目を凝らす。赤い布の上に金糸で「貴船《きぶね》神社」と縫い込まれている。

「こないだ、ヒガシと一緒に貴船神社に行ったとき、買ったんだ。お守りがヒガシで、鈴が僕からのプレゼント」

そう言ってから康介はニヤリと笑い、縁結びのお守りだよ、と付け足した。

「深い意味はないからね、ホント」

康介は念を押し、そのことにはそれ以上言及せずに、黒い鞄《かばん》からさらにビニール袋を二つ出し、これも京都のおみやげ、生八つ橋としば漬け、重いからあとであげるね、とまた鞄にしまい込んだ。

「ありがと」

私は鈴のついた縁結びのお守りを握り、上着のポケットにしまった。男二人が神社へ行って、これ、あの縁の薄い女に買ってあげようよ、とふざけ合っている姿が目に浮かぶ。

「で、どうなの、京都の生活は。かわいい子、見つかった？」

軽くカマをかけてみる。

「それがさ。いたんだよお」

まさかいるとは思わなかった。

「へえ、つき合ってるの？」

「もう終わっちゃった。今度のはあっけなかった。かわいかったんだけどな。俺ってホント、なんで長続きしないんだろう」

「なんでだろうね……」

それからしばらく二人とも黙った。水谷さんが入院した斎藤胃腸病院の角を曲がり、ミシェルさんに振られて落ち込む康介の背中をさすったブロック塀の前を通り過ぎ、トニーさんがよくスケッチをしていたお稲荷《いなり》さんを横目に見ながら、黙って歩き続けた。もう少し、そのかわいかった女の子のことについて質問してあげるべきかしらとも思ったが、それだけの元気は出なかった。

きっと私とのことも、彼の長続きしなかった数多いつき合い遍歴の一つに加えられただけなのだろう。喧嘩《けんか》別れをして以来だねなんて、そんな言葉を康介に期待すること自体が間違いだった。私がバカでした。

「ああ、着いた着いた」

最後の角を曲がったところで我が家が見えてきた。

「やっぱいいよね、この家。おーい、ただいまあ。元気だったかあ」

康介が、家に向かって手を振った。ケロリ具合もここまでくると愛らしい。

「コーヒーでも飲んでく？」

私もケロリと誘ってみる。

「いいねいいね。温かいコーヒー」

オンナが「家に寄っていく？」と誘うことの意味を、このオトコは何とも感じないのだろうか。本当に無神経というか能天気というか、しこりの残らないヤツだ。うれしそうな康介を引き連れて木戸を開け、庭に入ると、ヌーッと黒い影が動いた。

「お早いお帰りで……」人影が唸《うな》った。

「トニーさん!?」と康介が叫んだ。

「おお」と人影が応《こた》える。

「やだもう、いつからいたの？」

呆《あき》れて私が尋ねると、ピンク色のタートルネックセーターを着たトニーさんは、おじいちゃんの中国椅子《いす》に腰かけ、しょぼくれた顔で身体《からだ》を丸め、煙草《たばこ》を持つ手を小刻みに震わせながら、

「八時ぐらいから。ちょっと冷えました」

「あたりまえですよ。家に入って待ってればよかったのに。鍵《かぎ》、持ってたでしょう？」

私は勝手口に飛んでいって鍵を開ける。

「持ってるけど、なんとなく遠慮したの」

あの夜と同じシーンが蘇《よみがえ》っている。あの晩も小説家との食事会のあとだった。康介が電車で送ってくれて、家に着いたらトニーさんが待っていた。違うのは、トニーさんが蚊取り線香を腰にぶら下げていないこと。そして康介がトニーさんをお父さんと呼ばなかったこと。

「いやあ、何ヶ月ぶり？　ここで会えるなんて思わなかった。うれしいなあ。ルイさ

んを送ってきてよかったよお。トニーさんが帰ってたなんてさ。知らなかったもんねえ。今日、帰ってきたの？　僕たち、気が合うねえ」

康介がはしゃいでいる。トニーさんのことが本当に好きみたいだ。しこりを残さない康介にとって、ミシェルさんの事件など、この世に存在しなかったかのようだ。

「で、どこうろうろしてたんですか、トニーさん」

「いろいろ」

トニーさんがコーヒーに砂糖を入れようと、スプーンを持ち上げたと同時に大きなくしゃみをし、その勢いで砂糖が食卓に散乱した。

「いろいろって？　何してたんですか」

散らばった砂糖をティッシュで集めながら康介が問い質《ただ》す。

「あちこち」

コーヒーの湯気を無精ヒゲに近づけて、満足そうに目を細めた。少し痩《や》せたように見える。髪が伸びているせいだろうか。

「お肉屋の親父さんがね」と私もこぼれた砂糖の残りを手でかき集めながら口を挟む。

「二千円、送ってくれてありがとうって。大分の消印だったって言ってましたよ、書留」

「ああ、大分にいたこともあったね」

「だから、何してたんですかって、訊いてるんですよお」と康介がしつこく食い下がる。まるで子猫が大型犬にじゃれついているようだ。久しぶりに家の中がにぎやかになった。

「そりゃお前、絵描いたり、絵売ったり、酒飲んだり、絵描いたり、酒飲んだり、絵売ったり。そんなもんね」

「そんなに絵、売れたの？」

「売れない」

そうだ、と私は立ち上がり、上の棚からウィスキーの瓶を取り出した。

「お、出ました。僕、ホットウィスキーがいいな。レモン入れて」と康介。俺はロックとトニーさんが言い、冷蔵庫から自分で氷を出し、ついでにレモンを一つ摑《つか》んで康介に投げた。サンキューと康介はナイスキャッチをして、「ルイさんもホットウィスキーにしなよ。俺、作ってあげる」と立ち上がった。私は黙って食器棚からグラスを三つ出して食卓に並べる。

連係プレーは健在なり。三人でいると、自然に家のなかの動きがスムーズになる。会話の流れもスムーズになる。

トバちゃん、お久しぶりです。ニュースです。康介とトニーさんが同時に帰ってきました。本当に偶然なの。笑ってしまいます。

康介はでも、すぐ京都に戻らなければいけないそうです。まだあちらの仕事が残っていて、あと二、三ヶ月はかかるらしいです。本当はこの家に泊るつもりはなかったらしいけれど、トニーさんがいてくれたおかげで泊ってってたわけ。

報告一つ。康介とはもう終わりました。たぶん無理だろうという予感はあったけど、再会してみてはっきりしました。トバちゃんは康介のこと気に入っていたのにね。ごめんね、期待を裏切っちゃって。もしかして結婚するかもしれないって思ってた？　私も一瞬、もしかしてって思ったときもあったけど、無理でしたね。

どうしてかって訊《き》かれても、よくわからないのですが、とにかく康介とは、恋人という関係は続けられないの。でもだからといって仲が悪くなるわけじゃないから不思議です。私と、とりあえずああいう（って、回数はそんなにないんだけど）仲になっておきながら、まるで友達か、本当の従姉弟《いとこ》同士みたいな間柄に戻れるんだから。私はそれほど器用なタチじゃないから、まだちょっと複雑な気持だけれど、康介に気圧《けお》されて、とりあえず平気でいられる。平気なんだと思う。平気とは言えないかな。本当のところ、康介に再会して、ダメだとわかったのと同時に、やっぱりこの能天気オトコのことをまだ好きだったってことも再確認してしまいました。でも、しかたないもんね。

私、康介みたいに、もっと軽く、っていうか自由に人を好きになったり、好きだという気持を素直に表したりするべきなのかなって思うんだけど。私の恋愛逃避症のいちばんの症状は、この素直さの欠如なんじゃないかって。でも簡単には性格、変えられない。

トニーさんは相変わらず。今後の動向についても予知不能です。とっても気まぐれで、たぶんひとところに長くいるのが嫌いなんでしょうね。飽きっぽいのかなあ。でも、滞納していた半年分の家賃は律義《りちぎ》に払ってくれようとするし……、ずっと留守だったんだからって私が拒否したら、じゃ半額だけって話になって、康介にも「お前も滞納してるんだろ。払え」って言ってくれて。今朝はアトリエ（トバちゃんの洋裁部屋）の掃除もしてくれたし、そういうところはきちんとした人ですから、心配しないでください。トニーさんって半年もいなかったのに、帰ってくると、昨日も一昨日もずっとこの家にいた人みたいに違和感がないのよ。

おかしな人ですね。

ミシェルさんとのことも謎《なぞ》のまま。あんまり突っ込んで訊けません。トニーさんもそのことには一切触れようとしないし。でも康介はぜんぜん気にしてないみたい。

水谷さんとはその後、仲良くやってますか？　私にも、水谷さんみたいな（って、水谷さんのようなって意味とはちがうのよ）運命的な男の人が現れないかしら。もし生涯、現れなかったら、この家でオバアチャンになるのかなあ。それも、嫌だなあ。嫌でもないかなあ。

明日の夜は久し振りに三人でご飯を作ることにしました。予定外の収入があったから私が奮発してステーキにしようって提案したら、二人ともハムカツとスープご飯が食べたいって言うのよ。やっぱりおかしいよね、この二人。

じゃね。トバちゃんも水谷さんと喧嘩しないように、お元気で。

結局、康介はこの家に三泊して帰った。今度戻ってくるのはおそらく年明けになるだろうと康介が言うと、トニーさんが、そうかそうか、そりゃよかった。じゃ、年越し蕎麦《そば》は松本から二人分だけ取り寄せよう。ね、ルイちゃんと二人で食べようね。うん、そうしましょと、私も隣で頷《うなず》いてみせる。

「ずるいよお、そんなの。じゃ、大晦日《おおみそか》だけ帰ってこようかなあ。でも京都の大晦日も一度経験してみたいし。やだなあ。トニーさん、いじわるだよなあ。俺にもお蕎麦、送ってよお」

「やだよ、バカバカしい。お前のためにそんな面倒なことできるか」

「なんか心配だなあ。ルイさんと二人だけにして大丈夫かなあ」

康介のリップサービスが始まった。その心配は、私への特別な好意から生まれたものではないことが、今の私にはよくわかる。トニーさんへの嫉妬《しっと》ではなく、むしろ自分だけ仲間はずれにされることへの嫉妬なのだ。

「ずっと心配してろ。こちらは楽しーく過ごしてますから。ルイちゃん、クリスマスは何しようかね。ツリーを飾ろうね。そうだ、鶏《とり》の丸焼きを作ろうよ。吾妻屋《あずまや》の親父《おやじ》さんに頼んで、旨《うま》い鶏を一羽、取り寄せてもらおうね」

「チキショー」と、最後まで康介は悔しそうな顔をして、家を出て行った。黒いショルダーを肩にかけ、角を曲がって姿が見えなくなっても、「クソー」と叫ぶ康介の声がいつまでも響いてきた。

「さてと」と、トニーさんがトバちゃんの赤いサンダルを脱いで家のなかにあがると、なんだか急に面はゆい気分になった。食卓の前に座り、冷め切った紅茶を自分のマグカップに注ぐ。「飲みます?」とトニーさんに訊くと、いや、いいとあっさり断られた。

これからしばらくトニーさんとこの家で、二人暮らしが始まるのだ。その心の準備が、そういえばまだ万全でなかったことを思い出す。

「初めてですもんね」

何が? と、トニーさんはとぼけた調子で聞き返す。

「トニーさんと、二人の組み合わせ」

最初の夜に一泊だけ二人だったけどね、とさして驚く様子なく、トニーさんが答える。トニーさんはもう、アトリエで絵を描く準備を始めている。煙草を口にくわえたまま画架を部屋の真ん中に立てかけて、埃《ほこり》がかぶらないよう私が上にかけておいたタオルをはずし、描きかけのリンゴとスルメの絵を、少し離れた位置から、身体を斜めにして眺めた。画家らしい動作だ。

「今夜、何にします? 私、買い物に行ってきますけど」

冷蔵庫を開けた。茄子《なす》と豚のひき肉の残りがある。麻婆《マーボ》茄子にしようかしら。お豆腐を買ってきて湯豆腐にして。康介にもらったしば漬けも残っている。あと久々にお味噌汁《みそしる》でも作ろうかな。

「中華でもいい？」

返事がない。

「麻婆茄子作ろうかと思って」

振り向くと、トニーさんが絵筆を振って、私においでおいでをしている。

「ん？　麻婆茄子、いや？」

「ちょっとこちらへ」

絵筆でソファを指し、座れと言う。私は茄子を持ったまま、指示に従った。

「あのね、ルイちゃん」

トニーさんが私の前に膝《ひざ》立ちをしている。いったん振り返って絵筆を画架の縁に置き、また前を向くと、空いた両手をズボンにこすりつけた。

「あのですね、ルイちゃん」

「どうしたんですか」

「握手」

そう言って、右手を私の前に突き出した。差し出したというより、突き出した感じだった。私はその動作に驚いて、反射的に茄子を左手に持ち替え、右手を前に出した。

トニーさんは口をへの字にして、私の右の掌《てのひら》を自分の右手の掌にゆっくり合わせ、強く握った。

「握手」

トニーさんはしみじみと、もう一度、確認するようにそう言った。

大きな温かい手だった。がっしりとした、しかし骨張っているわけではなく、むしろ柔らかな肉が私の手に吸着して全体を包み込むような頼もしい握手だった。

桂木《かつらぎ》夫人の紹介でお見合いをした帰り道に、トニーさんと手をつないだ覚えがある。横断歩道を渡る間の、ほんの短い時間ではあったが、そのときの感触がにわかに蘇《よみがえ》った。神々《こうごう》しいほどに輝いていた銀杏《いちょう》の黄色い葉の色とともに、私の脳裏にはっきりと蘇ってきた。

「麻婆茄子で、いいでしょうか」

私はトニーさんと握手をしたまま、もう一度、小声で訊いてみた。トニーさんは笑って、いいですよおと答え、それでも私の手を離そうとしない。じゃ、あたし、買い物に……と、立ち上がろうとしたら、トニーさんの手に力が入り、私の立ちかけたお尻《しり》は再びソファに引き戻された。

「握手って、いいもんでしょ」

え？　と私が聞き返すと、

「握手ってね。本気でじっくりやってみると、案外、いいもんだってわかるんだよ。どう思う？　ルイちゃん」

え？　あ、いやまあ……。

トニーさんが私を見つめている。突然、どうしたというのだろう。康介が出て行って、たちまちトニーさんは狼《おおかみ》と化したか。

私が狼狽《ろうばい》したのを見て取られたか、トニーさんが吹き出した。その拍子に、くわえていた煙草《たばこ》の先から灰が落ち、床に散った。そしてようやく私の手が解放された。

「ルイちゃんね」

「あ、はい」

「これからまたお世話になりますが、よろしくお願いします」

「ああ、いえいえ、こちらこそ。不束者《ふつつかもの》ではありますが」

「ルイちゃんは不束者なんかじゃないですよ。とても素晴らしい女の子だもの」

「女の子って歳《とし》でもないけど」

私は大きく息を吸った。

「じゃ、あたし、買い物に……」

「いいよ、買い物は。あるもので食べようよ。それより僕のそばにいて」

どうしちゃったんだ、トニーさん。そんな慈愛に満ちた熱っぽい瞳《ひとみ》は、トニーさんにぜんぜん似合っていないと思う。

「でも、お豆腐が……」

「豆腐はいいから。やっと二人だけになったんだよ。たまにはゆっくり僕の話を聞いてちょうだいよ」

トニーさんが私に話を聞いてくれなんて、今まで一度も言い出したことがない。よほどの告白をする気かしら。こういうときは、どんな反応をすればいいのだろう。

「わ、何だ何だ？　楽しみぃ」

言葉にしてから、やや軽すぎたかと反省した。

「とにかく、行ってきまーす。お留守番、お願いしますね」

私はそそくさと勝手口を出た。またいつもの冗談なのだろう。わざとあんなこと言って、からかっているんだ。心のザワザワを鎮《しず》めるために、ゆっくり歩くことにした。

もったいぶったわりにはトニーさんの口からその晩、さほどの重大告白談は出なかった。私がトニーさんに会いに茗荷谷《みょうがだに》の公園に行ってまもなく、昔の遊び仲間で今は親の旅館を継いで地元の観光協会の幹部をやっている友達に誘われて、別府へ行ったこと。大分はトニーさんの生まれ故郷でもあり、温泉場の土産物屋の一角でのんびり絵を描きながら、生まれ育った村を訪ねたり温泉に浸かって猿と戯《たわむ》れたりしたおかげで、腰痛《ようつう》の具合がずいぶんよくなったこと。

「ふうん。トニーさんって、腰痛持ちだったの？」

そうなんだねえと、他人事《ひとごと》のように答えてトニーさんは煙草に火をつけた。

「そしたらさ」と、煙草に火が点《つ》いたことを確認してから、トニーさんが目を見開いて、期待をもたせる顔をする。

「そしたら？」

私は麻婆茄子ののったご飯と玉子の中華風スープをテーブルに置き、全面的に聞く態勢に入った。

「ミシェルから電話がかかってきちゃってさ」

ヒョーと私は両手をあげて驚いた。いよいよ佳境に入ってきた。

「それでそれで？」

「それがね。僕が彼女の家を出るときに置いていった絵が何枚かあったんだけどね。その一枚を、知り合いの歯医者さんに貸して、待合室に飾ってたらしいのよ。それが、なんと、さる高名な画商の目にとまってさ」

「うんうん」

「売ってくれって言われたんだって」

「すごいじゃん！」

「だから僕、ダメって言ったの。売れませんって」

「えー、なんでぇ？　売りたくなかったの？」

「違うの。売りたい気持がヤマヤマだからさ。ちょっと出し惜しみしてみたのよ。ホイホイ売りますって言ったら、きっと叩《たた》かれるだろうと思ったから。そしたらさ」

「そしたら？」

「じゃ、いいですって。あっさり諦《あきら》めちゃったんだって、その画商。バカだねえ」

バカだねえトニーさん、と私も思いきり言ってやった。少しビールの酔いが回っていたかもしれない。でもいい気分だった。

「で、ミシェルさんは？」

酔ったついでに訊《き》いてみる。

「なんかお話しなかったの？」

「ミシェル？　ミシェルは元気みたいよ」

「だって、トニーさんに戻ってきてほしいんじゃないの？」

「それは、ないの」

「なんで断言できるの？　ミシェルさん、トニーさんのことすごく愛してるんでしょ」

急にトニーさんはおとなしくなった。ウィスキーの入ったグラスに氷を足して、お箸《はし》でカラカラカラッと音を立ててかき混ぜると、一口飲んだ。

「いいんです。ルイちゃんが心配してくれなくても。大丈夫なんです」

私の頭を、子供をあやすように二、三度軽く叩き、またグラスを口につけた。

トニーさんが望んだ通り、私たちはその晩、ご飯を食べ終った後、ずいぶん長い時間お喋《しゃべ》りをした。二人して片づけを終えたときはすでに十一時近くになっていた。

「お風呂《ふろ》、沸かしておきましたから。トニーさん、先に入ってください」

「一緒に入ろうか」

アトリエから声がした。

「なに言ってんですか、もう」

トニーさん、大丈夫だろうか。とりあえず聞き流し、私がいったん二階の自分の部屋に戻ったとき、ちょうど携帯が鳴った。

「今、ひとり？」

康介の声である。

第21話　父疑惑

「もしもし、康介《こうすけ》？　今、どこにいるの？」

「今ね、ヒガシと一緒に先斗町《ぽんとちょう》のジャズバーに来てるんだ。突然、こんなこと言ったら驚くかもしれないから、どうかなって気もするんだけど。ヒガシはさ、電話じゃなくて会って話したほうがいいっていうんだけど、でも今度いつルイさんに会えるかわかんないし」

「え？」

私は携帯電話を耳に強く押しつけた。にぎやかなトランペットの音色に紛れて声が聞き取りにくい。

「ごめん、もっと静かなとこに移動する」

まもなく音楽は消え、康介の声が一転、落ち着いた。

「今、店の外に出ました。実はトニーさんのことなんだけど」

「トニーさん？　なんかあったの？」

「あったってわけじゃないんだけどね。でも、あったってことかな、これ」

なかなか本題に入ろうとしない。

「話しにくいなら無理に話してくれなくてもいいよ」

返事がない。私は待った。かけてきておきながら何を迷っているのだろう。ミシェルさんとの関係について新しい情報でもつかんだのだろうか。

康介の横を通り過ぎる人々らしきお喋りが聞こえ、やがて遠ざかっていった。静けさが戻ってきたとき、康介は一つ咳《せき》払いをし、覚悟を決めたかのように真面目《まじめ》な口調になった。

「やっぱりこれは話しておいたほうがいいと思う」

ヒガシの古い知り合いに京都で画廊をやってる爺《じい》さんがいてさ、と話は唐突に始まった。

「長いこと会ってなかったらしいんだけど、その人とヒガシが今年の夏にばったり再会して、何してるのって訊《き》かれたんだって。それで、ヒガシのお祖父《じい》ちゃんが死んで、お蔵の整理をしなくちゃならないんだけど、手伝ってもらおうと思っている友達が東京にいて……って俺のことだけど、絵描きのトニーさんって人と女の子と三人で同居してるって話をしたんだってさ。そしたら、その画廊主が、トニーさんを知ってるって言い出したんだよ」

ふうーんと、私は相槌《あいづち》を打った。偶然と言えば偶然だが、放浪癖のあるトニーさんなら京都に知り合いがいても不思議はない。それが私に報告しにくいほどのニュースとは思えなかった。

「それで？」

「そしたらね。その画廊主がさ。トニーってのはけっこうモテて、その頃は北白川のあたりの古い一軒家を借りてフランス人と同棲《どうせい》してたけど、同時に若い舞妓《まいこ》とも深い仲になっちゃって、そりゃもうぐっちゃぐっちゃの大騒ぎになったことがあるんだって」

「へえ、トニーさんらしいね。その後どうなったの？　だいたいそれっていつ頃の話？　トニーさんをからかうネタに使えるかな。舞妓さんの名前は？」

康介の声が急につっけんどんになった。

「名前なんか知らないよ。とにかくその話はどうでもいいんだよ」

「だって康介が話してくれたんじゃない」

「だから続きがあるんだよ。それが問題じゃないんだから。画廊主がね、トニーさんはそれよりもっと昔に一度結婚したことがあって、子供が生まれてまもなく奥さんが死んじゃって、赤ん坊だった娘を奥さんの親戚《しんせき》に預けてきたって話してたって言うんだよ」

康介はそこまで言うと言葉を止め、私の反応を待っている。

「もしもし、聞いてる？　ルイさん？」

「うん、聞いてる」

「なんかさ。なんて言うかさ……。ドンピシャリって感じしない？」

ドンピシャリ……。私はぼんやり考えた。

「ほら、僕が京都に来る前に、ヒガシがふらっと遊びに来たことあったでしょ」

「ああ、日曜日にね」

「そうそう。あのときヒガシが、トニーさんはいないのかって、何度も訊いてたじゃない」

「そうだっけ」

「そうなんだよ。ヒガシのヤツ、どうやらその情報を仕入れたばかりで、様子を探る目的もあって来たらしいんだけど、とてもルイさんに言い出せなかったんだって」

「康介はその話、いつ聞いたの？」

「今日。さっき。もう驚いちゃってさ。突然、ごめんね。でも、ヒガシが聞いたところによるとね。そのトニーさんはぜんぜん娘に会ってないらしい。会いたいけど、今さらその資格はないよなって画廊主に話してたんだってよ」

さっきまで興奮気味だった康介が、打って変わってしみじみと、私をなだめるかのような声でそう言った。

「でも」と私は疑問に思った。

「その画廊主の知ってるトニーって名前の人が、本当にトニーさんだっていう確証はあるの？」

「今の時点でそうとは言い切れないけど、こんなに経歴も職業も同じようなトニーって名前の人間が、世の中にそうそう何人もいるとは思えないじゃない」

「そうかしら。トニーって名乗ってる芸術家なんて、いっぱいいそうじゃない。トニー谷とか、トニー・レオンとか、トニー……」

「そういうことじゃないでしょう。だって、その画廊主が二十年前にそのトニーって男に会ってたときは四十代後半だったっていうんだよ。だいたい合うでしょ。で、フランス人の恋人がいて、遊び人ってとこもさ」

「だからって……。じゃ、康介は、京都にいたそのトニーって人がトニーさんと同一人物だとしたら、その話の、親戚に預けてきた赤ん坊が、私だって言いたいわけ？」

「言いたいってわけじゃないけど。……そうかもしれな……くない？」

今年の春、失職して落ち込んでいた康介をなぐさめるつもりで、自分も父に捨てられたんだと康介に話したことを思い出す。

「それって何年前？」

「何が？　京都にいたのが？」

「ちがう。赤ん坊を置いてきたのが」

「だから三十数年前だってば」

「本当に？」

「僕が直接、聞いたわけじゃないから、正確な年月はわからないけど。だからルイさん、確かめてみたほうがいいと思うんだ。もしかしてトニーさんがルイさんのお父さんかもしれないんだよ。きっと娘の顔が見たくて、こっそり会いに来たんだよ。じゃなきゃ、ヘンだよ。赤の他人がずっとルイさんちに居座るなんてさ」

「康介だって赤の他人だったけど、居座ってたじゃない」

「僕は赤の他人じゃないよ。一応、奈々子《ななこ》さんの紹介で知り合ったんだしさ。とにかく俺とは居座った理由が違うから」

「康介の理由はなんだったの？」

「そりゃ、まあ、居心地が良かったのと、その木造の家に興味があったのと、三人でいるのが、なんか楽しかったんだもん。ルイさんのことも、すごく好きだったし」

言葉が止まった。しばしの沈黙。過去形なの？　と、訊いてみたかったが、やめた。今、そっちへ話題を広げている場合ではない。でも、と私が新たな質問を投げかけようとしたとき、

「東高辻《ひがしたかつじ》です。どうも」

電話の声が替わった。細くて少し高めだが、知的で穏やかな、人を安心させる声である。

「どうも。お久しぶりです。お元気ですか」

「すみません、康介が先走っちゃって。むやみに驚かしちゃルイさんがかわいそうだからやめろ言うたんですけど。大丈夫ですか」

「大丈夫っていうか。でもなんか、突然、そう言われても……」

「そりゃそうですよね。まだちゃんとした証拠もないし、信じられないですよね。ただ康介が、今はルイさんがトニーさんと二人きりだから、もし本当だったら心配だって。早《はよ》う知らせたほうがええ言うて聞かないんですよ。コイツ、なんだかんだ言うて

も、ルイさんのこと、気になってしかたないらしいんです。こっちはこっちでもう少し調べてみますから、あんまり気にせんと、もう忘れてください」

忘れろと言われても、こんな衝撃的な話を簡単に忘れるほど私はボケていないぞ。

と、東高辻君に怒ってみてもしかたない。

そのとき無理矢理、携帯を奪い取ったかのように再び康介の声に戻った。

「とにかく気をつけてね」

「気をつけろって、何に？　トニーさん、極悪人ってわけじゃないんでしょ」

「いや、でもさ。思いあまって近親相姦《そうかん》ってことになっても、いけないし」

「何、言ってんのよ！」と、つい大声を出したとき、階下からトニーさんの声がした。

お風呂、お先にいただきましたよお。あの声が、実は私の父……？　急に心がワサワサしてくる。

「バカ言わないでよ、康介」と私は電話に向かってきつい口調で囁いた。

「バカかもしれないけど、でもわかんないでしょ。とにかくまた連絡するよ。ルイさんも何か変化があったら知らせてよ」

「でも確かめろって言われても……」と言いかけたとき、部屋の扉がすうっと開き、携帯
トニーさんの火照《ほて》った顔が現れた。私は反射的に電話のスイッチをオフにして、携帯

を後ろへ放った。

「ごめん。電話中だったの？ 返事がないから寝ちゃったのかなと思って。お風呂《ふろ》」

「お風呂？」

「うん。お先にいただいたから。冷めないうちにどうぞ」

「あ、ありがとうございます」

「女性の部屋を勝手に開けちゃいけなかったよね」と、そう言うわりにトニーさんは濡《ぬ》れた頭をタオルで拭《ふ》きつつ、私の部屋を眺め回している。

「女の子の部屋ってのは、かわいいもんなんだねえ」と今度はタオルの両端を握って腕を上下に動かしながら、「あのですね」と、のどかに切り出した。

「はい……」

自分の声がこわばっているのがわかる。康介との電話を、もしや聞かれたわけではあるまいか。

「明日、ちょっと出かける用事ができちゃってね。晩ご飯、一緒に食べられないんだけど」

「え？ ああ、よかった」

「よかった？」とトニーさんの上下腕体操の手が止まった。

「いや、その、ちょうど私も友達と約束があって……」

「あっそう。そりゃちょうどよかった。気が合うねえ。出かける日まで合っちゃうんだね。俺たち、似てるのかな」

「顔？　性格？」

「どっちもかねえ。ルイちゃんはデート？　さっき電話してた人か」

「いえ、ぜんぜん。もうまったく。ぜんっぜん！」

「康介がやきもち焼くぞ。さっきの電話、康介と話してるのかと思ってたけど、ちがったのね」と言うと、フフフと不気味に笑って、

「じゃ、おやすみ」

扉が閉まり、まもなくどすんどすんとゆっくり階段を降りていく音がした。脱力し、私はベッドにばったり倒れ込んだ。

性格が似ているなんて、考えたこともない。顔だって、ちっとも似ていない。でもトニーさんの顔を見ていると、ときどき懐《なつ》かしいような、甘えたくなるような気持になる。親を求める幼児の本能が呼び覚まされるせいだろうか。

思えばトニーさんは最初から私に優しかった。ときどき私に迫ってるのかしらというような目つきで見つめることもあるけれど、あの目は娘に対する慈愛の視線だった

のか。トニーさんがしきりに私のお見合いに乗り気だったのも、父親として娘の将来を案じたせいかもしれない。ミシェルさんとのことや過去のことをあまり話したがらないのは、娘の私に遠慮しているからなのか。それにしてはセックスの話や下品な話を私の前で平気でする。照れ隠しということも考えられるけれど、自虐《じぎゃく》的に下品さを装《よそお》って、父親であることの緊張から逃げているのかもしれない。

でも、照れ屋のわりには何かというと私の手を握りたがる。さっきもあんなに長く握手をして、なかなか離してくれなかった。長年の不在を、スキンシップで埋め合わせようとしているのだろうか。

だからといって、今さら実の父親が目の前に現れても、これから先の人生をどう切り替えればいいのか見当もつかない。生れてこのかた、私は父親のいない生活にじゅうぶん慣れ、ほとんど不自由なく、不幸とも思わずに育ってきた。父親だけではない。私には母もいなかった。そのぶんトバちゃんがカバーしてくれたのである。そのおかげで、私はぐれることもなく、そこそこまともに大人になれた。そうだ。考えてみれば私は、父母の顔も知らずによくぞここまで素直に育ったものだ。トバちゃんには感謝するけれど、そもそもの私の性格がよくできているとも言える。偉いなあ、私って。……偉いのではなくて、鈍感なのだろうか。だいいち父親が生きているらしいことは知っていたのに、その父親に会いたいと思ったことがない。いなくても不便ではなかったし、会いたくないわけではなかった。なぜ会おうとしなかったのだろう。やっぱり私は鈍感なみなしごってことかしら。

「お風呂！　冷めるぞ！」

階下から大きな声が響き、私は「はい！」と反射的に飛び上がった。


昼休みに教職員ホールでミックスサンドを食べていると、石橋先生がいそいそと近づいてきた。

「トニーさん、お戻りになったんですって？」

「なんで知ってるんですか、先生」

「ふふ。吾妻屋《あずまや》さんから聞いたのよ。昨日、ちょっとお肉のことで訊《き》きたいことがあってお電話したらね、親父《おやじ》さんがうれしそうに話してくれたの。お隣に座っていい？」

石橋先生の持っているトレイからカレーの匂《にお》いが漂ってくる。

「どうぞどうぞ」

私は隣の椅子《いす》に置いてあった自分の荷物を退《ど》けて、席を空けた。

「ありがと。あー、もう午前中の講義でへとへと。今年の学生は静かすぎてやんなっちゃうの。反応がないのよ、ぜーんぜん。真面目《まじめ》なんだけどね。でももう三週間で冬休みだから、あとちょっとの辛抱」

「大変ですねえ、先生」

私は頷《うなず》きながら、チーズサンドをつかんで紅茶を一口、飲む。

「で、今はトニーさんとあのお家で二人なの？」

「ええ、康介がまた京都に行っちゃったんで」

「康介ちゃんとは、どう？　うまくいってる？」

「いえ、もう……」

私は石橋先生から目をそらし、グレーのフレアスカートに散らばったパンくずを手で払った。

「やっぱりね。あの子、いい子だけど、心が浮遊してて一つのことに長く集中できないでしょう。ルイちゃんとの相性は悪くないんだけど。でも恋愛相手としてはやめといたほうがいいわ。あと二十年くらいしたらあの子も落ち着くんじゃないかな」

「二十年……」

二十年後、私は五十半ばか。まだ結婚もせず、父親の介護なんかしていたりして……。

「ルイちゃん、そんなに待ってられないでしょ。だから他の人にしなさい。それより トニーさんとは、どうなの？」

「やだ、先生。ぜんぜん、そういう関係じゃないですから」

私は慌《あわ》てて持っていたサンドイッチを横に振ったので、マヨネーズのついたキュウリがパンの間から落ちて、皿の上にペッタリ張り付いた。

「あら、もったいない」と石橋先生はそのキュウリを拾い上げ、あっという間に口に入れた。そしてズボンのポケットからティッシュを取り出してマヨネーズのついた指を拭き、ついでに出てきたカードの箱をテーブルの上に置いてニヤリとした。

「トニーさんとの相性、見てあげようか」

「いえ、先生、いいですよ」

私は本気で拒否した。占いの結果、二人は親子ですなんてズバリ指摘されたら、今は困る。心の準備ができていない。サンドイッチを持ったまま、私は両手を振って断った。その勢いでキュウリの小さなかけらがまた一つ、今度はトレイの上に落ちた。

石橋先生がまたそれを拾って口に入れ、

「大丈夫よ。私、いつも言ってるんだけど、どういう結果が出てもまともに受け止める必要はないの。デタラメ言ってるわけじゃないわよ。でも人間はそんなに単純にはできてないの。この占いは生活のヒントに利用していただければいいんです。相性が良くないって出たら、その部分に気をつけて生活すりゃいいんだし。合うって知っていれば、喧嘩《けんか》したとき落ち込まなくてすむでしょう」

でも……と、私にしては頑《かたく》なに抵抗したつもりが軽く無視されて、石橋先生はすでにカードをシャッフルし始めている。

「じゃ、トニーさんのお名前と誕生日」

教授面接のようにテキパキ問われ、私は反射的に答えてしまう。

「田中十二夫《とにお》。誕生日は……、たしか七月十六日だったかな」

「蟹《かに》座の後半期ね。じゃ、あっちのやり方にしようかしら。これ、康介ちゃんにやったのとは違うやり方なの。こないだのは若い人向け。六十歳以上の場合は、こっちのほうが当たる確率高いのよ」

「あ、そうなんですか」

先生は丁寧にシャッフルしたカードを一枚ずつ、菱形《ひしがた》に並べていく。並べながら、邪魔になった食べかけのカレーを隣のテーブルへ移動させた。表情が厳しい。トレイを持った職員や先生がたが不審な顔でそばを通り過ぎていく。

「これはねえ」と、まもなく石橋先生が並んだカードを見つめながら、静かに声を発した。

「なかなか面白い結果が出ましたねえ」

いやな予感がする。私は手で口をふさいだ。耳をふさぐ代わりだ。

「あなたとトニーさんはね。強いつよーい糸で結ばれています。距離とかかたちとか、相性を乗り越えて、ものすごく強いエネルギーで引き合ってるの」

石橋先生は黙ってカードを睨《にら》みつけている。

「それは……、たとえば肉親みたいな？」

「肉親の場合にこういうカードが出ることはままあるわね。でも肉親とは限らない。恋愛関係とも限らない。そういう特殊な関係を超越した、人類愛っていうか……」

「人類愛!?」

「まあ、言ってみれば」

「はあ。でも、康介のときも先生、抜群の相性だって……」

「ああ、康介ちゃんともとてもよかったわね。まあ、ルイちゃんは誰にでも愛される人だから。相性悪い人は基本的にいないのよ」

「そんなことないですよお」と反論したとき、中華丼《どん》をトレイに載せた大谷教授が、私と石橋先生に慇懃《いんぎん》な会釈《えしゃく》をして通り過ぎていった。あの教授との相性は最悪にちがいない。

「何か気をつけるべきことって……」

大谷教授を見送ってから、私は訊いた。

「トニーさんと？　そうねえ」と石橋先生は再びカードをシャッフルして、なかから一枚を私に選ばせた。それを開くと、クローバーのジャックだった。

「トニーさんって何やってるかわかんないところがあるでしょ。でも悪いことしてるわけじゃないから。問い詰めたりしないで。ほどよい距離を保っておいたほうが円満な関係でいられるかもしれないわね。それくらいかな」

石橋先生は、トニーさんの挙動不審ぶりを言い当てている。まあしかし、ミシェルさんを追いかけて家を出て行ったところは目撃していたのだから、無理はないか。

「あとはルイちゃんが自分を大事に思うこと。甘やかすってこととはちがうの。自分のダメなところも嫌いなところも認めたうえで、自分を好きになりなさい。自分をないがしろにすると、あとでしっぺ返しがくるの。そういうもんよ」

そこでちょうど昼休み終了の鐘がなり、石橋先生は慌ててカードを片づけ出した。

「いけない、一時にフランス人のお客様が五人も見えるんだった。語学センターの見学の案内をしなきゃならないの。たいへーん」

「ありがとうございました、先生。参考にします。あ、カレーは私が片づけておきますから。先生は早く行って」

「そお？　ごめんなさいね、ルイちゃん。今度、私もトニーさんに会わせてよ。お家に遊びに行ってもいい？」

「どうぞ」と言ってから、やや不安になり、

「ただ……、その……。トニーさんは、私の叔父なんです、ってことなんですけどね」

父親疑惑問題に気を取られて、石橋先生に我々の関係をきちんと説明していたかどうか、わからなくなった。

「わかってるわよ。康介ちゃんは従弟《いとこ》ってことになってるんでしょ。吾妻屋さんに聞いたわよ」

「ことになってるって……。もしかして吾妻屋さんも知ってるの？」

「あなたの叔母様が教えてくれたらしいわよ。内緒だけどって」

「ウソッ」

「じゃね、サリュ！」

石橋先生は愛用の派手なピンクのリュックを手にぶら下げて、チョコチョコと器用に食堂の雑踏をくぐり抜け、あっという間に姿を消した。

「なんかあったの？」とトニーさんがこの頃、しきりに私に訊く。いいえ、何にもないけれど、どうしてですかと問い返す。

「ならいいけど。なんか最近、おとなしいんじゃない、ルイちゃん？」

「いえ、こんなもんですよ、いつも」

「そう……」と言ったきり、トニーさんはそれ以上、追及してこない。

今朝も私が出かけるとき、勝手口のところまで見送ってトニーさんはこう言った。

「今年は冷えるねえ。夕方から雪が降るかもしれないって、天気予報で言ってたよ」

トニーさんはマグカップ片手に裸足《はだし》のまま三和土《たたき》から身を乗り出して空を見上げた。

私は床に座ってブーツを履きながら、トニーさんの裸足の足を見つめる。私の足と、指の生え具合なんかが似ているみたい。

「早く帰っておいで。なんか温かいもの作って待ってるから」

なんでそんなに優しいの？

ブーツを履いて立ち上がるとトニーさんと向き合った。私は反射的に下を向く。トニーさんのシャツに染《し》み付いた煙草《たばこ》の匂いが鼻をくすぐる。

「忘れ物、ない？」とトニーさん。

「うん」

「ハンカチ、ティッシュ。お財布。定期」

「持った」

「時計、携帯電話、手帳」

「持った」

「ハンドクリーム。口紅、コンパクト、ブラジャー」

「ブラジャー？」

私は思わずトニーさんを見上げた。

「いや、し忘れてないかと思ってさ。大丈夫、いいカタチしてるよ。じゃ、行ってきなさい。気をつけてね」

「はい」と私はバッグをつかんで外に出る。

トニーさん、ごめんなさい。私は歩きながら謝った。自分でもどうしていいのかわからないの。本当は、「行ってきまーす」って、明るくハグなんかして出かけたいのに、こんな中途半端《はんぱ》な気持じゃ、できません。康介は確かめたほうがいいと言ったけど、何をどうやって確かめればいいのか。

「どうだった？」と、トニーさんが夕刊に目を落としたまま私に訊く。

「どう？　何が？」

「学校。何かいいことあった？」

「うーん。別に……」

私は食卓にトニーさんと私のお箸《はし》を並べ、取り皿をそれぞれの箸の前に置く。そのときふと気がついた。今日はトニーさんが煙草《たばこ》を吸っているところを一度も見ていない。

「どうしたんですか、煙草」

新聞のページをめくりながらトニーさんが顔を上げた。

「ああ、ちょっとね。やめようかと思って」

「なんで？」

「いろいろね。反省することが多くて。そろそろ身も心も入れ替えようかってね」

「反省することって何を？」

「人生すべてこれ反省の日々ですよ」

「たとえば？」

トニーさんが夕刊を畳んで眼鏡越しに私を見つめた。

「厳しいねえ、今日のルイちゃんは」

「そうじゃないけど」と私は目をそらす。

「おっ、ご飯が炊《た》けたぞ。飯にしよう、飯に」と言って立ち上がり、新聞を棚の上に置いてガス台に向かった。

「今日のスープはね、チキン&マッシュルームのクリームスープ。スープっていうか、シチューだな、こりゃ。ニンジンとブロッコリーは茹《ゆ》でてあるから。ドレッシングは冷蔵庫。ちょっとスープ皿出して」

「はい」

トニーさんの指示に従って私は素直に動くだけ。

「よし、食べよう。ほら、座って座って。あ、スプーンが出てないや」

「はい」

いけない。どんどん気まずくなっていく。

「どう？　味は。なかなかだろ」

「はい……」

なんとかしなければ。ウソでももっと明るく。ほら、ルイ。しっかりしろ。

「トニーさん、上手。すごくおいしい」

「そ？　よかった」

そしてまた沈黙。スープをすするズルズルという音が部屋に響く。ときどき、アチチ、とトニーさんがわざとらしく驚いて、私の笑いを誘おうとしている。何かを言わなければ。何を言おう。何を言おうって、一つしかないだろう。

「トニーさん……」

「ん？　アチチ」

「私、トニーさんに私の両親の話、しましたっけ……」

「ん？　どうだったかな。トバさんの話は聞いたけどね」

あまり聞きたそうな顔ではない。しかし私は決行する。

「あのね。私の母は、私が赤ん坊のときに病気で死んじゃって……」

「ああ……」

私はトニーさんの目をチラリと見る。さほど驚いている様子はない。

「で、父は、一人では育てられないからって、私を母の実家に預けて出て行っちゃったんです」

「ああ、そう」

私はスープ皿に顔を向けたまま、横目でトニーさんの顔を盗み見る。動揺している気配は、まったくない。

「で、お父さんとはその後、会ったことあるの？」

うわっ、他人事《ひとごと》のような訊《き》き方。

「いえ、一度も。仕送りはしてくれてたみたいなんですけど。全部、トバちゃんが管理してたんで、私は知らないんです」

「今は？」

「今はない。高校卒業するまででいいって、トバちゃんが断ったみたい。だって父だって大変だったと思うし。何して生きてるのか知らないけど」と、ここでもう一度、トニーさんの反応を窺《うかが》う。トニーさんは、ご飯をスプーンですくってスープのなかに入れ、スプーンの背でペタペタ押さえ、スープに浸している。その上に、数滴、お醬《しょう》油《ゆ》とレモンを垂らし、さらに七味をふりかけた。おいしそうだ。私も真似《まね》してみよう。

「そりゃね」とトニーさんがスープに浸したご飯をスプーンですくって言った。

「お父さんを責めちゃいけない。お父さんだって辛《つら》かったんだよ。できることなら娘と一緒に暮らしたかったに決まってるって。でもきっと、無理だったんだろうなあ」

「どうして？　どうして無理なの？」

「そりゃ、男手一つで仕事しながら赤ん坊育てるってのはねえ」

「じゃ、少し大きくなってから引き取りにくるって方法もあったんじゃないかしら」

「どうかな。そういう手だてもあっただろうし、お父さんもそうしようと思ったんじゃないの？」

突然、思い出した。中学に入学したときに、トバちゃんに訊かれたことがある。お父さんに会いたいかと。そのとき私は「今は別に」と答えた。そしてトバちゃんは「わかった」と言い、それきり父の話をしなくなった。もしかしてあのとき、父は私に会わせてくれと申し出てきたのではないか。私が一緒に暮らしたいと言えば、引き取るつもりだったのではないか。それを私は拒絶した。そしてそれっきりなのだ。

「ルイちゃんは、お父さんに会いたいの？」

トニーさんが、空になったスープ皿とご飯茶碗《ぢゃわん》を重ねて食卓の端に置き、腕組みをしている。私は答えに詰まった。ここで「イエス」と言ったら、突然、トニーさんが背を正し、

「お前の会いたい人は、目の前にいるんだよ」

そんな場面に私は耐えられるだろうか。ダメだ。怖くてできない。質問に切り替え

よう。

「トニーさん、子供は？　いるの？」

ダメだ、この質問もダメだ。

「子供？　それがねえ……」

「……えっ？」

「わかんないんだよぉ」

「わかんないってことはないでしょう。何人かいるの？」

そのとき突然、勝手口のドアが開き、奈々子がとび込んできた。

「よかったあ、いて。ルイ、お願い。ちょっと一緒に来て。井上先生が大変なの」

呆気《あつけ》に取られて立ち上がったトニーさんに気づいたか、奈々子は私を見つめ、「誰、この人」と露骨に不審気な顔をした。

「えー、……」

奈々子にトニーさんのことをどこまで説明していたか、一瞬混乱した。言いよどんでいると、

「もしかしてこの方がトニーさん？　どうも。まあ、突然、申し訳ありません。トニー叔父さままですわよね。お噂《うわさ》はかねがね。わたくし、伊礼奈々子と申します。ルイさ

んの親友。叔父さま、実はちょっと緊急事態が発生しまして。今夜、ルイさんをお借りしたいんですけど、よろしいかしら」

「はあ」とトニーさんが椅子《いす》に腰を落とし、ポケットから煙草を一本取り出した。

「やめたんじゃないんですか、叔父さま」と私はトニーさんを睨《にら》んでみせる。

「明日からにした」

小声で答えるトニーさんの声にかぶさるように奈々子が浮かれた声を出した。

「まあ、こうして見ると、ルイとよく似てらっしゃらない？　トニー叔父さま。目のあたりなんかそっくりだわ」

「そっくり？」と、私とトニーさんがオウムのように繰り返した。

「うん、そっくり。あ、ごめんなさい。外にタクシー待たせてあるの。主人も一緒なのよ。とにかく急いで。もうその恰好《かっこう》でいいから」

「そんなこと言われても。だって私、今……」

今、私はお取り込み中なの。トニーさんと大事な話をしているんです。そう言いたかったのに、言えないまま、コートとバッグを持たされて、気がつくとタクシーで待つ伊礼さんの隣に座っていた。

第22話　三人のベッド

ジュジジジというスズメの鳴き声で目が覚めた。薄目を開けて、傍らのテーブルに置いた腕時計を取り上げる。

六時五分。

カーテンの裾《すそ》を少し上げてみる。外はまだ暗い。耳を澄ますと、隣室からかすかな咳払《せきばら》いが聞こえる。続いて派手なくしゃみが一回、二回……、しばらくのち、立て続けに三、四、五、六……回目が不発に終わり、そして……ようやく収まった。

私は身体《からだ》を起こし、きしみの激しい金属製の簡易ベッドからなるべく音を立てないようにして無事脱出。つま先立ちで歩いてバスルームに入る。このホテルの寝間着はずいぶんしっかりした白い木綿地で作られているものだ。身体を動かすたびにシャリシャリと衣擦《きぬず》れの音がする。

手を洗い、鏡に顔を映す。なんて生気のない肌だろう。目の下のクマが昨日より深くなったような気がする。

あーあ、と、鏡の自分に向かってため息を吐く。ウチに帰ったら、昨日の夜、テレビで紹介していた「もずく化粧水」というのを作ってみよう。こないだ同僚の菊子さんからハワイ土産にいただいたゲランの美容液の試供品もベタベタにつけまくって、お肌ピッカピッカにしてやるもんね。鏡に話しかける。鏡のなかの私が眉間《みけん》に皺《しわ》を寄せ、情けなそうに頷《うなず》いた。

お湯で顔を洗い、タオルで拭きながらバスルームから出てくると、ドアのうしろにいた小説家とぶつかりそうになった。

「おっと、おはよう」

茶色い縞《しま》のパジャマの上にタオル地のガウンを羽織った小説家がコーヒーカップを一つ持って立っている。身体中から強烈な煙草《たばこ》の匂《にお》いが立ち上ってきた。

「あ、おはようございます」

私は思わずタオルで胸を隠す。裸だったわけではないが、いかんせん寝間着姿である。

「コーヒーでよかったかな」

「私、自分で……」

小説家のむっちりとした手からコーヒーを受け取って、こぼれないようしずしずとベッド脇《わき》のサイドテーブルまで運んだ。

「もっと寝てればよかったのに」

小説家のしわがれた声が、コーヒーカップの軽やかな音色に混ざった。

「あ、いえ。なんか目が覚めちゃったもんで」

会話が途切れた。私はコーヒーを一口すする。小説家と顔を合わせるかわりにお礼の意味で軽く頭を下げた。

徹夜したんですか、原稿は書けたのですか、お疲れのご様子ですね、次々に思いつく質問を、私はコーヒーとともに飲み込んだ。

窓の外がしだいに明るくなってきた。今日で三日目の朝を迎えたことになる。いったい私はいつになったら解放されるのか。どうして私がこんな目に遭わなければならないのか。こみ上げてくる苛立《いらだ》ちも、コーヒーと一緒に胃の中にしまい込もう。お砂糖を加えたら、胃に収まりやすいかもしれない。カップを握ったまま、砂糖を探す。

「ミルク？　お砂糖？　ここにありますよ」

むちむちした手には似合わぬ小さな砂糖のパックをつまんで小説家が近寄ってきた。やけに低姿勢だ。

「はい、どうぞ」

「どうも」

できるだけ無感動な女を演じてみる。ささやかな抵抗のつもり。

「そうだ、朝飯を食べてきたらいい。夜中に思い出したんだ。四十七階のレストランの一番奥に小さなテーブルがあってね。そこから見える朝の富士山は格別なんだなあ。それを昨日、君に言うの、忘れてさ。着替えてなさい。その間に僕が電話で予約しておいてあげるから。そうだ、そうしなさい」

小説家はたちまち陽気になり、書斎として使っている隣の薄暗い寝室へいそいそと引っ込んだ。


二日前の夜、奈々子《ななこ》と伊礼さんに無理矢理このスイートルームに連れてこられ、小説家と対面させられた。小説家はベッドの横に置かれたソファに身体を斜めにして、まるで麻酔から醒《さ》めたばかりの熊《くま》のような脱力した様子で座っていた。私を冷たく一瞥《いちべつ》したが、すぐ、向かいの椅子に座る色白の不健康そうな男との会話に戻った。私と奈々子と伊礼さんは隣接する部屋で待機させられた。しばらくして小説家と話し込んでいた男が寝室から出てくると、私を廊下へ連れ出した。

申し訳ありませんと男は顔をくしゃくしゃにして、いきなり私に謝った。奈々子が私の隣に来て補足した。

「この方ね、井上先生の担当編集者なの。いい方なのよ。助けてさしあげて」

男は私に名刺を差し出した。文潮社「小説文潮」副編集長　馬場力一。私は名刺を受け取って、目の前に立つヒョロヒョロの、大きめの背広が薄い胸の上でひらひら揺れ、ネクタイもよれたその男の姿を見直した。

名が体を表していない……。

「井上先生がどうしても一人では書けないとおっしゃるんですよ。今までは奥様が必ずそばにいらっしゃいましたからねえ。ご迷惑だということは重々わかっておりますが、なにしろもう後がなくて。久々の長編一挙掲載ってことで大々的に予告も出してしまいましたし。『古行賞受賞第一作！』という表紙も刷り上がってて、今さら中止ってわけにはいかないんですよ。無理を承知で、どうか一つ！」

いきなり力一が廊下に座り込んだと思ったら、私の前で土下座した。

「やだ、やめてください、そんな」

膝《ひざ》を曲げ、力一の腕をつかんで立ち上がらせようとするが、力一は抵抗した。

「おいおい、こんなとこで、それはよしなさいよ、君」部屋から出てきた伊礼さんも私に手を貸して力一を立たせようとするが、力一は伊礼さんの手を振り払い、切腹寸前の武士のようなこわばった面持ちだ。

「いや、これぐらいしないと私の気持が収まらないんです。どうか！」

やや薄くなりかけた後頭部を晒《さら》して、床にコトンと頭をつけた。

いったい何事だというのだ。つまり、あの小説家に原稿を書かせるために、私に奥様のかわりを務めろということか。

「クリスチーナさんは……？」

私は奈々子と伊礼さんを振り返る。

「帰っちゃったんですよ、あの晩の翌日に」

伊礼さんが答えた。

「本気で？　チェコに？」

「そう。それ以来、井上先生、おかしくなっちゃって。原稿がぜんぜん手につかないのよ」

奈々子は口の端を手で覆《おお》い、典型的な内緒話の仕草を作ってみせた。

「で……」

「だからね、ルイに。大丈夫。危険なんか絶対ないんだから」

「危険って……。でも私に、何をしろって言うんですか」

「ですから」と、力一が手の埃《ほこり》をはらいながら立ち上がり、今まで床につけていた指で、しきりに唇を拭《ぬぐ》った。汚い。

「あなた様にはただ、先生の書斎の隣に控えていただいてですね。ときどきお茶を淹《い》れたり様子を見たり、ま、ちょっとしたお喋《しゃべ》りのお相手をしていただくとか、食事のお相手をしていただくとか、それぐらいのことで充分なんです。それ以上のことは、何も望んでおりません。先生もきっと、そうです」

「きっと、そうですって……」

「やだ、リキちゃん、ルイが不安がるじゃない、そんなこと言って。ぜったいあり得ないって」

奈々子が慌《あわ》てて補足すると、「もちろんですよ」と力一がリズミカルに反応した。

「でも、どうして私じゃないと……」

それはねと奈々子が私の質問を引き取った。

「井上先生の強いご要望なの。そりゃ、あたしでよければ何日だって先生のおそばにいますよって申し上げたんだけど、あたしじゃダメなのよ。君はちょっとうるさいだって」

「そりゃ、そうだろうなあ」と伊礼さんが口を挟むと、失礼ねっと奈々子が伊礼さんをキッと睨んだ。そして私を振り返り、

「先生ね、ああ見えてすごく神経の細いところがおありになるの。誰かそばにいないと不安で原稿が一行も書けなくなっちゃうんだから。昔っからそうなのよ。それなのに、奥様に捨てられちゃったものだから先生、まいっちゃったみたい。もうルイに頼るしかないわけよお」

「そんなバカな。だって私……」

「嫌われてるはずだって言いたいんでしょ。違うんだってば。先生って、好きな人にああいう傲慢《ごうまん》な態度、取っちゃう人なのよ。奥様とルイって、何となく似ているところがあるのよね。先生、ルイなら信頼できるみたいよ」

聞けば聞くほど不可解だ。そんなことは担当編集者の仕事だろう。たとえ小説家が私を気に入っているとしても、なぜ私があの小説家を助けなければならないのか。

「私が、イヤだって言ったら？」

力一が再び床に座り込んだ。コイツは土下座人形か。

「お願いします！　どうか。このお礼は当社で責任を持ってさせていただきますので」

「そんなこと言ってるんじゃありません。そうじゃなくて、私にだって……」

「仕事先には私から説明して欠勤届出しとくし、叔父様にもきちんとご連絡申し上げておくから。ね、一晩だけでいいんだから。他に救える人はいないのよ、私からもお願い」

土下座人形は床に座り込んだまま、顔だけ上げて梅干し顔で、再び厚い唇を拭った。

一晩だけという奈々子の話は嘘《うそ》だった。次の日の午後、編集者の力一がやってきて、小説家の部屋を覗《のぞ》いたのち、おかげさまでようやく先生、書く意欲が湧《わ》いてきたっておっしゃっていますと、大げさにガッツポーズを作った。

「ただどうも、もうちょっとだけ、ルイさんにいてほしいって先生が。あと一息なんですよ。本格的にエンジンがかかるのは。……よろしい……ですよね」

力一は、頼りなさそうに見えて案外、策士かもしれない。ここで私が帰ると言ったら地球が滅びるとでも言い出すにちがいない。腹が立った。猛烈に腹が立ったが、この顔に抗《あらが》う気力が湧かない。結局、世の中は、こうして意志の弱い者が折れることになるのだ。強引な人間が勝つと決まっているのである。

私は、私のために設置された簡易ベッドの上に腰を降ろした。

時間が過ぎるのを待つしかない。小説家が原稿を書き上げればそれで終了なのだ。書き上げられなかったとしても、期限がくれば必ず解放される約束である。終身刑で刑務所に入れられたわけでも不治の病に倒れたわけでもない。こんなこと、いっときの希有《けう》な経験だと思って楽しめばいいじゃん、ねえ、ルイちゃん。

そして三日目の今日になった。四十七階のレストランに朝食を食べに行くとき、「あ、モーニングステーキを注文するといい。朝、ステーキを食べるのもオツなもんだよ。払いは部屋につけときゃいいから。ゆっくり楽しんでらっしゃい」と、小説家がドア越しに手を振って送り出してくれた。まるで酔客と一夜をともにしたホステスみたいな気分。今ここに誰も現れなければいいと思いつつ、足早に廊下を歩いていたら、ふいに笑いがこみ上げてきた。あれほど威張り腐っていた小説家が、痛々しいほど情けなく見える。エレベーターホールへ曲がるとき、チラリと振り向くと、小さくなった小説家は片足でドアを押さえて半身を廊下に出し、まだ私に手を振っていた。

このまま帰ろうと思えば帰ることはできる。ポケットに入れた携帯電話が手に触った。トニーさんに救いを求めようか。携帯電話をポケットから出しかけて、やめた。今ここでトニーさんの声を聞いたら、本気で帰りたくなってしまう。

その日の午後、私が簡易ベッドでうとうとしていると、人の気配を感じた。目の前に小説家の大きな顔があったので、思わず身構えると、

「ごめん。脅かしたかな」

無精ヒゲだらけのやつれた顔がほぐれ、ヤニに汚れた不揃《ふぞろ》いな歯が露呈した。

「もしかして、書き上がったんですか」

恐る恐る尋ねる。小説家は黙って頷《うなず》き、

「君のおかげでなんとか書けた。いいのが書けたよ。今回は我ながら女心の機微に触れられた気がする。君には本当に迷惑をかけてすまなかったね」

私は毛布の端を口元まで上げた。小説家の息が臭すぎる。

「女心がそんなにおわかりになるんなら、奥様のこともう少し理解してあげればよかったのに」

ちょっと言ってみた。ムッとするかと思ったが、小説家は意外にも素直に頷いた。

「そうだね。まったくだ。これを馬場君に渡したら、クリスを迎えにチェコに行ってみるかな」

臭い息を吐きながら、小説家が穏やかに言った。そのとき初めて私は小説家の、い

い顔を見たような気がした。こんなすがすがしい表情が、この男にあったとは思ってもいなかった。

「そうしたほうがいいですよ。ナディアのことだって、あんなふうに言わなくたって。奥様が傷つくのは当たり前ですよ」

コトのついでにもうちょっと、言ってみた。小説家の顔がこわばった。怒ったか。

「ルイちゃん」

私はベッドのうえで後ずさりした。「……はい」

「君を見ているとナディアを思い出すよ。ナディアによく似ている。ナディアは強かった。底知れぬ包容力を持っていた。はるかに年上の私がかなわないほどだ。どんな環境にいようと動じないんだ。だからどんな人間をも受け入れられる。君にそっくりだろ」

「そんな、私はちっとも……」

「気づいていないだけさ。君は引っ込み思案で優柔不断で、いかにもダメそうに見えるけど、実はとてつもなく手強《てごわ》くてあったかい女なんだ。その魅力に気づいていないところが、またいいんだがね」

「急に誉《ほ》められても」

小説家の言葉に私は戸惑った。小説を書き上げて、舞い上がってしまったのだろうか。

「急に誉めてるんじゃない。初めから気づいていたよ、当然だろう。曲がりなりにも恋愛小説をこれだけ数多く書いてきた私が言っているんだ。女はひと目見りゃわかる。君のそばにいると、どんな男だって心を許してしまうんだよ。そういう力を、君は持っている。嘘は言わない。私は今まで数え切れないほどの女と接してきたが、君のような女は珍しいんだぞ」

「じゃ、奥様は？」

「クリスか。まあ、あれも、そんなもんさ」

小説家はフフンと鼻で笑った。そしてほんの一瞬だが、恥ずかしそうに目をそらした。

「さあ、帰るとするか」

小説家は私のベッドから離れ、おもむろに鼻歌を歌い出した。歌いながら身体《からだ》を揺らし、そして不器用にステップを踏み出した。曲はなぜか、お猿の駕籠《かご》屋である。私はベッドに座り、しばらく小説家の踊る姿を見ていたが、しだいにつられて小声で歌い出した。ウチに帰れる。やっと解放される。えっさえっさ、えっさほい、さっさ。

小説家の手が私の手を引っ張った。私は立ち上がり、小説家と一緒に踊った。ホテルの窓の外にチラチラと白い雪が舞っていた。さあ、帰る支度をしなさい。今日は冷えるぞ。積もるといけないから急いだほうがいい。小説家はそう言って、えっさえっさ、ほいさっさと阿波《あわ》踊りのような手振りを続けたまま寝室へ退場した。

いったん止《や》んだはずの雪が、夕方になってまた降り出したらしい。空一面、灰色のどんよりとした雲に覆われている。トニーさんが手をさすりながら窓の外を見やった。

「冷えてきたねえ。ルイちゃん、少し寝たら。晩飯ができたら起こしてあげるから。二時間ぐらい、二階で寝てきなさい」

トニーさんは、私が小説家とホテルで過ごした三日間のことを詮索《せんさく》しようとしない。奈々子からどういう説明をされていたのだろう。何も訊《き》こうとせず、ひたすら私を労《いたわ》ってくれる。

「じゃ、少し寝てきます」

私は階段を上がりかけ、足を止める。

「トニーさん?」振り向くと、トニーさんは煙草《たばこ》を口にくわえて冷蔵庫を漁《あさ》っている。

「ん? なあに?」

「煙草、やめたんじゃなかったの？」

「ああ」と煙草を手に取ってから、「ルイちゃんのことがあんまり心配で、イライラしてたら、ついね」と言い、平然とまたくわえ直した。

「心配してくれてたの？」

「あたりまえじゃないか。そのいやらしい小説家になんかされてるんじゃないかって、想像したらさ。もう、ホテルに殴り込みに行こうかと思ってたぐらいですよ」

「思っただけ？」

「だって本当に殴り込みに行ったら、いろいろ大変なことになっちゃうんだろ。奈々子さんが絶対大丈夫だってしつこく電話してくるしさ。行ったら俺、本気で小説家、殴り飛ばすと思うよ。殺しちゃうかもしれないね」

私はトニーさんの顔を凝視した。思い切って、言ってみた。

「本当のお父さんだったら、行った？」

「え？」と、トニーさんが首を亀《かめ》のように突き出した。

「私の本当のお父さんだったら、どうした？」

トニーさんが目をそらした。

「いやあ、そんなこと言われても。どうしたの、ルイちゃん。そんな怖い顔して」と、決まり悪そうに笑い、その瞬間、くわえていた煙草を口から落とした。

「アチッ、やばい」と、慌ててズボンを叩《たた》き、いけねえ、ズボンに穴、開けちゃった、焦《こ》げちゃったよ、やばいやばいと、洗面所に駆け込んだ。ねえ、トニーさん、トニーさんってば。私は階段を降りてトニーさんのあとを追う。本当は、トニーさんは私の……、

「やだもう、叔父さんですから」

洗面所から出てくるなり、トニーさんは大げさに両手を広げて、私の真似《まね》をしてみせた。

「茶化さないで真面目《まじめ》に答えて。トニーさん、私の父親なんでしょ」

自分の声が震えているのがわかる。あまり趣味ではないけれど、私は今、人生でいちばん劇的な場面を迎えているのだ。

「ねえ、トニーさんったら、ちゃんと聞いて」

焼け焦げた穴をタオルで拭いているトニーさんの背中を叩いて振り向かせると、逆にトニーさんに両腕をつかまれて身動きが取れなくなった。

「おーよちよち。ルイちゃんは疲れてるんだよ。ひどい目に遭ったんだもの。よく頑張った。俺はね、お父さん以上にルイちゃんのこと心配してたんだぞ。でももう大丈

夫。無事に帰ってきたんだもんね。ホントによかったよかった」

私はいつのまにかトニーさんの胸のなかに埋もれている。大きな腕でしっかりと抱きとめられている。泣きじゃくる赤子が母親の胸に抱かれてしだいに泣きやむように、私はトニーさんの身体に包まれて、少しずつ気持が落ち着いていく。

「さあ、寝てきなさい。寝れば元気になるから。ほらほら」

持っていたタオルでお尻《しり》を叩かれて、二階へ追い立てられた。

「あ、そうそう。留守の間にこれが届いてたよ。トバさんからみたい」

手渡された大判の絵葉書には、椰子《やし》の葉やパパイヤや色鮮やかな蝶々《ちようちよう》や花の描かれた、トロピカルムード溢《あふ》れる絵がついている。私は階段をゆっくり上りながら、絵葉書の隅に印刷された字を読む。……田中一村《いっそん》記念美術館収蔵。そういえばこの間トバちゃんが帰ってきたとき話していたような気がする。奄美《あまみ》に移り住んで絵を描き続けて死んだ画家の話。この人のことだったのか。トニーさんの絵より、かなり上手。裏返して文面を読んでみる。

〈お元気ですか。水谷さんと私は元気に仕事をしています。奄美大島は暖かくて、今年は二人とも風邪を引いてないのよ。やはり暖かい土地は気持がおおらかになっていいですね。突然ですが、私と水谷さんは来月からパプアニューギニアへ行くことが決まりました。ポートモレスビーという町に行っている水谷さんのお友達のお医者様からお手紙をいただいてね。あちらの、なんだかたくさんある小さな島々の人たちのために病院を建てることになったんだけど、お医者さんの手が足りないんですって。一年以内に病院を建てないと、資金を提供してくれる予定の会社からお金が下りなくなっちゃうらしいのよ。で、是非助けて欲しいっていうんでね。水谷さんは本当はもう少し日本の国内のお仕事をしたいって言うんだけど、先方様が困ってらっしゃるんだから、行ってあげましょうよって、私が勧めてね。あちらは奄美大島よりもっと暖かいらしいです。楽しみですが、行ったらたぶん最低一年は東京に帰れないと思いますので、どうかお元気でお過ごしくださいね。出発する前に一度、電話します。じゃね。トバちゃんより〉

ベッドに倒れ込む。パプアニューギニア？　ほとんどオーストラリアのすぐ上じゃないの。もうトバちゃんったら何考えているんだろう。そんな遠くの島まで行って、マラリアかなんかに罹《かか》って死んでも知らないから。

「ルイさん、……ルイさん」

遠くから呼ばれる声がして目が覚めた。ベッドの脇《わき》に康介《こうすけ》が座り込んでいる。

「びっくりした。いつ帰ってきたの？」

「二時間くらい前。ルイさん、寝てるっていうから、ずっと階下《した》にいたんだ」

混乱した。私は目頭をこすりながら頭を整理する。ここはもうホテルではないんだ。小説家から解放され、私は帰ってきたんだ。

「今、何時？」と私は訊く。

「もう八時半だよ。よく寝てたね。よほど疲れてたんだね。ご飯できてるよ。トニーさんが階下で待ってる」

ごめんと言って私は急いでベッドから出ようとしたら、「階下に行く前にさ」と、康介が私の腕を取った。ん？

「トニーさんに訊いてみた？　あのこと」

あのこと。ああ、あのことか。昼寝に就く前のトニーさんとのやりとりが蘇《よみがえ》ってきた。

「訊いたんだけど。トニーさん、はぐらかすから、よくわからないの。でも……」

「でも？」と康介。

「でも、疑惑は濃厚って感じ」

「そうかあ……、やっぱりね。俺、思ったんだけどさ」と康介がすり寄ってきた。

「思ったんだけど、こういうことは第三者が訊いたほうがいいんじゃないかなあ。直接、娘から攻撃されたら、動揺してうまく告白できないんじゃないの、父親って。だから俺からそれとなく誘導してみようかと思ってさ」

「そのために帰ってきてくれたの？」

「いや、それもあるけど、いちおう終わったから、ヒガシの仕事」

「終わったの？　あと二、三ヶ月かかるって言ってたのに」

「最後の整理は残ってるんだけど。でももうあとは身内でできるからいいってヒガシがさ。お前はもう帰れって。ルイさんのこと心配だろうからって追い返された」

ふと窓の外を見て驚いた。うわ、雪。

「すごい積もってる……」

暗がりに白く輝く景色が美しい。窓を開けると冷気とともに細かい雪が一気に吹き込んだ。あたりは静まり返っている。深閑とした空気のなか、隣の森井さんの家のほうからきれいな歌声が流れてきた。ハーモニーだ。また息子さんが帰ってきているのだろうか。しかし珍しくクラシックではない。

「あ、これ、シンガーズ・アンリミテッドじゃないかな。俺、好きなんだ」

康介が私の隣に来て、窓の外に首を突き出した。

「シンガーズ・アンリミテッド？」

「うん、ジャズなんかをアカペラにして歌うグループ。いいんだよ、これ。雪に合うでしょ。サムワン　トゥ　ウオッチ　オバ　ミィ」

康介がハーモニーに合わせ、ややかすれた声で歌い出す。遠くで犬が吠《ほ》え始めた。康介の鼻に雪が落ち、まもなく溶けた。

「ありがとう、康介」

「ん？」

「帰ってきてくれて……」

「いやあ。俺、やっぱこの家、好きだもんね」

「家だけ？」

「いや、ルイさんも」

康介が俯《うつむ》いた。言ってから照れている。

「ホント。俺、京都に行ってわかったんだ。俺ってホントにルイさんのこと好きだなって。でも……」

「でも？」と私。

「これを恋愛関係にしようとすると……、ってことじゃなくてさ。なんて言ったらいいのかわかんないんだけど、つまりね。俺、ルイさんのそばにいないと不安になるんだよ。ルイさんのそばにいても不安になるの。でも、ルイさんのそばにいたいんだよ。ずっと。ずううっと。あー、俺、なに言ってんだろ。自分でもわかんないんだけどさ。つまりさ……」

「……そうだね」

私は雪景色を見渡した。犬がムキになって吠えている。ハーモニーに合わせて歌っているつもりか。外を見ながら私はもう一度、「ありがと」と、小さく言う。しみじみと、うれしかった。


その晩、私たち三人は久しぶりに鍋《なべ》を囲んだ。寒いし簡単だからさ、豚しゃぶにしたよとトニーさんは手抜きの言い訳をしたが、私も康介も大喜びである。トニーさんの作った特製極辛ごまだれはニンニク臭くて最高においしかったし、具をたいらげたあと、残ったスープで玉子おじやを作って食べたら、身体《からだ》がポッカポカに温まった。そして食後は三人で庭に出て、雪合戦をした。三人とも子供のようにはしゃぎまくった。トニーさんは康介の首に雪を突っ込むのに夢中になり、嫌がる康介を執拗《しつよう》に追いかけて、とうとう滑って転んでズボンの膝《ひざ》にかぎ裂きを作った。

「ほらみろ、バチが当たったんだ」

康介が息苦しそうに咳《せき》をしながら笑うと、トニーさんは、うるせいっと唸《うな》り、膝をさすって泣いた。これでトニーさんのこげ茶のコットンパンツには、左の膝に煙草の焼け焦げ一つ、右の膝にかぎ裂き一つ。娘の前で、こんな無邪気になれる父親っているのだろうか。

疲れ切って家に入った我々は、息も絶え絶えに、順番にお風呂《ふろ》へ入ってそのまま寝室へ戻った。


康介はその後、自分が切り出すと宣言したわりには、なかなかその話題を持ち出そうとしなかった。三人の間で「父親」とか「親子」などという単語が出るたびに、あるいはテレビで「父と娘の問題」について論じていたり、ドラマで父娘《おやこ》が登場したりするたびに、私はドキドキする。そして康介の顔を覗《のぞ》き、トニーさんの様子を窺《うかが》う。そんなとき、康介が一つ二つ咳払いをし、「あのー、トニーさんさあ」と、いよいよ切り出すのかと思うのだが、どういうわけかトニーさんは上手に康介をからかって、いつのまにかうやむやになってしまうのであった。彼氏が、自分の父親に「お嬢さんをください」と宣言してくれるのをじっと待つ娘の気持というのはこんな具合のものかしらと思う。私から催促するわけにはいかず、もう康介に頼るのは無理なのかもしれないと諦《あきら》めかけていたある日の夜、康介がケタケタ笑いながら二階から降りてきた。

「ルイさん、信じられないよ、もう」

「え？」私はお皿洗いをしながら振り返る。

「まったくウソみたいな話。さっきヒガシから電話があってね。例のヒガシの知り合いの画廊の爺《じい》さんのことなんだけどさ」

そんな大声で。私はアトリエにトニーさんがいることを、康介に目配せした。

「あ、いいのいいの。トニーさんも聞いてよ。バカみたいな話なの。ね、ね、笑うよ」

「騒々しいよ」

「いいからさ。こないだね、ヒガシから……ヒガシって京都の俺の友達ね」

「ああ、知ってるよ」

トニーさんが画架のほうを向いたまま、ぶっきらぼうに答えた。

「アイツの知り合いで京都の画廊主がいてね。その人がトニーって名前の芸術家を知ってるって言ったんだって」

「へえ」

「で、トニーさんってのは昔、相当に遊んでて、フランス人の女性と同棲《どうせい》してて、同時に舞妓《まいこ》さんともつき合ってて」

「ほおー」

トニーさんの筆が止まった。

「ついでにね。赤ん坊だった娘を東京の親戚《しんせき》の家に置いてきたって……。で、俺たち、てっきりトニーさんのことだと思ってさ。置いてきた赤ん坊がルイさんのことだと思い込んでさ。それが人違いだったらしいの」

「ウソッ！」と私は思わずコップを落としそうになる。「人違いだったの？」

「つまりね。その爺さんの知ってる男の人ってのは、トニーじゃなくて、仲間内でトミーって呼ばれてたトミオなんとかいう有名な彫刻家だったんだってさ。バカみたいでしょ。爺さん、惚《ぼ》けてて記憶が曖昧《あいまい》になってたらしいんだ。ヒガシが念のため、もう一度その爺さんに話を聞きにいったらさ、違う男の話だったって。しかも死んでんだよ、もう。人騒がせだよね。笑っちゃうでしょ、トニーさん」

トニーさんが黙っている。まもなく「ああ」と返事をし、筆を両手で握った。

「ごめん」と康介がトニーさんに近づいていった。「俺たち、トニーさんのこと、疑ってたわけじゃないんだけど。もしかしてそうなのかなって思って。そいでここんとこ……」

「ああ」とトニーさんが再び答えた。そして筆を横に置いて立ち上がり、「そうか、人違いか」と、独り言のように呟《つぶや》くと、「ちょっと、煙草《たばこ》、買ってくる」と言い残し、勝手口から出て行った。

残された私と康介は顔を見合わせた。「なにあれ」と康介が言い、「わかんない」と私が首を傾《かし》げた。これで晴れて疑惑は解明されたことになる。解明されたはずなのに、妙にすっきりしないのは、どういうわけか。

その晩以来、トニーさんは心なしか元気がなくなった。康介が気にしてしきりにトニーさんに絡《から》んでみるが、以前のようにトニーさんが小気味よく反応することは少なくなった。どうしたの、具合でも悪いんですかと私が訊くと、トニーさんは決まって、「老人性鬱病《うつびょう》」とぼそっと答え、無理に笑ってみせる。トニーさんが落ち込む分、康介の明るさが浮いて見えた。三人の均衡は崩れつつある。どうすれば元のようになるのだろう。私と康介が疑ったことで、それほどまでにトニーさんを傷つけてしまったのだろうか。私は後悔した。叔父さんだって父親だって赤の他人だっていい。トニーさんが本当の父親であろうとなかろうと、どうでもよかったではないか。トニーさんと康介と私がこの家で楽しく毎日を過ごせることのほうがよほど大切だったのだ。

もし本当の父親だとわかったら、私のトニーさんに対する態度が変わっただろうか。あるいは父親じゃないと判明してがっかりしただろうか。そんなことはない。むしろがっかりしたのは、トニーさんがあれ以来、よそよそしくなってしまったことのほうである。追及なんてしなければよかった。トニーさんの言うとおり、トニーさんは父親以上に私のことを心配してくれたのだから。


十二月に入って三回目の日曜日の朝、ウチの前の路地に大型トラックが入ってきた。近所で引っ越しでもあるのかと窓から覗いていたら、玄関のベルが鳴った。

「ご注文のベッド、お届けにまいりましたあ」

「おお、きたきた」と反応したのは、それまで元気がなかったトニーさんである。

「ベッド?」と尋ねる私は無視されて、「ああ、はいはい。どうぞ運び込んで。こっちこっち」とトニーさんは若い作業員に指示を始めている。あれよあれよという間に、梱包《こんぽう》された大きな部品がトニーさんのアトリエに並んだ。

「設置はこの部屋でよろしいんですか」

「あ、はいはい。ここでお願いします」

組み立てられていくベッドはやたらに大きい。キングサイズかしら。トニーさんがベッドがわりに使っていた康介のソファが玄関脇に追いやられ、小さく見える。二人の作業員は慣れた手つきで黙々と働き、二十分もすると組み立ては完了した。

「あと、ゴミはこちらで持ち帰りますんで」

先輩らしき作業員が散らかった梱包材を集めてにこやかに言うと、

「ついでにさ。このソファも持ってってくれない？　なんならあげるから使ってよ。物は悪くないよ。捨ててくれてもいいけど」

「いやあ、それは……」

「できないってのはわかってるけど、そこを何とかお願いしますよ。ほら、みかん、あげるから」と、台所にあったみかんを紙袋に突っ込んで若いほうの作業員に手渡した。

「わかりましたよ」

笑顔の消えた作業員は、強引なトニーさんに逆らうこともできず、不服そうな顔で二人してソファを抱えて出て行った。

「どうしたんですか、こんな大きなベッド」

トラックが出ていくのを見送ったあと、私は訊いた。

「クリスマスプレゼント」とトニーさんがやけに明るく答えた。

「クリスマスプレゼント？　誰に」

「俺に。俺から」

「自分への？　こんな大きなベッドを？」

「だってもう、あのソファ、背中が痛いんだもん」とにんまり笑った。

「絵が売れたの。けっこうなお値段で」

「へえ、すごい！　けっこうなお値段で？」

そこへ康介が二階から降りてきた。

「どうしたの、このベッド。でっけえ。あれ？　俺のソファは？」

「処分した。もういらんだろう」

「勝手に？　ひどいなあ、思い出のソファなのに」

「思い出なんてね。どんどん処分したほうがいいんだよ。どうせロクな女の思い出じゃないんだから」

「違いますよ、あれはね。俺が初めての……」

「初めてのセックスをした場所か？」

「ちょっとトニーさん、なんでそういう」

「いいからお前、寝てみろよ、ここに。気持いいぞ」

康介が口を尖《とが》らせたままベッドに腰を降ろすと、「やだこれ。もしかしてウォーターベッド？」

康介の身体が上下して、その波動がベッド全体に移っていく。

「えー、ウォーターベッドなんですか？」

私も驚いて、腰を降ろすと、なんとプカプカ。まるでビニールボートの上にいるような気分である。

「ほら、二人とも横になってみろよ。ね」

トニーさんも反対側から座り込んだ。三人の振動が混ざり合い、大揺れ状態だ。

「これ、ヤダよ。なんか酔っちゃいそう」

「いいから寝てみろって」

トニーさんの言うとおり、三人並んで横になると、波がしだいに静まっていった。

「あ、いい感じ。水の上に浮いているみたい」

「な、いいだろ。こうやって三人で寝られるように大きいの買ったんだから」

「三人で？　寝るの？　ここに？」

康介が驚いて起き上がろうとした途端、ベッド全体に再び大きな波が起こった。

「動くな、お前。静かにしてろよ。静かにこうして目をつむって……」

トニーさんの言葉が途切れ、波もまもなく収まった。波が収まると、何も感じない。宙に浮いている気分だ。

「どうだ？」とトニーさんが私の左隣から尋ねた。「だんだん気持よくなってきた」と康介が右隣で答えた。

「ルイちゃんは、どうだ？」

「すごくいい」

「な。こんな感じでいこうよ」とトニーさん。

「こんな感じって、いやらしくない？」と康介。

「バカッ。だからな。三人がバランスを保って互いに思いやっていれば、波風立たないって話だよ。まあ、たまに動けば波は立つけど、静かにしてりゃすぐに収まる。そういうもんだよ、人生は」

「それってなに？　トニーさんはルイさんの本当の父親だけど、父親だって言わないほうが波風立たずにすむって話？」

なんという康介の直截《ちょくさい》な質問。この体勢で、こんなに三人が密着したまま、そういう話になって、どうするんだ。しかし対するトニーさんの声は穏やかだった。

「そうじゃない。ルイちゃんが俺に父親になって欲しいって言うならそりゃなってもいいさ」

「なっていいとか悪いとかいうことじゃないでしょう。本当はどうなんですか」

康介が上半身を起こしたせいで、また大きな波が立った。

「揺らすなって。だからね。ルイちゃん次第だよ。俺はどっちでもいいよ」

「そういうことじゃないでしょう」と康介の身体《からだ》が動いた。自分で起こす波は気にならないが、他人に起こされる波は心地悪いものである。

「もういいって、康介」

私は目をつむったまま、康介をいさめた。

「いいんだって。トニーさんが私のお父さんかそうでないかってことは、もういいって」

「なんでだよ、これは大事な問題だよ。トニーさんだけが真実を知ってるんだよ。曖昧にしちゃいけないと思うな、俺は」

「曖昧ってのは、大事なことだよ、康介。まだ人間が練れてないね、お前」

「そんなことで俺、人間練れたくないですよ」

「じゃお前、ルイちゃんとの関係は、どうなんだよ。男としてはっきりしなくていいわけ？」

「そりゃ……」と康介が言葉につまり、私と目が合った。「そりゃねえ」と康介が私に同意を求めてくる。私としても、そりゃねえ。

「ほらな、誰もそんなにきっぱり生きてはいけないもんなんだよ」

トニーさんが得意げに言い切った。

「じゃトニーさん」と康介がふてくされた声で反論した。「ミシェルさんとのことも、そういう主義ってことですか。曖昧にしたままじゃ、ミシェルさん、かわいそうじゃないですか」

「そんなの、お前に心配されなくたって、俺は俺なりに考えてるんだから。勝手にお前が好きになるからややこしいことになるんだ」

「それは関係ないでしょう。だってミシェルさんはね、トニーさんと一緒に暮らしたいんですよ。愛してるんですよ。放っておく気ですか?……、聞いてるの、トニーさん」

返事がない。康介が興奮するので、ベッドがまたゆらゆらと揺れている。ゆらゆら……ゆらゆら。このまま海につながっていたら愉快だろうなあ。

「人間ってのは弱いからさ」

トニーさんが穏やかな声で語り出した。

「結婚とか会社とか肩書きとか派閥とか、親子とか兄弟とか。名称をつけて区分したがる習性があるんだな。そうしといたほうがどこに属しているかわかって安心できるからさ。でも本当はそんなもん、必要ないんだって。メダカを見てみろ、鮭《さけ》を見ろよ。どいつが自分の子供で、どいつが母親か父親か、どれが他人かなんて、関係なく生きてるだろ。それでいいんだよ。どこの誰であろうと、毎日を充実させて生きていくことのほうが大事なんだよ」

「そんな……急に魚に喩《たと》えられても。俺、鮭じゃないからわかんないよ」

私は目を閉じたまま聞いていた。そうかもしれない。そうでないのかもしれない。よくわからないけれど、とりあえず、運命的に出会ったこの三人が、こうして並んで同じベッドに寝そべって、安心していられることは、奇跡かもしれない。この奇跡を大切にしたい。たまに誰かが波風立ててまわりを不安にさせることがあっても、じっと待っていればまた元に戻る。私はお尻《しり》に力を入れて、わざと波を立ててみた。

「やめてよ、ルイさん。気分悪くなってきた」

「ほら、どうだ。俺の波も行くぞ」とトニーさんが身体を激しく揺らした。トニーさんのいつもの調子が戻ってきた。

「なーにしてんですか、みんな」

三人はいっせいに飛び起きた。吾妻屋《あずまや》の親父《おやじ》さんが勝手口に立って、目を丸くしている。

「おお、親父さんか。親父さんもちょっと寝てみて。気持いいから」

トニーさんが手招きをした。親父さんがサンダルを脱いで不安そうに上がってきた。

「やですよ、そんな他人様《ひとさま》のベッドに。買ったの、これ？　やだ、なにこの揺れ具合。吐いちゃいそうだ、ダメダメ。やめて。俺、苦手、こういうの」

トバちゃん。パプアニューギニアには無事に到着しましたか。出発直前に空港から電話をくれたとき、水谷さんとまた喧嘩《けんか》していたけど仲直りはできたのですか。例の水谷さんの浮気相手のキイちゃんって女が今回のプロジェクトのメンバーに入っていることがわかって頭に来た、もう行くのはやめるなんて電話口で泣くから、私、心配しちゃいましたよ。また大変な騒ぎになるんだろうなあ。でも水谷さんは大丈夫ですよ。水谷さん、トバちゃんには頭が上がらないほど感謝してるって私には言ってたから、きっとうまく収まるだろうと信じています。トバちゃんがあまり興奮していたのできちんとお別れの挨拶《あいさつ》ができなかったけれど、気をつけて。困った人たちの病気を治しているうちに自分が病気にならないようにしてくださいね。

本当はトバちゃんからの電話のとき、トニーさんと話をしてほしかったの。トニーさんが私の本当のお父さんかどうか、わかるのはトバちゃんしかいないから。トバちゃんの声を聞いたらわかるかなと思って。でもトバちゃんは泣いてるし、トニーさんはいつのまにかいなくなっちゃうし。トニーさんの父疑惑はいまだ謎《なぞ》に包まれっぱなしです。でももう、あまり気にしないことにしました。今回の問題で康介が京都から戻ってきてくれたし、トニーさんも新しいベッドを買ったから(絵が売れたのでお金が入ったのと、トバちゃんがしばらく帰って来ないとわかったせいもあるかも)、しばらくは居座るつもりらしいので、また三人の生活が始まりそうです。それだけで私はかなり満足なんです。

昨日の夜、ウチでクリスマスパーティを開きました。ウチでパーティをするなんて、私が小学四年生のときの誕生日会以来じゃないかしら。石橋先生がトニーさんに会いたいと言っていたのでお招きしました。それと吾妻屋のご夫妻と奈々子と伊礼さん。東高辻《ひがしたかつじ》君も京都から来てくれました。奈々子はおみやげに持ってきたマグナムサイズのシャンペンを飲んでベロベロに酔っ払って、また伊礼さんに絡《から》んでました。ある意味で奈々子ってトバちゃんに似ているね。ああやってときどき伊礼さんに絡んで、愛を確認したいんでしょうね。かわいいとこがあるなと思った。それに奈々子は石橋先生に伊礼さんとの相性を占ってもらって、運命的繫《つな》がりがあると言われて、最後は大喜びしてました。伊礼さんも「ほぉー、思った通りだ」なんて、嬉《うれ》しそうな顔して。仲がいいんだか悪いんだか、よくわからない二人です。

なんといっても石橋先生のトランプマジックと占いがパーティのメインイベントでしたよ。ウォーターベッドの上に石橋先生が陣取って、ゆらゆら揺れながら一人ずつ占ってもらうの。ちょっと部屋を暗くしたりしてね。妖《あや》しいでしょう。妖しいといえば石橋先生がね。一目で東高辻君を気に入って、東高辻君もまんざらじゃないみたいなの。最後のほうで二人とも部屋の隅で肩寄せ合って話し込んでてね。なんか間に入れない妖しいムードムンムンでしたよ。康介も驚いてた。ヒガシってそういうヤツとは思ってなかったって。どうなるんだろ、あの二人。ほほえましい感じもするけど。

あと、石橋先生が作ってきてくださった鶏《とり》の丸焼きが絶品でした。可笑《おか》しかったのは、実はトニーさんも鶏の丸焼きを作ろうと、吾妻屋さんに注文して一羽分を買ってあったんです。ところが石橋先生が持ってきてくださるってわかって、まさか鶏の丸焼き二つもいらないだろうってことになって、急遽《きゅうきょ》、その一羽をスープにすることにしちゃったの。でもそれが当たりでした。ねえ、トバちゃん。鶏丸ごと一羽でスープを取るって、こんな贅沢《ぜいたく》なこと考えてもいなかったけど、それが猛烈においしいのよ、知ってた？　しかも東高辻君が京都のレストランで教えてもらったっていう方法で、スープを取るときに入れる玉ねぎやニンジンや長ネギなんかのくず野菜を前もって油で炒《いた》めてから入れたの。焼き色をつけてスープに入れると、もうね、味の深い黄金色の上等なスープができるんだから。しかも鶏の肉はホクホクに軟らかくなって、骨まで食べられそうなほどだったんですよ。スープに入れる野菜は、カブとか大根とか青梗菜《チンゲンサイ》とかニンジンとか、別に茹《ゆ》でておいて、そこに黄金色のスープをかけて、味付けは塩、胡椒《こしょう》、マスタードなんかを、みんな好きなようにつけて勝手に食べることにしたの。楽しかったし、おいしかったよお。

私はみんなが夢中で鶏にかぶりついたりお酒を飲んだりして楽しそうにしている様子を見ながら、ナディアのことを思い出しました。例の小説家が講演で話してくれたクロアチアの少女のこと。小説家が言ったの。人間と人間の出会いというものは、そこに恋愛感情とか特別の感情が付随しない場合でも、あるいは関《かか》わった期間がどれほど長くても短くても、それには関係なく、人生にとってかけがえのないものになる場合があるって。トニーさんも康介も、ここに集まっている人たちも、ほんの一年ちょっと前まで私にとってさほど重要ではなかったし、まったく知らない他人だった人もいるのに、今はこんなに大事な存在になっている。これって、かけがえのないことだなって、思ったの。トニーさんが私の父親であってもなくても、康介が私の恋人であってもなくても、もう二人とも、私にとってはかけがえのない存在なんです。この関係がたとえ永遠に続くものではなくても、いつか別れるときがあるとしても、私にとって、かけがえのない思い出になることは、はっきりしているの。だから大丈夫。トバちゃんが帰ってくるまで、私はきっと元気にしているから。思う存分、水谷さんと喧嘩し続けてください。また書くね。おやすみなさい。

あなたの姪《めい》であることだけは確実なルイより

追伸　ちなみに康介は吾妻屋さんの後《あと》を継ぐことになりました。これでお肉には困らない三人です。

解説——阿川佐和子はホント、うまい。

北上次郎

阿川佐和子の小説のうまさに今さら驚いていてはいけない。坪田譲治文学賞を受賞した『ウメ子』は、みよちゃんとウメ子の幼稚園生活を鮮やかに描いていたし（特に個性豊かなウメ子の造形が抜群）、数年前に上梓《じょうし》された『屋上のあるアパート』は、ウェブマガジン編集部に勤める二十七歳の麻子を主人公にした都会派軽恋愛小説の傑作だった。

その『屋上のあるアパート』を評したときの末尾を引く。

「『屋上のあるアパート』と『ウメ子』は、ジャンルの異なる小説ではあるけれど、この二作を読むと共通性があることに気づく。食べるシーンがことさら多いわけではないのだが、強い印象を残すのである。『屋上のあるアパート』の試食パーティーの場面、あるいは『ウメ子』に出てくるマカロニサラダなど、阿川佐和子が描くと、とっても美味《おい》しそうなのだ。肉感的といってもいい。ならば、次なる作品は、ぜひひとも料理小説、あるいは食事小説を書いていただきたいと思うが、どうか」

おお、自分で自分を褒めてやりたい。というのは、今度の『スープ・オペラ』はまぎれもなく料理小説なのである。いや、こういう書き方は誤解を招くので言い換える。料理の場面が前二作に比べて圧倒的に多い。控えめに、そう書いておくにとどめる。

タイトルにもなっているように、その中心はスープだ。たとえば、ルイが、トニーさんと康介と三人で共同生活を始めることになったとき、その条件の一つに「食事当番は、かならず一日に一品、スープを加えること」という条項を入れたほど、このヒロインはスープにこだわっている。トバちゃん（ルイを育ててくれた叔母で、電撃的な恋をして家を出ていく）の鶏ガラスープで育った影響がずっと残っているのだ。トニーさんと入った洋食屋のガスパチョも美味しそうだが（これはレシピつき！）、その意味でこれはスープ小説といってもいい。

『スープ・オペラ』は〔ソープ・オペラ〕（アメリカの連続通俗ドラマ。石鹼《せっけん》会社が提供したのでこう言われる）にかけたタイトルと思われるが、したがって美味しそうなスープが次々に物語に登場してくる。

ヒロインのルイがひょんなことから、放浪の老画家トニーさんと年下の青年康介と三人で共同生活を始めることになるのが物語の縦糸で、さまざまな料理とスープが横糸だ。

トバちゃんを始めとするわき役の造形が例によって群を抜いているが、なんといってもヒロインのルイがいい。トニーさんとすごく深刻な話をしているとき、トニーさんが「ご飯をスプーンですくってスープのなかに入れ、スプーンの背でペタペタ押さえ、スープに浸している。その上に、数滴、お醤油《しょうゆ》とレモンを垂らし、さらに七味をふりかけた」のを見て、このヒロインは「おいしそうだ。私も真似《まね》してみよう」と思っちゃうのである。繰り返すが、深刻な場面なのである。重大事なのである。「私も真似してみよう」なんて思っている場合ではないのだ。それなのに食欲が勝ってしまうのだから、爽快なヒロインといっていい。『屋上のあるアパート』を思い出す。ゴリラ男と仕事のために食べ歩く麻子は、彼への感情が恋なのかどうかわからず、二人きりになると緊張するものの、レストランに入ると恋の感情が食欲に負けてしまって、そんなことはどうでもいいやと思ってしまう。麻子はまず食べようと思うのである。ルイもまた、そういうヒロインだ。こういうヒロインを描くと、阿川佐和子はホント、うまい。いや、美味《うま》すぎる。

小説家井上豪の講演中の台詞《せりふ》をここに並べれば、この小説の意図も見えてくる。彼はこう言うのだ。

「人間と人間の出会いというものは、そこに恋愛感情とか特別の感情が付随しない場合でも、あるいは関わった期間がどれほど長くても短くても、それには関係なく、人生にとってかけがえのないものになる場合があるということです」

ルイは三十五歳。結婚願望がないわけではないが、なんだかなあという思いの中にいる。そのルイが「恋愛感情とか特別の感情が付随しない場合でも、あるいは関わった期間がどれほど長くても短くても、それには関係なく、人生にとってかけがえのないものになる」奇跡と遭遇するのがこの物語なのである。軽妙な物語であるのに読み終えても胸に残るのは、その奇跡がまぶしいからだろう。いい小説だ。

（文芸評論家、「波」平成十七年十二月号掲載）

この作品は平成十七年十一月新潮社より刊行された。

川上弘美著

古道具中野商店

てのひらのぬくみを宿すなつかしい品々。小さな古道具店を舞台に、年の離れた4人のもどかしい恋と幸福な日常をえがく傑作長編。

川上弘美著

ニシノユキヒコの恋と冒険

姿よしセックスよし、女性には優しくこまめ。なのに必ず去られる。真実の愛を求めさまよった男ニシノのおかしくも切ないその人生。

川上弘美著

ゆっくりさよならをとなえる

春夏秋冬、いつでもどこでも本を読む。まごまごしつつ日を暮らす。川上弘美的日常をおおどかに綴る、深呼吸のようなエッセイ集。

角田光代著

キッドナップ・ツアー

産経児童出版文化賞フジテレビ賞
路傍の石文学賞

私はおとうさんにユウカイ（＝キッドナップ）された！ だらしなくて情けない父親とクールな女の子ハルの、ひと夏のユウカイ旅行。

角田光代著

真昼の花

私はまだ帰らない、帰りたくない——。アジアを漂流するバックパッカーの癒しえぬ孤独を描いた表題作ほか「地上八階の海」を収録。

酒井順子著

枕草子REMIX

率直で、好奇心強く、時には自慢しい。読めば読むほど惹かれる、そのお人柄——。「清少納言」へのファン心が炸裂する名エッセイ。

新潮文庫最新刊

塩野七生著
ローマ人の物語 38・39・40
キリストの勝利
（上・中・下）
ローマ帝国はついにキリスト教に呑込まれる。帝国繁栄の基礎だった「寛容の精神」は消え、異教を認めぬキリスト教が国教となる――。

手嶋龍一著
インテリジェンスの賢者たち
情報の奔流から未来を掴み取る者、彼らを賢者と呼ぶ。『スギハラ・ダラー』の著者が描く、知的でスリリングなルポルタージュ。

ビートたけし著
たけしの最新科学教室
宇宙の果てはどこにある？ ロボットが意思を持つことは可能？ 天文学、遺伝学、気象学等の達人と語り尽くす、オモシロ科学入門。

椎根和著
popeye物語
―若者を変えた伝説の雑誌―
1976年に創刊され、当時の若者を決定的に変えた雑誌 popeye。名編集長木滑とその下に集う個性豊かな面々の伝説の数々。

高月園子著
ロンドンはやめられない
ゴシップ大好きの淑女たち、アルマーニ特製のワイシャツを使い捨てるセレブキッズ。ロンドン歴25年の著者が描く珠玉のエッセイ集。

佐渡裕著
僕はいかにして指揮者になったのか
小学生の時から憧れた巨匠バーンスタインとの出会いと別れ――いま最も注目される世界的指揮者の型破りな音楽人生。

スープ・オペラ

新潮文庫　あ－50－3

平成二十年六月一日発行
平成二十二年九月五日二刷

著者　阿《あ》川《がわ》佐《さ》和《わ》子《こ》

発行者　佐藤隆信

発行所　株式会社　新潮社

郵便番号　一六二—八七一一
東京都新宿区矢来町七一
電話　編集部(〇三)三二六六—五四四〇
読者係(〇三)三二六六—五一一一
http://www.shinchosha.co.jp

価格はカバーに表示してあります。

印刷・大日本印刷株式会社　製本・憲専堂製本株式会社

ISBN978-4-10-118453-1 C0193